MARK BENECKE
VIRAL. BLUTRAUSCH

MARK BENECKE
mit Dennis Sand

VIRAL. BLUTRAUSCH

Kriminalroman

Sämtliche Angaben in diesem Werk erfolgen trotz sorgfältiger Bearbeitung ohne Gewähr. Eine Haftung der Autoren bzw. Herausgeber und des Verlages ist ausgeschlossen.

1. Auflage
© 2022 Benevento Verlag bei Benevento Publishing München – Salzburg, eine Marke der Red Bull Media House GmbH, Wals bei Salzburg

Alle Rechte vorbehalten, insbesondere das des öffentlichen Vortrags, der Übertragung durch Rundfunk und Fernsehen sowie der Übersetzung, auch einzelner Teile. Kein Teil des Werkes darf in irgendeiner Form (durch Fotografie, Mikrofilm oder andere Verfahren) ohne schriftliche Genehmigung des Verlages reproduziert oder unter Verwendung elektronischer Systeme verarbeitet, vervielfältigt oder verbreitet werden.

Medieninhaber, Verleger und Herausgeber:
Red Bull Media House GmbH
Oberst-Lepperdinger-Straße 11–15
5071 Wals bei Salzburg, Österreich

Satz: MEDIA DESIGN: RIZNER.AT
Gesetzt aus der Minion, Gist Rough, Futura, Norwester
Umschlaggestaltung: ZERO Media, München
Umschlagmotive: FinePic®, München
Autorenillustration: © Claudia Meitert/carolineseidler.com, nach einem Foto von Dennis Ostermann & Jens Howorka
Printed by Neografia, Slovakia
ISBN 978-3-7109-0140-9

VORSPIEL

Wie ungewöhnlich. Peterson lehnte sich gegen ihren Wagen und hielt für einen kurzen Moment den Atem an. Diese Stille. Sie konnte sich nicht daran erinnern, wann sie die große Stadt das letzte Mal so friedlich erlebt hatte. Vielleicht, dachte sie, liegt es am Wetter. Es war kalt geworden. Und vor ein paar Tagen, da war dieser Nebel aufgezogen. Dieser schwere Nebel, der die Stadt wie eine graue Wolke eingehüllt hatte. Peterson konnte kaum etwas erkennen.

Die Hauptkommissarin griff in die Tasche ihres Trenchcoats und zog sich eine Packung Zigaretten hervor. Elendige Angewohnheit. Hatte sie schon längst aufgeben wollen. Aber es half ja nichts. Christine Peterson war jetzt Mitte fünfzig. Ihre Ernährung war scheiße. Ihre Schlafgewohnheiten waren scheiße. Und irgendwie musste sie ja durch den Tag kommen. Sie fischte sich eine Kippe aus der Packung und steckte sie sich an.

»Also gut«, rief sie schließlich, drückte sich von ihrem Auto ab und ging ein paar Meter in Richtung des abgesperrten Tatorts. »Was haben wir denn da?« Die Spurensicherung hatte schon begonnen, nach Hinweisen zu suchen.

»Eine junge Frau, Anfang zwanzig, Todesursache völlig unklar.«

Peterson beugte sich unter dem Absperrband durch und hockte sich neben die Leiche. »So habt ihr sie gefunden?«

»So haben wir sie gefunden.«

Die Hauptkommissarin zog die Augenbrauen hoch. Wie lange machte sie diesen Job jetzt schon? Sechsundzwanzig Jahre? Siebenundzwanzig? Sie hatte aufgehört mitzuzählen. Sie wusste nur, dass sie in diesen Jahren so einiges gesehen hatte. Viele merkwürdige Gestalten. Viele Morde. Viele Tote. Und einige davon waren wirklich sehr übel zugerichtet. Aber das hier? Sie legte den Kopf schräg und betrachtete die Leiche. Ein hübsches Mädchen, dachte sie. Wer kam nur auf die Idee, so etwas mit ihm anzustellen? Peterson stand auf und schaute sich um. Die Leiche befand sich mitten auf einer viel befahrenen Hauptstraße. Hier hatte man sie abgelegt. Aber nicht einfach so. Das Mädchen trug einen weißen Bademantel. In seiner linken Hand hatte es eine verwelkte Blume. In der rechten einen Schädel. Von einem Hund oder einer Katze, dachte Peterson. Offenbar wollte man, dass sie gefunden wird. »Hat sie irgendwelche offensichtlichen Verletzungen?«, fragte sie einen der Polizisten.

»Nichts. Gar nichts.«

Peterson nahm noch einen Zug von ihrer Zigarette und betrachtete das Mädchen. Sie sah ungewöhnlich weiß aus. Eine echte Schneewittchen-Leiche, dachte sie. Aber vielleicht lag es auch am Licht. Christine Peterson schaute sich um. Doch der Nebel verschluckte alles. Bloß das flackernde Blaulicht drang ein wenig aus der Wolke grauer Feuchtigkeit hervor.

»Wer hat sie gefunden?«

»Ein Pärchen. Zwei Jogger. Sie sitzen im Krankenwagen. Stehen leicht unter Schock.« Peterson nickte, stand auf, streckte sich einmal und ging zu dem Krankenwagen, der etwas abgelegen von dem Tatort entfernt stand. Auf der Einstiegstreppe saßen zwei junge Leute. Bestimmt Studenten, dachte sie. Nicht älter als das tote Mädchen. Sie waren in eine Decke eingehüllt. Der Junge hatte seinen Arm tröstend auf die Schulter seiner Begleiterin gelegt. Sie trank aus einer Tasse mit dampfendem Tee. Peterson streckte den beiden seine Zigarettenschachtel entgegen. Sie schüttelten den Kopf.

»Peterson, Kriminalpolizei. Sie haben die Leiche gefunden?«

Das Mädchen nickte.

»Können Sie mir erzählen, wie es dazu kam?«

»Keine große Geschichte«, sagte der Junge. »Wir waren gerade joggen. Eine Runde am Fluss entlang. Und dann … dann lag sie da. Einfach so. Gott, ich wäre fast über sie …« Er brach ab und verzog das Gesicht. »Wer macht denn so was?«, fragte er. »Wer legt denn einfach eine … eine Leiche mitten in die Stadt. Direkt an eine Hauptstraße, das ist doch irre.«

»Ist es«, sagte Peterson, die dasselbe dachte. Sie klopfte dem Jungen auf die Schulter. »Ihre Personalien wurden schon aufgenommen?«

Die beiden nickten. »Dann gehen Sie nach Hause. Sollten wir noch etwas benötigen, dann melden wir uns.«

Peterson atmete tief durch. Die Staatsanwaltschaft würde wahrscheinlich eine baldige Obduktion der Leiche veranlassen.

*

Irgendwas stimmte nicht. Das wusste Daniel Richter sofort. Er war jetzt schon seit einigen Jahren dabei. Er hat vieles gesehen. Vieles erlebt. Aber noch nie hatte er einen solchen Anruf bekommen. Nicht von ihm. Nicht vom Professor. »Kommen Sie sofort vorbei«, hatte der Alte nur gesagt. »Das ist etwas, was Sie sich ansehen müssen.« Ungewöhnlich. Wirklich äußerst ungewöhnlich. Und das auch noch an einem Sonntagvormittag. Eigentlich hatte Richter ja schon Pläne für sein Wochenende gehabt, aber die mussten jetzt erst einmal warten. Da war er vielleicht auch zu sehr Opfer seiner eigenen Neugierde. Der Assistenzarzt zog sich eine Jacke über, setzte sich auf sein Fahrrad und machte sich auf den Weg. Es war kalt geworden. Draußen waren nur wenige Menschen unterwegs, aber die Luft war angenehm frisch. Was kann der Professor nur haben, fragte er sich. Er war wirklich nicht der Typ für geheimnisvolle Anrufe. Und der Professor war erst recht nicht der Typ, der sich über ungewöhnliche Entdeckungen sonderlich begeistern konnte. Es musste also schon etwas Außergewöhnliches vorgefallen sein. Nach einer Viertelstunde erreichte Richter die Rechtsmedizin. Er stellte sein Fahrrad ab und betrat die altehrwürdige Einrichtung durch die Hintertür. Schon als er durch die weiträumige Eingangslobby schritt, hörte er laute Musik durch die Gänge schallen.

Stirb nicht vor mir, glaubte er herauszuhören.

Das war typisch, dachte er und grinste.

Richter betrat den Obduktionssaal. Der Raum roch nach Lindenblüten und Muff. Eine Mischung aus den Gerüchen der uralten Kühlung und der Fäulnis von Leichen, die erst spät in ihren Wohnungen gefunden wurden. Vor ihm stand Professor Frenzel direkt vor einem Tisch, auf dem eine Leiche lag. Das Radio war auf volle Lautstärke aufgedreht. Der Professor war zwar beim Gesundheitsamt angestellt und hatte gar keinen Lehrtitel an der Universität, aber jeder nannte ihn respektvoll trotzdem so. Er war ein kleiner, dickbäuchiger Mann mit langen weißen Haaren und einem dichten Vollbart. Unter seinem geöffneten Kittel trug er ein knallbuntes, vorwiegend gelbes Hawaiihemd und eine kurze Bermudahose. »Na, Herr Professor, Sie haben wohl noch gar nicht mitbekommen, dass der Sommer schon wieder vorbei ist?«, lächelte sein Assistent. Doch der Professor ging gar nicht auf den Spruch ein. Gedankenverloren stand er vor dem toten Körper der jungen Frau, die hier lag.

»Ah, Richter«, sagte er. »Kommen Sie, kommen Sie, das müssen Sie sich ansehen.« Richter stellte sich neben seinen Chef und betrachtete die Leiche. Eine junge Frau, schätzungsweise Anfang zwanzig, auf den ersten Blick keine äußeren Gewalteinwirkungen erkennbar.

Richter schaute zu dem Professor, der sich ganz in der Leiche verloren hatte. Er wirkte nicht ganz anwesend. Zwar hatte er ein Skalpell in der Hand, aber mit der Obduktion noch gar nicht angefangen.

»Fällt Ihnen nichts auf, Richter?«

»Doch«, sagte er. Die Leiche war ungewöhnlich hell. Nein, sie war schneeweiß.

»Hat sie einen Blutmangel?«, fragte Richter. Der Professor drehte sich zu ihm und schaute ihn an.

»Nein, Richter. Sie hat so gut wie überhaupt kein Blut mehr im Körper.«

Jetzt verstand der Assistenzarzt erst, was den Professor so faszinierte. Er ging noch einmal um den Obduktionstisch herum, um zu erkennen, ob es nicht doch irgendwo eine mögliche Austrittswunde gab. Aber da war keine. Zumindest nichts Offensichtliches.

»So etwas habe ich in meinem ganzen Leben noch nie gesehen«, sagte der Professor. »Irgendjemand hat dieser Frau beinahe ihr komplettes Blut aus dem Körper entfernt.«

TEIL 1

1

Das war er. Der perfekte Augenblick. Bastian Becker hatte den Gipfel erreicht. Die letzten Meter waren anstrengend, aber nun stand er auf dem vereisten Felsen und blickte auf die Welt hinab. Becker betrachtete die schneebedeckten Wälder und die einsamen, weiß eingeschneiten Hütten, die ihm zu Füßen lagen. Über seinem Kopf krächzten ein paar Vögel, während die Sonne langsam aufstieg und die gesamte Landschaft in ein sanftes, goldenes Licht tauchte. Was für eine Aussicht! Becker fühlte eine tiefe, innere Ruhe. Er stand dort, direkt an der Klippe, und atmete ein paar Mal durch. Wie friedlich von hier oben doch alles war. Becker zog sich ein Zigarillo aus der Jackentasche, steckte es sich an und nahm einen tiefen Zug. Er spürte, wie sich seine Lungen mit dem warmen Tabakdampf füllten. Es fühlte sich an, als wären die Sorgen und Probleme der vergangenen Monate einfach von ihm abgefallen. Als würden sie sich im Angesicht der atemberaubenden Natur ganz einfach auflösen. Welche Bedeutung hatten sie auch schon, fragte er sich selbst, diese ganzen belanglosen Dinge, mit denen er sich in seinem Alltag quälen musste. Welche Bedeutung hatten sie im Angesicht der Schönheit dieser Welt? Becker hatte ein paar schlechte Wochen hinter sich. Unbezahlte Rechnungen. Offene Mietzahlungen. Ängste, die ihn eigentlich um den Schlaf brachten. Aber hier oben, da wurden die Sorgen auf einmal unbedeutend.

»Bastian!«

Ja, hier oben war er frei. Bastian Becker streckte die Arme aus, als wären sie Flügel, und schloss dabei die Augen, er spürte den frischen Luftzug, der ihm um die Nase wehte. Er ging noch einen Schritt vorwärts, stellte sich genau an die Kante, seine Zehen ragten schon über sie hinaus, und plötzlich, da hatte er das Gefühl, dass nun alles möglich sei. Er hielt noch für einen kurzen Moment inne – und dann wagte er es. Er trat über die Schwelle hinaus und spürte, wie die Schwerkraft seinen Körper hinunterzog, wie er fiel, aber plötzlich, da wurde alles ganz leicht, er erhob sich wieder, und das Unmögliche wurde tatsächlich möglich, er begann mit seinen ausgebreiteten Armen zu fliegen und über die vereiste Winterlandschaft zu gleiten.

»Bastian!«

Und so schwebte er über die malerischen, schneebehangenen Wälder, bis er schließlich eine Lichtung unter sich entdeckte. Becker sank ein wenig ab und sah, dass auf dieser Lichtung eine kleine Hütte stand. Eine einfache Hütte. Sie war aus Holz. Becker kniff die Augen zusammen, um sie näher zu erkennen, und in diesem Moment wurde ihm bewusst, welche Hütte das war, die er da sah, und plötzlich spürte er einen tiefen Stich in seinem Herzen, und es fühlte sich von einem Moment auf den nächsten alles ganz verändert an. Die Leichtigkeit, mit der er über die Erde schwebte, war verloren. Die Wolken zogen sich zu und verdeckten die Sonne. Becker fühlte, dass ein Gewitter aufzog. In der Ferne hörte er ein Donnergrollen, und er schaute wieder auf die Hütte hinunter und plötzlich sah er, dass sich der Schnee rot verfärbte, und Becker verlor das Gleichgewicht und plötzlich, da schwebte er nicht mehr, plötzlich verlor er mehr und mehr die Kontrolle, und er fiel tiefer und tiefer in Richtung Boden. Sein Herz zog sich zusammen, Erwartung und Anspannung pumpten durch seinen Körper, als er dem blutroten Boden immer näher und näher kam, und plötzlich …

»… Herrgott noch mal, wach endlich auf!« Bastian Becker riss seine Augen auf und schreckte hoch. Verdammt! Was war los?

Janina wich einen Schritt zurück und schaute ihren Partner mit hochgezogenen Augenbrauen an. Bastian brauchte ein paar Sekunden, um sich wieder zu orientieren. Wo war er doch gleich? Er schaute sich um. Schreibtisch. Papierstapel. Bücherwand. Ach ja. Sein Arbeitszimmer. Er musste eingeschlafen sein. »Bastian, das ist schon das dritte Mal diese Woche«, sagte Janina, und in ihrer Stimme lag mehr Sorge als Wut. »Ist wirklich alles in Ordnung bei dir?«

Becker fing sich wieder, schüttelte die Traumbilder ab und kam langsam in der Wirklichkeit an. »Ja«, sagte er. »Ja, na klar. Ich ... muss eingeschlafen sein.«

»Du hast geschrien, Bastian.«

Becker kratzte sich am Kopf. Es war ihm unangenehm. Er schaute auf die große Uhr, die an der Wand hing. Es war gerade einmal Mittagszeit. Er dachte zurück an die letzte Nacht. Sie war kurz gewesen. Zu kurz.

»Hier«, sagte Janina und streckte ihm das Telefon entgegen, das sie schon die ganze Zeit in der Hand hielt. Mit ihrem Handballen verdeckte sie die Sprechmuschel. »Da will jemand mit dir reden.«

Becker atmete durch. Da war sie wieder. Die Realität. Mietschulden, Rechnungen und jede Menge Arbeit. Er nahm das Telefon und hielt es abwartend noch ein paar Sekunden in der Hand. »Hallo?«, fragte er vorsichtig.

»Hören Sie mal, Becker«, vernahm er eine seltsam vertraute Stimme am anderen Ende. »Wir haben hier was. Ungewöhnlicher Fall. Wir bräuchten Ihre Hilfe.«

Er hielt kurz inne. Becker erkannte Petersons knorrige Stimme sofort. Wie lange war es her, dass er das letzte Mal mit ihr gesprochen hatte? Er rechnete es rasch durch: beinahe auf den Tag genau fünf Jahre.

»Peterson ...«, begann Becker etwas unsicher. Er wusste nicht genau, wie er diesen Anruf einzuordnen hatte. »... ich bin gerade wirklich überladen mit Arbeit. Es ist ... kein guter Zeitpunkt«, sagte er und begutachtete die Unordnung auf seinem Schreibtisch. Die Akten stapelten sich mittlerweile wirklich bedenklich hoch. Er musste diesen ganzen Mist abarbeiten. Dringend. Außerdem brauchte er Geld. Ebenfalls dringend.

»Hören Sie zu, Becker, wenn ich Ihnen sage, dass wir hier einen außergewöhnlichen Fall vorliegen haben, dann haben wir hier einen außergewöhnlichen Fall vorliegen. Ich kenne Sie. Kommen Sie vorbei, schauen Sie es sich an, und Sie werden garantiert nicht Nein sagen.«

Becker rang mit sich selbst. Er hatte seine Gründe, warum er sich so lange nicht mehr bei Peterson gemeldet hatte.

»Schon okay«, gab er dann aber schließlich nach. »Ich kann in ...«, er schaute auf seine Uhr, »... vier Stunden bei euch sein. Dann schaue ich mir die Sache einmal an. Aber ich kann für nichts garantieren.«

»Gut. Danke. Bis später.«

Becker legte das Telefon auf den Tisch und lehnte sich schwer in seinem Schreibtischstuhl zurück. Scheiße, dachte er sich und massierte seine Schläfen. Das war nicht das, was er jetzt gebrauchen konnte. Scheiße, wiederholte er. Wieso habe ich das zugesagt? Er ließ seinen Blick einmal durch den Raum schweifen. Über die schweren und vollgestopften Bücherregale, über den schönen, antiken Holzschreibtisch, den er in fünfter Generation geerbt hatte. Auf dem Boden stapelten sich leere Weinflaschen. Und vor ihm, da lag die Arbeit der vergangenen drei Monate, die es noch abzuschließen galt. Becker fasste sich an den Kopf. Er war ein gefragter Privatermittler. Es gab kaum jemanden, der sich so in Spuren von Tatorten kniete wie er. Er bearbeitete Fälle, die andere für unlösbar oder hirnverbrannt hielten. Aber er war nicht imstande, aus seiner Fähigkeit auch Geld zu schlagen. Zu oft nahm er noch knifflige, aber unterbezahlte Fälle an.

»Bastian?«, hörte er Janina aus der Küche rufen. »Die verdammte Milch im Kühlschrank ist seit ganzen drei Monaten abgelaufen.«

Becker atmete schwer aus und vergrub sein Gesicht zwischen seinen Händen. Ein paar Sekunden später stand Janina mit der abgelaufenen Milchtüte in der Hand vor ihm. »Wer war das?«

»Das war Christine Peterson«, sagte Becker und schaute an ihr vorbei.

»Die Christine Peterson, von der du ...«

»Ja.«

Schweigen. »Was wollte sie?«, hakte Janina vorsichtig nach.

»Sie hat einen Auftrag. Einen Fall, bei dem ich beraten soll. Ich weiß noch nicht, worum es geht ...«

»Wirst du annehmen?«

Becker schaute zu ihr hoch. Janina war der einzige Mensch in seinem neuen Leben, der von seiner Vergangenheit wusste. Er hatte ihr alles anvertraut. Oder zumindest das meiste. Darum wusste sie, wie unangenehm diese Entscheidung für ihn gerade war. »Ich werde es mir zumindest anschauen«, sagte Becker. »Keine Ahnung, ich denke es ist …«

»… wichtig?«

»Wichtig. Ja.«

»Und diese Sache mit deinen Träumen? Das ist jetzt schon …«

»Es ist in Ordnung. Wirklich«, winkte Becker ab und schaute seine Partnerin an, die ihre Augenbrauen wieder in dieser ganz besonderen Weise hochgezogen hatte, die ausdrückte, dass sie sich Sorgen machte. »Es ist einfach nur viel Arbeit gerade.«

Seine Partnerin strich ihm mit der Hand über die Schulter. »Ist es ja immer, nicht?«, sagte sie, um ihn ein wenig aufzumuntern. »Komm, pack deine Sachen. Ich buche uns ein Ticket. Wann sollen wir bei Peterson sein?«

2

»Und?«, fragte ihn Janina. »Wie fühlt es sich an?«

Becker stand vor dem großen Altbaugebäude in der Stadtmitte und legte seinen Kopf in den Nacken. Mit seinem Blick fuhr er an den kleinen Steinfiguren entlang, die in der Architektur verarbeitet waren. »Um ganz ehrlich zu sein«, begann Becker, »es ist ein bisschen wie nach Hause kommen.« Er zwang sich zu einem Lächeln. Janina lächelte ebenfalls. »Es ist gut, dass wir hier sind.«

»Noch habe ich den Job nicht angenommen.«

»Das wirst du.«

»Weil wir in Schulden versinken?«

»Auch«, sagte Janina. »Aber auch, weil du früher oder später Frieden mit deiner Vergangenheit schließen musst.«

»Das hast du schon öfter gesagt.«

»Und jedes Mal habe ich recht.«

Becker stieg die drei Stufen hoch und zog die große Eingangstür des Polizeipräsidiums auf, dann legte er den Kopf leicht schräg und gab Janina zu verstehen, dass er ihr den Vortritt lassen würde. Sie lächelte und betrat das Gebäude.

»Wie kann ich Ihnen helfen?«, wurden sie im Empfangsraum von einem schlecht gelaunten Beamten begrüßt. Ein junger Kerl. Vielleicht Anfang dreißig, Dreitagebart, dicke Augenringe und einen großen Pott Kaffee vor der Nase. Becker zog seinen Ausweis hervor und legte ihn ungefragt auf den Tisch. »Bastian Becker, das ist Janina Funke. Wir werden von Hauptkommissarin Peterson erwartet.« Der junge Polizist nahm den Ausweis, spielte ein wenig mit ihm herum, las den Namen, schaute zu Becker auf und betrachtete dann wieder den Ausweis. Er brauchte ein paar Sekunden, bis bei ihm der Groschen fiel. »Sind Sie ... *der* Bastian Becker?«, fragte er und drückte sein Kreuz durch, um ein wenig Haltung anzunehmen.

»Ich weiß nicht«, sagte Becker. »Dürfen wir durch?«

»Natürlich, Herr Becker. Es ist schön, dass wir Sie hier wieder begrüßen dürfen«, sagte der junge Polizist etwas zu überbetont förmlich und stand auf, um den beiden Ermittlern den Weg zu zeigen.

Becker lächelte ihm freundlich zu. »Danke«, sagte er. »Ich glaube, ich kenne mich hier noch einigermaßen aus.«

»Natürlich, Herr Becker.«

Janina schaute Bastian an, der zuckte nur mit den Schultern. Dann betraten die beiden die Haupthalle der Wache, die aus einem riesigen Großraumbüro bestand. Die einzelnen Schreibtische waren durch schwarze Raumtrenner voneinander abgesondert, aber das konnte nicht verhindern, dass hier ein ziemliches Durcheinander herrschte. Zumindest wirkte es für Außenstehende so. Becker blieb für einen kurzen Moment stehen und beobachtete das Treiben. Ein lautes Stimmengewirr schlug ihm fast körperlich entgegen. Er sah Beamte, die an ihren Schreibtischen saßen und telefonierten, Polizistinnen und Polizisten, die Akten von links nach rechts trugen, die sich auf ihre Schreibtische lehnten und Gespräche führten, Berichte tippten oder gehetzt auf die Uhr schauten.

»Hey«, sagte Janina. »Du lächelst ja.«

Tatsächlich fühlte es sich für Becker wieder genauso an wie damals. Wie zu der Zeit, als er noch ein Teil dieser Truppe war. Nichts hatte sich hier verändert. Es war alles eher noch ein wenig lauter und hektischer geworden. Becker erinnerte sich plötzlich daran, wie er das erste Mal hier stand. Er war gerade einmal achtzehn Jahre alt und hatte mit seiner Polizeiausbildung begonnen. Die Wache war seine erste Lehrstation. Niemals, dachte er, würde er diesen Moment vergessen, in dem er diese heiligen Hallen zum ersten Mal betreten hatte, und niemals würde er das Gefühl vergessen, das dieser Moment in ihm ausgelöst hatte. Diese Hektik. Diese permanente Anspannung. Dieses Bewusstsein, zugleich ein Teil von etwas Größerem zu sein.

Ein Rädchen in einem großen Getriebe, das nach seinen ganz eigenen Regeln und Gesetzen funktionierte – das sollte ihn sehr lange Zeit nicht mehr loslassen. Damals hatte sich Becker geschworen, dass er unbedingt hier, genau hier an diesem Ort, arbeiten wolle. Und es sollte ihm einige Jahre später auch gelingen. Wie sehr ihm das noch zum Verhängnis wurde, konnte er ja nicht ahnen.

»Ist alles in Ordnung mit dir?«

»Ja«, antwortete Becker und riss sich aus seinen Gedanken. »Es ist nur ziemlich überwältigend, an den Ort zurückzukehren, wo alles begonnen hat.« Er lächelte. »Komm«, sagte er. »Die Büros sind im Obergeschoss.« Die beiden gingen an den Schreibtischen der Beamten vorbei, bis sie eine große Treppe erreichten, die sie in den ersten Stock brachte. Dort war es wesentlich ruhiger. Von einem langen Flur aus gingen links und rechts verschiedene Türen ab, die zu den Konferenzräumen und Einzelbüros führten. Becker kannte den Weg noch ganz genau. Erster Flur links, fünfte Tür rechts. Er klopfte drei Mal. »Herein«, hörte er eine schlecht gelaunte Stimme, und Becker öffnete die Tür.

Peterson lag zurückgelehnt in ihrem Bürostuhl, hatte die Füße auf dem Tisch abgelegt und war ganz in eine Akte vertieft.

»Höllenhunde«, sagte Becker. »Hier hat sich ja wirklich gar nichts verändert.«

Peterson senkte die Papiere und erkannte Becker. Sofort raffte sie sich auf und umarmte ihren ehemaligen Kollegen. »Becker! Scheiße! Gut, dass Sie da sind.«

Die beiden Ermittler standen sich gegenüber und musterten sich. »Junge«, sagte Peterson und schlug ihrem ehemaligen Schützling auf die Schulter. »Sie sehen wirklich beschissen aus. Geht's Ihnen gut?«

»Den Umständen entsprechend«, konterte Becker und klopfte Peterson ebenfalls auf die Schulter. »Und bei Ihnen? Immer noch zu viele Überstunden?«

»Wir nennen das hier mittlerweile Bonus-Arbeitszeiten, Becker. Alles für die gute Sache.«

»Peterson, das ist meine Partnerin Janina Funke«, sagte Becker dann schließlich. »Sie ist die beste Tüftlerin, die ich in meinem Leben kennengelernt habe. Und sie arbeitet mit mir bei den meisten Fällen zusammen.«

Peterson gab der jungen Frau die Hand und zog die Augenbrauen hoch. »Ein solches Kompliment ausgerechnet von ihm – das ist schon viel wert, das wissen Sie hoffentlich«, scherzte sie.

»Ohne mich«, entgegnete Janina mit einem Augenzwinkern, »wäre er aufgeschmissen. Das weiß er auch.«

»Wo die Dame recht hat, da hat sie recht«, bestätigte Becker und schaute sich im Büro um. Sofort fiel ihm die große Korkpinnwand auf, die Peterson aufgestellt hatte. Dort waren zahlreiche Fotos und Notizen angeheftet.

»Ist das …«

»… das ist unser Fall, ja. Wir haben eine Leiche gefunden«, begann sie direkt einzuleiten. »Die Tat wirkte geplant. Überaus präzise und kaltschnäuzig durchgeführt. Die Leiche haben wir an einer viel befahrenen Hauptstraße gefunden. Es war, als ob uns der Täter regelrecht vorführen wollte.«

»Anscheinend ein Mann oder eine Frau mit einem gewissen Geltungsbedürfnis«, fiel Janina ein.

»Das denke ich auch«, sagte Peterson, griff nach dem Telefonhörer und wählte eine Durchwahlnummer.

»Brinkmeier, Peterson hier. Kommen Sie einmal rüber, ich möchte Ihnen jemanden vorstellen.«

Becker hatte sich vor die Pinnwand gestellt und war bereits ganz vertieft in die vielen kleinen Zettelchen, die dort vor ihm angebracht waren. »Becker, keine Sorge, Sie bekommen Ihre Einweisung schon noch früh genug. In einer Dreiviertelstunde haben wir unsere erste Lagebesprechung, aber vorher würde ich Ihnen gerne noch jemanden vorstellen.«

In dem Moment öffnete sich die Tür und eine junge Frau in einem perfekt sitzenden Kostüm betrat den Raum. »Janina Funke, Bastian

Becker, darf ich Ihnen vorstellen: Das ist Alina Brinkmeier. Sie ist so etwas wie …«, Peterson zögerte, »… unser Wunderkind.«

Becker war noch ganz vertieft in die Stadtkarte, in der mit einer kleinen Nadel der Fundort der Leiche markiert war. Nur widerwillig drehte er sich um. »Hallo«, sagte er schließlich und gab Brinkmeier die Hand.

»Alina Brinkmeier ist noch recht frisch von der Akademie und …«

»… ich bin bereits seit drei Jahren fertig mit der Ausbildung, Peterson.«

»… und ist ganz schön vorlaut für ihre jungen Jahre. Aber gut, sie kann es sich erlauben. Sie hat das Studium gradlinig abgeschlossen und für uns bereits zwei superschräge Fälle gelöst. Aber das wird sie Ihnen sicher bald mal in aller Ruhe erzählen«, sagte Peterson nicht ganz ohne Stolz auf Brinkmeier, von der sie stets behauptete, sie entdeckt zu haben. Als Brinkmeier noch auf der Akademie war, da hatte Peterson gleich erkannt, dass die junge Frau sehr viel gründlicher und fleißiger war als ihre Mitstreiterinnen. Man musste Brinkmeier damals regelrecht aus der Bibliothek hinausschleifen, damit die dortigen Mitarbeiter auch einmal Feierabend machen konnten.

»Ich habe viel von Ihnen gehört, Herr Becker«, sagte Brinkmeier und zog sich eine Zigarette hervor, die sie sich anzündete. Dann musterte sie Janina ein paar Sekunden von oben bis unten.

Becker winkte nur ab. »Glauben Sie niemals dem Tratsch, den Sie auf einem Polizeiflur hören.«

»Becker und Funke werden uns in diesem Fall beratend zur Seite stehen«, erklärte Peterson. »Das ist ein außergewöhnlicher Fall, und wir brauchen hier das beste Team, das wir zusammenbekommen können.«

3

Oliver Schneider schmiss die Tür von dem kleinen Eckbüro zu, knallte das bedruckte Blatt Papier mit der flachen Hand auf den Schreibtisch seines Chefs und stemmte seine Fäuste in die Hüften. »Ich sage Ihnen, das ist nicht nur eine Geschichte. Das ist *die* Geschichte.« Im Hintergrund klingelten Telefone. Die Redaktion wimmelte wie ein Bienenstock. Es war kurz vor Redaktionsschluss. In einer Stunde musste die Zeitung für morgen stehen.

»Chef, ich meine das ernst. Das ist der Aufmacher heute.«

Thorsten Exner lehnte seinen schweren Körper in seinem Schreibtischstuhl zurück und verschränkte seine Arme hinter dem Kopf. Er musterte Schneider. Er mochte den Typen. Ein ehrgeiziger Journalist, wie er sie am liebsten hatte. Jemand, der von seinen Geschichten wirklich überzeugt war und dafür kämpfte. Jemand, der sich die Finger schmutzig machte, um an eine Geschichte zu kommen. Ein echtes Trüffelschwein. Aber heute trieb er es ein bisschen zu weit, selbst für seinen Geschmack. »Schneider, der Aufmacher für heute ist gesetzt. Sie wissen genau, Kommunalratssitzung. Finanzausschuss. Wichtige Weichenstellung für die Zukunft unserer Stadt.«

»Ach, das ist doch nur Bürokraten-Blabla, wen interessiert das? Meine Story wird die ganze Stadt weghauen.«

Schneider lachte auf. »Weghauen?«

»Sie wissen, was ich meine. Verdammt, haben Sie die Geschichte denn überhaupt schon gelesen?«

Exner beugte sich vor und zog das bedruckte Blatt zu sich heran. »Überflogen«, gestand er. »Ein Mord. Herausragender Fundort der Leiche. Studentin, frisch in die Stadt gezogen. Ist ein gutes Thema. Aber nicht Seite eins.«

Schneider schlug auf den Tisch. »Das ist nicht irgendein Mord. Meine Quellen berichten, dass sie so etwas noch nie zuvor erlebt hätten. Es ist ein total irrer Fall. Sie nennen den Täter den Schneewittchen-Mörder.«

Exner kratzte sich am Kopf. Für ihn war das noch immer eine spannende Polizeimeldung. Aber er konnte nicht erkennen, warum das Thema so interessant sein sollte, dass es auf Seite eins stehen könnte. Zu viel Blut war in harten Zeiten nicht beliebt. Die Menschen hatten genug um die Ohren und wollten sich lieber mit Kleinkram betäuben.

»Wieso eigentlich Schneewittchen-Mörder?«, fragte er.

»Das ist es ja«, floss es aus Schneider heraus. »Der Täter hat seinem Opfer das Blut entnommen. Einfach so. Das Mädchen hatte kaum noch einen Tropfen in ihrem Körper. Darum sah die Leiche weiß aus, als man sie gefunden hat. Aber das ist noch nicht alles. Der Täter muss ihr das Blut mit einem Trick entnommen haben. Es gibt nur winzige Einschnitte.«

»Gibt es schon einen Verdacht? Hinweise auf einen Täter?«

»Keine. Die Polizei tappt im Dunkeln. Sie haben sogar einen Berater dazugerufen.«

»Ist nichts Besonderes, passiert ständig.«

»Mag sein, aber der Fall ist doch außergewöhnlich.«

Exner lehnte sich zurück und überflog noch einmal die Geschichte, die ausgedruckt vor ihm lag. »Keine Seite eins. Wir machen es auf die Panorama-Seite. Wenn der Fall sich weiterentwickelt, hat er vielleicht den Wumms für mehr.«

Schneider fasste sich an den Kopf. Er konnte das nicht verstehen. Wer wollte etwas über einen Geldausschuss lesen, wenn man eine schneeweiße Leiche im Angebot hatte? Er liebte seinen Job, aber er hasste es, dass die Kollegen so schwerfällig waren. Kein Wunder, dass die Auflage der Zeitung Jahr für Jahr zurückging. Egal, dachte sich Schneider. Sollten sie es doch drucken, wo sie wollten. Er hatte eine bessere Idee.

Schneider ging durch den Redaktionsraum. In einer langen Reihe waren hier mehrere Schreibtische nebeneinander angeordnet, auf denen jeweils ein großer Computer stand. Er betrachtete seine Kolleginnen und Kollegen, die auf die Bildschirme schauten. Das Klappern der Tastaturen schwebte als Klangteppich durch den Raum. Er setzte sich an den letzten Tisch, der etwas abgesetzt von der langen Reihe stand, schnappte sich einen leeren Stuhl und schaute seine Kollegin an.

»Melanie, meine Beste, wie geht es dir? Du siehst heute fantastisch aus.«

»Sag einfach, was du willst, Oliver.«

Schneider beugte sich zu der Kollegin vor und sprach etwas leiser. Es sollte verschwörerisch wirken. »Pass auf, ich habe hier eine Geschichte, die unfassbar knallen wird. Für den Chef ist sie nichts Besonderes, aber ich bin mir sicher, dass sie online abgeht.«

Jetzt beugte sich auch die junge Kollegin vor. »Okay, dann mal los!«

Melanie Junghans war für die Onlineseite der Tageszeitung verantwortlich. Wie bei den meisten Lokalzeitungen wurden die Onliner in der Redaktion etwas stiefmütterlich behandelt. Während die großen Blätter ihre gesamte Energie schon in das Online-Geschäft steckten, waren die kleinen Zeitungen immer noch Fans gedruckter Ausgaben. Ihr Geld verdienten sie mit Zeitungsabonnenten – solange die noch lebten –, aber nicht im Netz. Junghans war darum offen für alles, was ihre Abteilung stärkte.

»Angst vor dem Vampir-Mörder«, begann Schneider und ließ eine kurze Kunstpause. »Eine junge Frau geht abends vor die Tür. Morgens ist sie tot. Und sie hat kein Blut mehr in ihrem Körper.«

»Hast du dir das ausgedacht?«, lachte Junghans.

»Nein, das ist wirklich so passiert. Und wir sind die Ersten, die das haben. Wir müssen das ganz groß hinlegen.«

Melanie Junghans legte ihren Kopf schräg und musterte ihren Kollegen eindringlich. Sie versuchte herauszufinden, ob er das gerade wirklich ernst meinte oder er sie mit der Geschichte nur ärgern wollte. Kannte sie ja alles schon. Die Onliner, hieß es einmal, nehmen alles, was sich um Sex oder Gewalt dreht.

»No shit«, sagte Schneider und legte ihr die ausgedruckte Story auf den Tisch. »Ich meine das ernst. Es ist passiert. Hier. Mitten in der Stadt.«

Junghans nahm den Artikel, lehnte sich in ihrem Stuhl zurück und las ihn sich durch. »Ergibt Klicks und eine gute Schlagzeile«, sagte sie. »Schick mir die Geschichte. Ich haue sie auf alle unsere Kanäle.«

4

»Machen Sie die Tür zu«, raunte Peterson ihren rechtswissenschaftlichen Praktikanten an, nachdem der das Tablett mit den fünf Kaffeegläsern im übertrieben großen Büro seiner Chefin abgestellt hatte. Die Kriminalkommissarin hatte schlechte Laune. Nicht ohne Grund. Sie hielt die aktuelle Ausgabe der örtlichen Zeitung hoch. »Die machen aus unserem Schneewittchen-Killer einen Vampir-Mörder.«

»Einfallsreich«, sagte Becker und nahm sich die Zeitung. Zum Glück war es nur eine kleine Spalte, die man im hinteren Teil versteckt hatte. Das würde untergehen. »Es wäre mir lieber, wenn wir diesen Einfallsreichtum bei der Bearbeitung unseres Falles beweisen würden, als die Presse bei ihren Schlagzeilen«, murmelte sie. »Je mehr davon noch kommt, desto mehr werden wir unter Druck geraten. Und im Moment fischen wir noch völlig im Trüben.«

Peterson schaute ihr Team an – Becker, dessen Partnerin Janina, Professor Frenzel und Alina Brinkmeier. »Also gut«, sagte sie schließlich. »Lassen Sie uns zusammentragen, was wir haben.« Sie ging an die große Pinnwand, die in ihrem Büro aufgebaut stand, und tippte auf das Foto der Leiche. »Jessika P., einundzwanzig Jahre alt, Studentin der Beziehungswissenschaften, politisch, kommt ursprünglich aus Bamberg und ist dieses Jahr in unsere Stadt gezogen. Beliebt unter ihren Mitstudierenden.«

Becker legte die Zeitung weg. »Sie war an diesem Abend mit zwei Freundinnen unterwegs gewesen«, ergänzte Alina Brinkmeier die Ausführungen ihrer Chefin. »Zunächst in einer Bar. Anschließend, gegen dreiundzwanzig Uhr, sind die drei in den Rheingold-Club gegangen. Laut Aussage ihrer Begleiterin hatte Jessika ein bisschen Alkohol getrunken – nicht der Rede wert. Im Club gab es keinen Kontakt zu anderen Gästen. Gegen zwei Uhr wollte Jessika nach Hause gehen. Ihre Freundinnen sind noch geblieben. Ab da verlaufen sich die Spuren. Ihre Leiche wurde am nächsten Morgen von zwei Joggern gegen acht Uhr gefunden. Der Täter muss also in den sechs Stunden zwischen zwei und acht Uhr zugeschlagen haben.«

Der Professor nahm seine Akte und öffnete sie. »Todesursache war der Blutverlust. Sie wurde betäubt, anschließend hat jemand einen kleinen Schnitt an der Halsader gesetzt und ihr das Blut zu großen Teilen ausgepumpt. Dabei ist sie gestorben.«

Betretenes Schweigen im Raum. »Wer hat die Möglichkeiten, so etwas zu machen?«

»Jeder, der ein Skalpell besitzt«, antwortete der Professor.

»Und wie lange dauert so etwas?«

»Das kommt ganz darauf an, wie lange die sterbende Person überlebt. Rechnen wir einmal mit einer halben Stunde.«

»Wir sollten ihren Freundes- und Bekanntenkreis zunächst auf Leute überprüfen, die Zugang zu medizinischen Geräten haben und Fachkenntnisse besitzen«, warf Becker ein.

»Glauben Sie an einen Täter aus dem Umfeld des Opfers?«

»Ich will es zumindest ausschließen können.«

»Können wir herausfinden, wo im Innenstadtbereich Geräte verwendet werden, die geeignet sind … um das Blut eines Menschen auszupumpen?«

»Und wenn jemand solch ein Gerät selbst hergestellt hat?«

»Scheiße«, fluchte Peterson. »Fangen wir mit einer Liste von Orten an, an denen man so etwas durchführen könnte.«

Brinkmeier nickte, als eine Polizistin die Tür öffnete. »Frau Kommissarin?«

»Jetzt nicht.«

»Es ist dringend.«

»Was ist denn?«, raunte Peterson.

»Wir haben eine zweite Leiche gefunden.«

5

Becker ging ganz bis zum Rand des Daches und schaute sich um. Wahnsinn, dachte er. Von hier oben hat man einen guten Blick über die gesamte Stadt. Dass mir das noch nie aufgefallen ist. Er spazierte ein wenig an der Dachkante entlang und versuchte mit seinem Blick abzumessen, ob es umgekehrt auch Orte geben würde, von denen aus man das Dach der Einkaufspassage im Blick hatte. Aber da war nichts. Nur der große Plattenbau, der allerdings viel zu weit entfernt war, als dass man von dort hätte verfolgen können, was hier bei Nacht so vor sich geht. Dafür bräuchte man schon ein Teleskop. Dennoch, dachte Becker, einen Versuch war es wert. Eine Streife sollte bei allen Bewohnern ab der zehnten Etage klingeln und nachfragen. Ansonsten war dieser Ort blickdicht. Er war zu hoch gelegen, als dass man von irgendeinem anderen Punkt der Stadt aus hätte sehen können, was hier passiert ist. Überwachungskameras gab es auch keine. Das war ihm gleich als Erstes aufgefallen. Als Becker das Dach einmal umrundet hatte, kehrte er zurück zu den anderen, die sich halbkreisförmig um die Leiche aufgestellt hatten, die dort lag. Wieder eine junge Frau. Wieder trug sie einen weißen Bademantel und hatte einen Totenkopf und eine verwelkte Blume in der Hand.

»Wie hat er sie hier hochgebracht?«

»Das Parkdeck endet ein Stockwerk tiefer«, sagte Alina Brinkmeier. »Das heißt, er kann sie bis dorthin mit einem Auto transportiert haben. Den Rest des Weges wird er sie hochgetragen haben.«

»Nein«, fiel Becker ihr ins Wort. »Im Parkhaus gibt es Überwachungskameras. So blöd wird er nicht sein. Der einzige Weg, hier hochzukommen und nicht gefilmt zu werden, ist über die Treppe dort drüben.«

»Sie wollen damit sagen«, fragte Brinkmeier nach, »dass der Mörder sein Opfer hier hochgeschleppt hat?«

»Davon gehe ich aus. Vielleicht ein Mann, der eine gewisse Statur und Kraft mitbringt?«

»Vielleicht«, fuhr Frenzel dazwischen, »hat er das Opfer aber auch hier oben getroffen. Oder sich hier oben mit ihr verabredet.«

»Nein«, sagte Janina. »Nirgendwo hier oben sind Blutspuren zu entdecken. Es ist wahrscheinlicher, dass er seine Tat irgendwo anders vollbracht und die Leiche erst anschließend hier raufgeschafft hat.«

Frenzel ging in die Knie und betrachtete die Tote. Ein junges Mädchen. Er schätzte es auf achtzehn oder neunzehn Jahre. Wie bei dem letzten Opfer wurde auch ihm beinahe das komplette Blut entnommen. Die Leiche war schneeweiß. »Sie haben recht«, räumte Frenzel ein, »egal wie der Mörder es geschafft hat, ihr Blut zu entfernen, das würde nicht klappen, ohne zumindest ein wenig zu kleckern.«

»Zu kleckern?«, fuhr Alina Brinkmeier ihn an. »Ist das Ihr Ernst?«

»Sie wissen, wie ich das meine. Es gibt hier überhaupt keine Blutspuren auf dem Dach.«

»Die Spurensicherung wird uns da sicherlich noch Genaueres sagen«, ergänzte Peterson, »aber auf den ersten Blick stimme ich zu. Ich halte es auch für unwahrscheinlich, dass er so etwas hier oben durchzieht.«

»Na ja, gegen Gefahren scheint der Täter ja nichts zu haben«, sagte Janina.

»Bitte«, sagte Peterson. »Keine Täterpsychogramme …« Janina nickte. Sie wusste, dass es aus der Mode gekommen war, zu versuchen, die Taten eines Menschen vorschnell zu deuten. Es führte nur selten zu brauchbaren Ergebnissen. Dennoch reizte es sie, zumindest gewisse Rückschlüsse aus dem Verhalten von Täterinnen und Tätern zu ziehen.

»Doc«, fragte Becker nach. »Wie lange, schätzen Sie, ist die Frau schon tot?«

»Schwierig. Das kann ich erst sagen, wenn wir die Leiche untersucht haben. Nach der ersten Temperaturmessung mit dem langen Thermometer schätze mal sieben bis acht Stunden.«

Becker schaute auf die Uhr. »Dann würde er oder sie die Tat gegen ein oder zwei Uhr morgens begangen haben. Wann wurde die Frau gefunden?«

»Vor einer halben Stunde«, sagte Peterson. »Man hat uns sofort informiert. Der Hausmeister hat hier oben angeblich etwas abstellen müssen und ist dabei auf sie gestoßen. Das Dach wird sonst nicht genutzt. Wir hatten Glück, sie hätte hier auch noch Tage liegen können.«

Becker beugte sich zu der Leiche hinunter und betrachtete sie. »Beim ersten Opfer gab es keine Anzeichen von sexuellen Übergriffen?«

»Nein«, sagte Frenzel. »Nichts.«

»Worum geht es diesem Kerl nur. Um ihr Blut? Das ist doch verrückt. Was will er damit?«

»Es verkaufen?«, warf Brinkmeier ein.

»Könnte er nicht einfach in eine Blutbank einbrechen?«

Becker zog sich ein Zigarillo aus der Jackentasche und nahm einen Zug. Auch Brinkmeier zog sich eine Zigarettenpackung aus ihrem Mantel und hielt sie Peterson hin, die sich eine Kippe herausfischte.

»Vielleicht«, warf Janina ein, fühlt er sich ja wie eine Art Künstler. Jemand, der uns sein Werk vorführt.«

»Was für ein Werk soll das sein?«

»Eins, das wir noch nicht verstehen. Aber irgendeine Nachricht scheint er übermitteln zu wollen. Der weiße Bademantel. Der Schädel. Die verwelkte Blume.« Becker ging wieder an den Rand des Daches, setzte sich dort hin und ließ die Füße baumeln. Unten an der Hauptstraße hatte sich ein kleiner Stau gebildet, der sich gerade wieder auflöste. Wie Spielzeug sahen die Autos von hier oben aus, die sich Stück für Stück durch die verstopften Straßen pressten. »Beide Tatorte«, sagte Becker, »waren nah an einer Hauptstraße gelegen. Das ist kein Zufall. Er muss mobil sein. Vielleicht hat er einen Beifahrer, der ihm hilft.«

»Zwei Täter?«

»Ich würde es nicht ausschließen«, sagte Becker.

»Guten Morgen«, hörte er eine Stimme und sah fünf weiß gekleidete Menschen mit schwarzen Koffern, die gerade das Dach betraten. Die Kriminaltechnik, im Kino auch Spurensicherung genannt.

»Ihr seid spät dran«, begrüßte Peterson das Team. »Keine Sorge, wir haben nichts angefasst und nichts kaputt gemacht. Frenzel, halten Sie sich bereit. Sobald die Staatsanwaltschaft die Leichenöffnung anordnet, will ich, dass Sie sich das alles in der Rechtsmedizin ganz genau anschauen, okay?«

6

Eigentlich, dachte Alina Brinkmeier, war das hier kein Ort, an dem sie sich sonderlich wohlfühlte. Es war viel zu laut. Viel zu stickig. Viel zu altbacken. Irgendwie auch viel zu männlich. Nicht dass sie ein grundsätzliches Problem mit solchen Männer-Orten hatte. Nur war die Kriminalpolizei schon ein ziemlich testosterongeladenes Umfeld. Sie musste solche Plätze nicht auch noch nach Dienstschluss aufsuchen. Alina zog sich ihren Blazer aus und krempelte die Ärmel von ihrer strahlend weißen Bluse ein wenig hoch. Aber was soll's. Sie schaute sich in dem Pub um. Ein paar Männer saßen an der Bar und starrten auf den Fernseher, auf dem gerade ein Fußballspiel übertragen wurde. Immer wenn sich der Ball einem der beiden Tore näherte, fingen sie wahlweise an, ganz aufgeregt zu jubeln oder zu fluchen. Alina konnte nicht verstehen, wie erwachsene Männer sich über so etwas erregen konnten. Sie zuckte mit den Schultern und sah sich weiter um. An den schweren Holztischen saßen weitere Männer, die Karten spielten und sich lautstark unterhielten. Ein Typ im Karohemd stand an der Musikbox und drückte dort auf den Knöpfen herum. Über die Boxen dröhnte dennoch immer nur dieselbe schnulzige Musik von irgendwelchen irischen Countrysängern.

Alina stellte fest, dass sie die einzige Frau in diesem Schuppen war. Sie ging in die hinterste Ecke und nahm an einem der kleineren Tische Platz. Beim Kellner bestellte sie ein Guinness. Das mochte sie zwar nicht wirklich, aber wenn sie denn schon einmal hier war, dann musste sie auch stilecht ein irisches Bier trinken, dachte sie sich. Sie schmiss ihren Blazer über die Stuhllehne und behielt die Eingangstür im Blick. Es dauerte noch ein paar Minuten, bis sie sich öffnete und Daniel Richter den Raum betrat. Alina grinste und winkte ihren Kumpel zu sich an den Tisch heran. Die beiden begrüßten sich mit einer Umarmung.

»Entschuldige bitte, ich wurde noch aufgehalten. Im Augenblick ist einfach die Hölle los.«

»Wem erzählst du das?«, sagte Alina und fuhr sich mit den Händen durch ihr dunkles Haar. Sie winkte dem Kellner zu, dass er noch ein weiteres Bier an den Tisch bringen möge. »Ich habe seit Tagen nicht mehr geschlafen, Daniel. Wirklich. Vielleicht mal zwei oder drei Stunden in der Nacht. Und das war dann schon viel.«

»Ist es der Schneewittchen-Fall?«

Alina nickte. »Ja, außergewöhnlich, oder?«

»Aber hallo. Ich habe so etwas noch nie zuvor gesehen. Aber irgendwie ist es …« Richter starrte vor sich hin, rang nach Worten. »… beeindruckend, oder?«

»Beeindruckend?«

»Na ja … ein Mensch ohne Blut … entschuldige, ich klinge vielleicht etwas zu angetan, aber das ist schon ein besonderer Anblick. Es hat etwas von einem … Kunstwerk.«

Alina nahm einen Schluck von ihrem Bier. »Du hast einen ziemlich seltsamen Kunstgeschmack, Daniel. Ich finde es widerlich.«

»Vielleicht habe ich beruflich einen anderen Blick auf die Sache«, murmelte Richter.

»Ihr habt heute die zweite Leiche geöffnet?«

»Ja …«

»Gab es Besonderheiten?«

»Der ganze Fall ist besonders, würde ich sagen. Wer auch immer dahintersteckt, der Typ scheint begabt zu sein.«

»Begabt?«

»Die Genauigkeit, mit der er vorgegangen ist. Die feinen Einschnitte. So etwas sieht man nicht alle Tage.«

»Gab es Unterschiede zur ersten Leiche?«

»Es war dasselbe Vorgehen. Wie sieht es bei euch aus? Habt ihr schon Anhaltspunkte?«

Richter beugte sich etwas vor. Merkwürdig, dachte Alina. Richter schien ernsthaft interessiert an diesem Fall zu sein. Selten hatte sie ihn so mitschwingend gesehen. Normalerweise war Richter auf seine Leichen festgelegt. Er verstand etwas von seinem Beruf, aber sein Interesse endete am Körper, der vor ihm lag. Er vertiefte sich darin, herauszufinden, wie ein Mensch gestorben war. Aber die Gründe dafür interessierten ihn sonst nicht. Er fragte nie, wer die Täterin oder der Täter gewesen war und warum sie das getan hatten, was sie getan hatten. Das war Richter egal. Sein Interesse galt dem toten Körper. Alina hatte das schon immer mit Neugier wahrgenommen. Vielleicht war das auch der Grund, dass sie sich irgendwann mit Daniel Richter angefreundet hatte. Er war ein gutes Gegengewicht zu ihren Interessen. Und eine gute Ergänzung, die Alina einen neuen Blickwinkel auf die Dinge erlaubte. Nicht immer nach den Gründen fragen, sondern einfach auf das schauen, was passiert ist. Das fiel ihr nicht immer leicht. Aber es war wahrscheinlich auch eine Berufskrankheit, dachte sie. Dann schüttelte sie den Kopf. »Nein«, sagte sie. »Es ist, als würden wir ein Gespenst jagen. Daniel, ganz ehrlich, warum macht jemand so was? Normalerweise kann ich zumindest versuchen, mir eine Tat begreiflich zu machen. Aber in diesem Fall ist das anders. Ich verstehe es einfach nicht.«

»Und dieser Becker? Ich habe viel von ihm gehört. Ist er wirklich so gut?«

Alina zuckte mit den Schultern. »Ich habe das Gefühl, er ist ein Einzelgänger. Kann sich nicht gut in eine Gruppe eingliedern. Geschenkt. Wenn er gute Ideen hat, genügt das. Aber bisher war da nichts.«

Sie zog sich eine Zigarette aus der Packung und steckte sie sich an. Dann nahm sie einen tiefen Zug und blies den Rauch in die Luft. »Hast du mitbekommen, dass die Leute jetzt schon auf die Straße gehen?«, fragte sie.

»Natürlich.«

»Ist das nicht verrückt?«

»Ich kann es verstehen. Sie sind verunsichert und wissen nicht, was da draußen passiert. Und sie haben das Gefühl, die Polizei kann sie nicht schützen. Aber es sind ja nur ein paar Leute, die da draußen herumstressen.«

»Genau das ist es! Wenn ich nicht selber an diesem Fall arbeiten würde, würde ich vielleicht auch auf einer Demo rumstehen und irgendwem in den Arsch treten wollen, weil er oder sie ihren Scheißjob nicht macht.« Alina inhalierte den Qualm und blickte in das Leere. Richter hatte schon recht. Klar, es war bloß eine Handvoll Menschen, die da vor ein paar Stunden in der Innenstadt herumgelaufen waren. Aber wer weiß, wohin das alles noch führt, dachte sich Alina. Wenn man jetzt nicht einmal mehr der Polizei vertraut. Wenn Bürger auf die Straße gehen, weil sie Angst vor einem Mörder in ihrer Stadt haben. Irre Zeiten.

Richter lächelte. »Du bist wirklich eine ungewöhnliche Frau, weißt du das?«

»Warum?«

Richter betrachtete seine Freundin. Er mochte Alina. Sie war hart. Sie war klug. Und sie war fleißig. »Wenn du dich einmal irgendwo festgebissen hast, dann lässt du nicht mehr locker, Alina. Ich mag das.«

Alina zwang sich zu einem Lächeln. Den Vergleich mit einem Wadenbeißer hatte sie schon ein paarmal gehört. Sie wusste nicht, ob sie sich darüber freuen oder ärgern sollte. Aber sie fühlte sich auch geschmeichelt. Wadenbeißer, dachte sie. Genau das hatten sie damals auch über ihren Vater gesagt.

»Weißt du noch, damals, als wir den Möhring-Fall bearbeitet haben?«, fragte Richter und riss Alina aus ihren Gedanken.

»Damals haben wir uns kennengelernt. Zwei Jahre ist das her. Und wir saßen auch damals in einer Bar, du hast auch damals geraucht und geflucht, weil du zunächst nicht weitergekommen bist.«

»Ja«, sagte Alina. »Es war mein erster großer Fall, an dem ich arbeiten durfte, und ich hatte mir so fest vorgenommen, dass ich ihn lösen wollte.«

»Es ist dir am Ende auch gelungen.«

»Der Fall war so offensichtlich, dass wir einfach nicht an die naheliegendsten Dinge gedacht haben.«

»Manchmal«, sagte Richter, »sind die Dinge so offensichtlich, dass sie uns unmöglich erscheinen.«

»Tja«, sagte Alina und betrachtete eine Zeitung, die auf dem Tisch lag. »Vampir-Morde erschüttern die Stadt«, stand dort auf der Titelseite. Der Kellner kam an den Tisch und stellte Richter ein Bierglas vor die Nase. »Ziemlich beschissener Laden«, sagte er.

»Es war nicht meine Idee hierherzukommen«, entgegnete Alina.

»Natürlich war es deine Idee. Nahe bei der Arbeit hattest du gesagt.«

»Habe ich das? Siehst du, ich bin schon so durch, dass mir sogar solche Dinge entfallen. Dabei hasse ich Pubs. Guck dir die Jungs an, das ist hier eine andere Welt.« Noch während sie die Worte aussprach, richtete sie sich auf. Es war, als würde sie irgendeine Eingebung haben, als würde ein Gedanke in ihrem Kopf herumschwirren, den sie noch nicht so richtig fassen konnte. Sie schaute wieder auf die Zeitung. Vampire, dachte sie. Andere Welt.

»Ist alles okay bei dir?«

»Ja ... mir ist da nur gerade etwas eingefallen ...«

»Geht es dir nicht gut?«

Alina riss die Augen auf und packte Richter am Handgelenk. »Ganz im Gegenteil. Mir geht es blendend. Aber ich hatte gerade einen Gedanken, dem ich unbedingt nachgehen muss. Es tut mir leid«, sagte sie, fischte einen Zehneuroschein aus ihrem Blazer und legte ihn auf den Holztisch. »Ich muss los.«

»Jetzt noch? Wo musst du denn hin?«

»Zurück ins Revier ... ich bin da vielleicht einer großen Sache auf der Spur.« Alina küsste Richter auf die Stirn, sprang auf, schnappte sich ihre Sachen und machte sich auf den Weg.

7

Peterson schreckte hoch. Alles gut, dachte sie. Alles in Ordnung. Es war nur ein Traum. Durch den Fensterschutz fiel das orangene Licht der Straßenlaternen. Schwerer Regen prasselte gegen die Scheiben und auf die Fensterbänke. Peterson atmete durch. Alles gut, wiederholte sie noch einmal. Nur ein schlechter Traum. Sie schaute auf den Wecker. Vier Uhr dreißig. Gottverdammt. Die Hauptkommissarin fuhr sich mit ihren Händen durch das Gesicht, riss die Decke zur Seite und setzte sich an den Rand ihres Bettes. Wieso passierte das? Wieso passierte das jede verdammte Nacht? Sie hatte mittlerweile das Gefühl, dass man sie verflucht hatte. Immer wieder derselbe Traum. Und immer und immer wieder dieselbe Zeit, zu der sie jede Nacht aufschreckte. Das war doch nicht normal. Peterson atmete durch und verharrte einige Sekunden am Rand ihres Bettes. Schlafen konnte sie vergessen. Sie war jetzt wach. Die Hauptkommissarin schaute zu dem Fenster. Ein Blitz erhellte die Nacht. Wortlos zählte sie runter. Einundzwanzig, zweiundzwanzig, dreiundzwanzig … dann kam der Donner. Ein bedrohliches Grollen, ganz in der Nähe. Und was, wenn es doch kein Traum war? Wenn da mehr hinter steckte?

Peterson dachte an das Gespräch, das sie vor einigen Wochen mit ihrem Bruder geführt hatte. Mit Christian. Christian war der einzige Mensch auf der Welt, dem sie wirklich vertraute. Mit dem sie über all die Dinge reden konnte, die sie belasteten. Peterson dachte nach. Da waren mittlerweile so einige zusammengekommen. Sie war jetzt seit gut dreißig Jahren im Polizeidienst. Und immer wenn sie glaubte, dass sie alles gesehen, dass sie alles erlebt hatte, dann kam wieder etwas Neues, dann kam wieder etwas, das ihre Welt infrage stellte. Peterson atmete noch einmal tief durch. Auch diese Mordserie beschäftigte sie wohl mehr, als es gesund war. Wer machte so was? Und warum? »Das war schon immer dein großes Problem«, hatte Christian ihr gesagt. »Dass du immer das *Warum* suchst. Denn manchmal«, so hatte ihr Bruder gesagt, während sie einen langen, ausgiebigen Waldspaziergang machten, »denn manchmal, da gibt es kein Warum. Manchmal sind die Dinge nun einmal so, wie sie sind.« Sie zuckte mit den Schultern.

Christian war ein guter Kerl, dachte Peterson. Ein einfacher Mann. Dachdecker. Ehrliche Arbeit. Es gab Tage, da beneidete sie ihren Bruder. Aufstehen, malochen gehen, sich die Hände schmutzig machen und abends wieder nach Hause kommen und den Beruf für den Rest des Tages einfach Beruf sein lassen. Das hätte sie auch gerne. Einfach einmal abschalten. Aber das konnte sie nicht. Sie nahm ihre Arbeit mit nach Hause. Und mit der Arbeit auch die Fragen, die ihr ständig im Kopf herumgeisterten. Meistens waren es Fragen nach dem *Warum*. Warum taten die Menschen das, was sie taten? Christian hatte recht, dachte Peterson. Es waren Fragen, die man sich nicht stellen sollte. Nicht in ihrer Position. Eigentlich wusste sie es ja. Eigentlich wusste sie, dass es einen krank machte, alles zu hinterfragen. Eigentlich wusste sie, dass nicht alles, was auf dieser Welt passierte, einen Sinn ergab. Dass nicht jeder Täter ein klares Motiv hatte. Aber, fragte sich Peterson, was blieb ihr denn, wenn sie nicht an der Suche nach einem Sinn festhielt? Sie konnte, nein, sie wollte das alles nicht aufgeben. Auch wenn der Preis dafür verdammt hoch war.

»Und wenn du einfach mal zu einem Psychologen gehst?«, hatte Christian sie gefragt. »Mit jemandem darüber redest? Über die Träume. Die Bilder. Die Gedanken.«

Peterson schaute zu ihrem Ehemann. Er schlief tief und fest. Sie hörte seinen sanften, gleichmäßigen Atem. Vielleicht, dachte sie, vielleicht sollte sie das tun. Vielleicht stimmte wirklich etwas nicht mit ihr. Sie stand leise auf und zog sich die Hose an, die sie gestern nachlässig über die Stuhllehne geworfen hatte. Dann zog sie sich eine frische Bluse aus dem Schrank, schmiss sich ihren Blazer über und zog langsam die Schlafzimmertür hinter sich zu. Aber jetzt, dachte sie, jetzt war keine Zeit für so etwas. Jetzt hatte sie andere Dinge zu erledigen. Sie trat hinaus in den Regen und lief, so schnell sie konnte, zu ihrem Auto.

8

Eine halbe Stunde später erreichte sie das Polizeipräsidium. »Guten Morgen«, brummte Peterson der Nachtwache entgegen.

Ein junger Kerl schaute von einer großen Zeitung auf, die er gerade durchblätterte. »Sie schon wieder!«, sagte der überraschte Schmidt. Schmidt war noch recht neu dabei und wurde entsprechend häufig in die Nachtschicht gesteckt. Eine Entscheidung, die ihm ganz offensichtlich nicht sonderlich gut gefiel. »Peterson, Sie haben doch nicht mehr alle. Wie können Sie nur jeden zweiten Morgen um diese Zeit freiwillig ins Revier kommen?«

Peterson klopfte Schmidt auf die Schulter. »Mache ich nur, weil ich es genieße, zu sehen, wie Sie hier leiden. Das ist für mich ein guter Start in den Tag.« Sie lächelte etwas gezwungen und hakte dann ernster nach. »Irgendetwas los heute Abend?«

»Nichts. Eine ruhige Nacht. Auch Kriminelle müssen einmal schlafen.«

»Schön wär's«, entgegnete Peterson mit einer abwertenden Handbewegung.

»Seid ihr an etwas Größerem dran? Ihre Kollegin ist auch noch hier.«

»Welche Kollegin?«

»Brinkmeier.«

»Brinkmeier?« Peterson zog die Augenbrauen hoch. Normalerweise war sie die Erste, die hier eintraf. Dass noch jemand um diese Zeit arbeitete, war ungewöhnlich. »Ich werde mal sehen, was die junge Dame hier noch so treibt«, sagte sie und klopfte zwei Mal auf den Tisch der Nachtwache. »Weitermachen, Schmidt. Und nicht einschlafen.«

Schmidt nickte und versteckte sich wieder hinter der großen Zeitung vom Vortag.

Peterson ging an dem kleinen Empfangstisch vorbei und streifte durch das menschenleere Revier. Es herrschte absolute Stille um diese Zeit. Das mochte sie. Keine Telefone, die klingelten. Kein Getippe auf den Tastaturen. Keine Gespräche. Es war, als hätte man das Leben einfach auf Pause gestellt. In ein paar Stunden würde hier alles wieder losgehen. Würde der Alltag wieder beginnen. Der ganze Terror. Dann würden die Kollegen wieder an ihren Plätzen sitzen. Würden ihrer Arbeit nachgehen. Anrufe machen. Protokolle ausfüllen. Ermittlungen anstoßen und Zeugen befragen. Sie würden Verbrechen aufklären, die andere Menschen begangen haben. Und wenn ein Fall abgeschlossen wäre, dann würde ein neuer Fall kommen. Weil es nie aufhört. Weil das Leben nur in der Nacht für ein paar Stunden innehält. Peterson streifte langsam durch das Großraumbüro und fuhr dabei mit ihrem Zeigefinger über die unbesetzten Schreibtische. Die Bildschirme waren abgeschaltet. Dann atmete sie tief durch und versuchte ihre nachdenkliche Stimmung irgendwie abzustreifen. Es half ja alles nichts. Sie ging in die kleine Küche und machte sich einen Kaffee. Dann ging sie mit der weißen Keramiktasse in der Hand die Treppen hoch in die zweite Etage, wo ihr Büro lag. Der Flur war dunkel. Nur in einem Zimmer brannte noch Licht. Es war das Büro von Alina Brinkmeier. Peterson stellte sich in den Türrahmen und beobachtete die junge Kollegin, die angestrengt auf ihren Bildschirm starrte.

»Guten Morgen«, sagte sie. Brinkmeier bewegte sich nicht. »Guten Morgen«, gab sie zurück, ohne sich umzudrehen.

Peterson lächelte. »Alina, ich dachte immer, ich wäre die Nachteule in dieser Station. Wissen Sie eigentlich, wie spät es ist?«

Keine Reaktion. Peterson zog sich einen Stuhl heran, setzte sich neben ihre Kollegin und stellte ihr den Kaffee hin. »Hier«, sagte sie. »Ich glaube, Sie brauchen den dringender als ich.« Alina nickte, nahm die Tasse und trank einen Schluck. Sie nahm gar nicht wahr, was um sie herum passierte. Es schien, als wäre sie gar nicht richtig anwesend.

Zu aufmerksam betrachtete sie ihren Bildschirm. Peterson rückte ein Stück näher und schaute sich die seltsame Karte an, die geöffnet war.

»Was ist das?«, fragte sie. Erst jetzt drehte sich Alina zu ihr herum und schaute sie an. Ihr Gesicht wirkte durch das weiße Computerlicht fahl. Ihre Augen waren klein und müde, aber sie versuchte sich davon nichts anmerken zu lassen. Immer wenn Peterson Alina sah, wirkte sie wach und ausgeschlafen. Selbst wenn sie wusste, dass sie sich mal wieder die Nächte um die Ohren geschlagen hatte. Wie sie das immer machte, blieb ihr Geheimnis.

»Sitzen Sie an unserem Fall?«

»Ja«, sagte Alina. »Natürlich … Und ich bin da auf etwas gestoßen, was …«

»… ja?«

Alina biss sich auf die Lippe. Sie überlegte, wie sie das, was sie zu sagen hatte, am besten formulieren konnte.

»Wir haben zwei Leichen, richtig?«

»Richtig.«

»Beiden Leichen wurde das Blut entnommen, richtig?«

»Richtig.«

»Wissen Sie, Peterson, vielleicht hat die Zeitung gar nicht einmal so unrecht, wenn sie von einem Vampir-Mord schreibt.«

Obwohl Peterson wirklich nicht in bester Stimmung war, konnte sie es sich nicht verkneifen aufzulachen. Sie musterte Brinkmeier. Wollte sie sie verarschen?

»Ja, Alina«, sagte sie schließlich und betrachtete ihre übernächtigte Kollegin. »Das erklärt wirklich vieles. Ich habe mich schon immer gefragt, wie Sie es schaffen, so viel Energie bei so wenig Schlaf zu haben. Wollen Sie mir jetzt gestehen, dass Sie einer sind? Ein Vampir?«

Brinkmeier schüttelte den Kopf. »Nein, Peterson«, sagte sie genervt, »ich meine das ernst. Ich rede hier von Realvampirismus.«

Alina stand auf und zog einen kleinen Stapel mit Papieren aus dem Drucker und reichte sie der Kommissarin. »Es gibt Vampire nicht nur in irgendwelchen Märchen. Es gibt sie auch in der Realität. Natürlich haben sie mit den literarischen Figuren nicht viel zu tun, aber die Gemeinsamkeit ist die, dass sie Menschenblut trinken.«

Peterson schaute ihre Kollegin mit zusammengekniffenen Augen an. Das konnte sie doch unmöglich ernst meinen. Sie hielt wirklich große Stücke auf Alina. Sie war ehrgeizig. Sie war klug. Und sie war bereit, jede Extrarunde zu laufen, die nötig war, um einen Fall abzuschließen. Und ja, sie wusste auch, dass es manchmal gar nicht so verkehrt war, auch in ungewöhnliche Richtungen zu denken. Aber das hier, das war doch völliger Unsinn. Hatte Alina über Nacht den Verstand verloren? »Brinkmeier«, unterbrach Peterson ihre Ausführungen. »Gehen Sie nach Hause. Schlafen Sie sich aus. Sie reden doch dummes Zeug!«

»Mensch, Peterson«, fuhr Alina die Kommissarin an. »Jetzt hören Sie mir doch einmal zu. Ich bin nicht verrückt. Ich meine das vollkommen ernst.«

Also gut, dachte sich Peterson. Es war fünf Uhr morgens, sie hatte eine beschissene Nacht hinter sich, warum sollte sie ihren Tag nicht mit einer unterhaltsamen Geschichte über Vampire starten? Sie nahm sich ihre Tasse Kaffee zurück und nippte daran.

»Vampire also«, sagte sie. »Erzählen Sie.«

»Sie müssen sich von dem Bild lösen, das Sie aus Büchern und Filmen kennen. Der Glaube an Vampire ist viel älter. Er beruht auf Augenzeugenberichten, dass es in Osteuropa Leichen gegeben haben soll, die die Menschen für Wiedergänger hielten. Als man diese Leichen untersucht hat, stellte man fest, dass …«

»Kommen Sie zum Punkt. Was interessieren mich alte Volksmärchen?«

»Okay …«, verkürzte Alina ihre Erzählung. »Okay. Machen wir es ganz einfach. Stellen Sie sich vor, dass es Menschen gibt, die wirklich Blut trinken. Keine übernatürlichen, unsterblichen Wesen. Ganz normale Menschen. Frauen und Männer, die darin eine Erfüllung finden.«

»Was soll der Quatsch? Es gibt überall auf dieser Welt Spinner. Es gibt auch Leute, die glauben, dass sich die Sonne um die Erde dreht. Das ist doch kein Ansatz für eine Ermittlung!«

»Ich rede hier auch nicht von irgendwelchen Einzelfällen. Es geht nicht um ein paar Verrückte. Realvampirismus ist mehr, es hat sich eine ganz eigene Subkultur gebildet. Und es gibt genügend Menschen, die ihr angehören. Menschen, von denen man es gar nicht vermuten würde. Schauen Sie, Peterson«, sagte Alina und zeigte auf ihr Handy, das sie der Kommissarin in die Hand gedrückt hatte. »Es gibt eine Menge Onlineforen, Menschen, die sich für Vampire halten, die sich austauschen und miteinander vernetzen, die sich treffen ...«

»... und Morde begehen?«

Alina ließ eine kurze Pause. »Ist der Gedanke denn so abwegig? Wir haben hier zwei Leichen, die kein Blut mehr im Körper haben.«

»Ich habe noch nie etwas von Realvampirismus gehört.«

»Mag sein. Das macht es für den Fall aber nicht weniger bedeutsam.«

»Okay, Alina. Ich höre Ihnen ja zu. Sie behaupten also, da sind Menschen, die glauben, sie wären Vampire. Und weiter? Was tun diese Menschen?«

»Sie trinken Blut. Aus den unterschiedlichsten Gründen. Einige haben ein Bindungsproblem, andere einen Fetisch, manche sind Sonderlinge, wieder andere ...«

»... und wo bekommen sie dieses Blut her?«

»In der Regel von Spenderinnen und Spendern. Sie nennen sich selbst Donoren.«

»Okay, Alina, noch einmal langsam, ich bin eine alte Frau, ich komme da nicht mehr mit. Es gibt also Menschen, die aus verschiedenen Gründen das Blut von anderen Menschen trinken. Und es gibt wiederum Menschen, die ihr Blut für so etwas zur Verfügung stellen?«

»Genau. Schauen Sie ...« Alina nahm zwei Blätter und heftete sie mit zwei Nadelstichen an die große Pinnwand in ihrem Büro. Peterson erkannte die Karte wieder, die sie schon auf dem Monitor gesehen hatte. »Das hier«, erklärte sie, »das ist eine Blood-Map. Eine Blutkarte. Hier können Donoren angeben, dass sie für Vampire, also die Bluttrinker, zur Verfügung stehen.«

Peterson massierte ihre Schläfen. Sie atmete einmal tief durch und schaute aus dem Fenster. Draußen war es noch immer dunkel. Der Regen hatte nicht nachgelassen. Die Tropfen prasselten immer wieder gegen die Scheibe. Peterson fröstelte es. Sie schaute sich die Karte an. »Das sind doch bloß irgendwelche Fetischsachen«, sagte sie schließlich. »Menschen, die darauf stehen, dass man ihnen Blut abnimmt. Meinetwegen.«

»Das ist viel mehr, das ist eine heiße Spur, der wir nachgehen müssen!«

»Haben Sie irgendwelche Belege, dass das etwas mit unserem Fall zu tun haben könnte?«

»Nicht direkt, nein.«

»Schauen Sie, Alina. Wenn wir für jeden Mord, der passiert, die Sado-Maso-Szene ins Visier nehmen würden, dann wären wir ziemlich schlecht aufgestellt. Ich brauche Beweise. Zusammenhänge. Spuren. Tatsachen.«

»Aber es ist doch offensichtlich, dass es hier einen Zusammenhang geben könnte …« Alina machte eine kurze Pause und schob einen Stapel Ausdrucke zusammen. »Lassen Sie mich an der Sache dranbleiben, okay? Ich habe das Gefühl, dass das in die richtige Richtung geht.«

»Tun Sie, was Sie nicht lassen können. Aber behalten Sie das erst einmal für sich. Ich glaube, Sie sind auf dem falschen Weg, Brinkmeier.«

Alina nickte. »Sie sind die Chefin …«

Peterson betrachtete ihre junge Kollegin. Sie wirkte geknickt. Die Kommissarin ärgerte sich über sich selbst. War sie zu hart? Sie erinnerte sich daran, wie schwer sie es damals selbst hatte, bei der Polizei ernst genommen zu werden, als sie noch jung war. Sie legte Alina die Hand auf die Schulter. »Schauen Sie, Brinkmeier. Ich will nicht behaupten, dass …« Peterson dachte kurz nach. Sie wollte jetzt nichts Falsches sagen.

»Ich will nicht behaupten, dass Sie da völlig falschliegen. Vielleicht haben Sie recht. Ohne Frage ist das ein ganz besonderer Fall.

Aber man kann ihn in tausend mögliche Richtungen denken. Was wir brauchen, sind Anhaltspunkte, die uns in eine bestimmte Richtung führen. Wir sollten anhand dessen, was wir haben, ermitteln. Und keine haltlosen Ideen in den Raum werfen, nach denen wir unsere Ermittlungen ausrichten. Verstehen Sie, was ich Ihnen sagen will?«

»Ja«, sagte Alina. »Ich verstehe.«

»Sie sind eine Gute«, sagte Peterson und nahm die Hand von der Schulter der jungen Kollegin. Dann hievte sie sich von ihrem Stuhl hoch und machte sich auf in ihr eigenes Büro.

»Peterson«, rief Alina sie noch einmal zurück. Die Kommissarin blieb im Türrahmen stehen. »Sagen Sie, was hat es mit Becker und seiner Partnerin auf sich? Kennen Sie die beiden?«

»Ich kenne Becker von früher. Ja. Lange her.«

»Es gibt viele Geschichten über ihn …«

»Das hier ist ein kleines Revier«, lächelte die Kommissarin gnädig. »Es gibt über uns alle hier viele Geschichten.«

»Kommen Sie schon, Sie wissen doch, was ich meine. Ich weiß, dass Becker hier früher einmal gearbeitet hat. Bevor …«

»Bevor was?«

»Bevor diese Sache passiert ist. Diese Sache, von der niemand Genaueres weiß.«

»Sie sind noch jung, Alina. Ich gebe Ihnen den guten Tipp, dass es klüger ist, nicht auf Gerüchte zu hören, die irgendwelche Leute verbreiten. Meistens stimmen sie ja doch nicht.«

»Aber meist«, setzte Alina dagegen, »haben sie doch zumindest einen wahren Kern. Na, kommen Sie schon, Peterson, ich weiß nun einmal gerne, mit wem ich es zu tun habe. Was wissen Sie über Becker?«

»Ich habe ihn hier als einen herausragenden Ermittler kennengelernt. Jemand, der allen anderen auf diesem Revier meistens gedanklich schon zwei Schritte voraus war. Er hätte eine sehr große Karriere im Polizeidienst machen können. Aber Becker glaubt einfach an das Gute. Und in einer Behörde wie unserer ist es für Menschen wie ihn nicht immer einfach.«

»Warum hat er damals hingeschmissen?«

Peterson zuckte mit den Schultern. »Wenn Sie es ganz genau wissen wollen, fragen Sie ihn doch selbst.« Dann verließ sie das Büro und ließ Alina allein im hellen Licht des Computerbildschirms zurück.

9

Das hatte ihm gerade noch gefehlt. Becker bremste ab und stieg von seinem Fahrrad. Er war sowieso schon viel zu spät dran. Und jetzt auch noch das. Er schaute auf seine Uhr und schüttelte den Kopf. Illusorisch. Dass er es noch irgendwie pünktlich in das Revier schaffen würde, war völlig illusorisch. Er hätte auf Janina hören sollen. Sie war schon vor zwei Stunden losgefahren. Aber da hatte er noch geschlafen. Es lag eine kurze Nacht hinter ihm. Becker hatte durchgearbeitet. Alle Obduktionsergebnisse wieder und wieder geprüft. Es machte aber auch keinen Sinn, sich jetzt aufzuregen. Er betrachtete die kleine Menschentraube, die sich vor ihm versammelt hatte. Mitten auf dem Marktplatz. Es waren ein paar Dutzend Menschen, die dort standen. Sie hatten sich um einen Mann versammelt, der auf zwei übereinandergestapelten Paletten stand und ein Schild in die Höhe hielt. »Wir lassen uns nicht mehr verarschen«, war da zu lesen. Becker betrachtete die Menschen, die hier zusammengekommen waren. Er konnte sie nicht so richtig zuordnen. Die einen sahen aus wie Hippies, die anderen wie ganz normale Fußgänger, die hier in der Altstadt Tag für Tag einkaufen gingen. Wieder andere wirkten in ihren Pelzmänteln wie Vertreter des alten Bürgertums. »Entschuldigung«, fragte Becker eine ältere Dame. »Was genau machen Sie hier?«

»Wonach sieht es denn aus?«, fragte sie zurück. Becker zuckte mit den Schultern. Nein, er wusste es wirklich nicht. »Wir demonstrieren.«

»Und für was?«

»Nicht wofür«, mischte sich ein ergrauter Mann von der linken Seite ein. Er hatte einen weißen Schnäuzer und eine Schiebermütze auf dem Kopf, die seine verbliebene Haarpracht verdeckte. »Die Frage ist wogegen.«

»Okay«, sagte Becker, als nach einer längeren Pause keine Antwort kam. Offenbar wollten sie das hier gefragt werden. »Na, wogegen denn?«

»Gegen das System. Gegen die Lüge.« Becker konnte damit nichts anfangen. Er war politisch nicht sonderlich interessiert. Aber er hatte mit einem gewissen Interesse verfolgt, wie sich in den vergangenen Jahren immer wieder Protestbewegungen gegründet hatten, die es mal stärker und mal schwächer organsiert auf die Straße zog. Becker hatte das Gefühl, dass irgendwas ins Wanken gekommen war. Er hatte das Gefühl, dass es eine zunehmende Unzufriedenheit in diesem Land geben würde, die ihren Ausdruck in diesen Protesten fand. Die Anlässe, so schien es ihm, waren dabei gar nicht so entscheidend. Er hatte das Gefühl, als wollten die Menschen einfach nur ihre Wut ausdrücken. Becker betrachtete den Mann, der neben ihm stand. Sein Gesicht war rosig. Auch er wirkte aufrichtig wütend.

»Ich verstehe das nicht«, hakte Becker nach. »Was genau ist der Anlass?«

»Haben Sie nicht von diesen Morden gehört?«, fragte der Mann zurück. »Das kann doch einfach nicht wahr sein. In was für einer Bananenrepublik leben wir eigentlich, dass so etwas noch möglich ist? Dass der Staat seine Bürger nicht mehr schützen kann. Dass so ein Wahnsinniger in der Stadt irgendwelchen Mädchen das Blut …« Der Alte suchte nach einem Wort »… wegmacht.«

Becker nickte. »Ja«, sagte er. »Ich habe von diesem Fall gehört. Aber die Polizei ermittelt doch, ich vertraue darauf, dass sie den Täter sehr bald finden werden.«

»Die Polizei ermittelt sich einen Wolf. Die haben die Bürger zu schützen in diesem Land. Es ist doch ein Riesenskandal.«

Noch immer verstand Becker nicht so richtig, was diese Menschen wollten. Es gab doch ständig irgendwelche Verbrechen in Deutschland. Es war ja nicht gerade so, dass diese Mordserie eine Art Sündenfall im Garten Eden gewesen wäre. Und sonst gehen die Menschen doch auch nicht auf die Straße. Was war dieses Mal anders?

Becker schob sein Fahrrad ein wenig an den protestierenden Menschen vorbei. Er wollte das verstehen. Waren diese Demonstranten gefährlich? Konnte es passieren, dass diese Veranstaltungen in Gewalttaten ausarteten? Oder tat er den Menschen hier unrecht? Die Stimmung wirkte zwar aufgeheizt. Doch die Leute waren nicht übermäßig angriffslustig. Sie waren verärgert, fast schon verzweifelt.

Als er sein Fahrrad an den Demonstrierenden vorbeischob, sah er etwas abseits stehend einen Mann, der sein Mobiltelefon in der Hand hielt und sich selber filmte. Becker zuckte die Schultern und fuhr zurück in das Präsidium.

10

Er brauchte Sauerstoff. Becker stand auf und öffnete eines der Fenster. Die Luft in dem kleinen Konferenzraum war stickig. Seit zwei Stunden saßen sie schon hier und waren noch immer nicht weitergekommen. Auf dem Pult in der Mitte des großen Raums lag ein riesiger Stapel von Akten. Peterson hatte sämtliche Fälle der letzten dreißig Jahre zusammengesucht, in denen es vermeintliche Ähnlichkeit gegeben hatte. Ähnlichkeiten. Becker massierte sich die Schläfen. Für ihn war das Zeitverschwendung. Eigentlich war doch jedem in diesem Raum klar, dass es einen Fall wie diesen noch nie gegeben hatte. Und die vermeintlichen Überschneidungspunkte zu den Akten, die hier auf dem Tisch lagen, die waren nicht der Rede wert. Dazu kam, dass Peterson den Begriff wirklich sehr weit gefasst hatte. Überschneidungen waren bei ihr schon tote Studentinnen. Herausragende Fundorte von Leichen. Serienmorde. Becker stützte sich mit beiden Händen auf der Fensterbank ab und schaute hinaus. Es war diesig. Die Luft war kalt. Ein Nebel hatte sich wie ein Schleier über die Stadt gelegt. Becker kniff die Augen zusammen und versuchte den Park zu erkennen, der sich auf der anderen Straßenseite befand. Der Park, in dem er vor einigen Jahren noch regelmäßig seine Mittagspause verbracht hatte. Wie lange das nun auch schon wieder her war, dachte er. Es gelang ihm nicht, den Park zu erkennen. Da waren nur graue Schwaden.

Alina stellte sich zu ihm an das Fenster, zog eine Zigarettenpackung aus ihrem Blazer und steckte sich eine Kippe an. »Können Sie sich daran erinnern, dass es hier jemals so viel Nebel gegeben hat?«, fragte sie ihren Kollegen, um ein Gespräch zu beginnen.

Becker schüttelte den Kopf. »Ich auch nicht«, sagte Alina und setzte sich dabei auf die Fensterbank, um den Rauch aus dem Fenster zu blasen. »Es scheint, als würde der Nebel nicht nur über der Stadt liegen, sondern auch über diesem Fall, hm?«

Becker schaute seine junge Kollegin an. Er konnte mit solchen Sprüchen nicht viel anfangen. »Sie rauchen zu viel. Und Sie sehen müde aus, Alina.«

»Sie auch.«

»Eine kurze Nacht.«

»Für uns alle.«

Alina legte den Kopf in den Nacken und lächelte Becker an. Sie spürte, dass es gar nicht so einfach war, ihrem Gegenüber etwas Persönliches zu entlocken. Aber sie ließ nicht locker.

»Unter uns, Becker…« Ihre Stimme wurde nun etwas leiser, und sie beugte sich ein Stück vor. »Ich glaube, dass das, was wir hier machen, reine Zeitverschwendung ist. Wir sollten anders denken.«

Alina zwinkerte ihrem Kollegen zu, nahm einen weiteren Zug und wartete auf eine Reaktion. Warum ging Becker nicht auf sie ein? Hatte er ein Problem mit ihr? Weil sie jung war? Weil sie eine Frau war? Nein, das konnte Alina sich nicht vorstellen. Sie bekam ja mit, wie er mit seiner Partnerin Janina umging. Becker sprach nur in den höchsten Tönen von ihr. Was war also sein Problem? Es konnte doch nicht so schwer sein, eine Reaktion von ihm zu bekommen. Was war los mit diesem Mann? Waren ihm seine Kollegen völlig egal? Alina hatte das Gefühl, dass Becker nur für seine Fälle lebte. Alles andere war ihm egal. Auf der einen Seite fand Alina das irgendwie eine angenehme Eigenschaft. Schließlich war auch sie ein Mensch, der sich gerne reinkniete und die Extrarunde drehte. Aber für sie hatte auch das Zwischenmenschliche eine Bedeutung. Zumindest bildete sie sich das ein. Ob sie wirklich daran glaubte oder das Ganze nur machte, weil es sie in ihrer Karriere voranbrachte, das wusste sie selber nicht so genau.

»Ist er immer so?«, fragte Brinkmeier Janina, die in einer Ecke des Raums saß und im Gegensatz zu den anderen sorgfältig Akte für Akte durchging.

»An guten Tagen ja«, antwortete sie, ohne aufzuschauen.

»Mensch, Becker«, versuchte es Alina ein letztes Mal. »Sozialverhalten ist nicht Ihre Stärke, was?«

Becker stand noch immer am Fenster und versuchte weiter vergeblich durch den Nebel hindurch zumindest die Umrisse des kleinen Stadtparks zu erkennen. Alina, dachte er, versuchte sich mit jedem gut zu stellen. Sie trug ihre Ideen immer etwas lauter und betonter vor als die anderen. Er wollte ihr ihre Fähigkeiten nicht absprechen. Aber sie machte das, was sie machte, vielleicht nur, weil sie sich eine Beförderung davon erhoffte. Becker kannte viele wie Brinkmeier. Zu viele.

Er nahm noch einen Zug von der kalten Herbstluft und betrachtete dann die junge Kollegin. Alina hatte ihre Haare streng zurückgebunden und trug ein Kostüm. Sie will anerkannt werden, dachte Becker. Er selber trug nur ein altes Hemd unter dem zerknitterten Sakko. Er fand das praktisch.

»Was ist das?«, fragte Alina plötzlich. »Peterson, erwarten Sie noch Besuch?«

Becker folgte dem Blick seiner Kollegin auf die Straße. Vor dem Revier fuhr eine schwarze Limousine vor. Daraus stiegen zwei Männer mit Sonnenbrillen, auffallend gut sitzenden Anzügen, und bauten sich auf. Peterson löste sich von einer Akte, kam zum Fenster und schaute hinunter.

»Scheiße«, fluchte sie. »Das kann ich heute nun wirklich nicht gebrauchen.«

»Wer ist das?«, fragte Becker und zog sich einen Apfel von dem großen Konferenztisch.

Aus der hinteren Tür trat ein älterer Mann in grauem Anzug. Seine Sicherheitsleute und er betraten mit schnellen Schritten die Polizeistation.

»Ist das ...?«

»Ja«, sagte Peterson kurz angebunden. »Ich hoffe, dass er nicht zu uns will.«

Becker biss in seinen Apfel und schaute zu seiner Partnerin rüber. Aber Janina beachtete ihn nicht. Sie saß an ihrem Platz und war in die

Akten vertieft. Woher hatte sie nur diese Gelassenheit, fragte er sich. Er schloss das Fenster wieder. Ihn fröstelte.

Gerade als er sich wieder an seinen Platz setzen und sich die nächste Akte vornehmen wollte, ging die Tür zum Konferenzraum ein kleines Stück weit auf. Eine junge Polizistin steckte den Kopf herein und schaute sich unsicher um.

»Frau Kommissarin«, sprach sie Peterson an, als sie sie erblickte. »Sie haben Besuch. Der ...«

Noch bevor sie ausreden konnte, drückten zwei Männer die Tür ganz auf und betraten den Raum. Ihnen folgte der Mann im grauen Anzug, der eben aus der Limousine gestiegen war.

»Herr Minister«, sagte Peterson und streckte ihren Rücken durch. »Was verschafft uns die Ehre?«

Der graue Mann stellte sich direkt vor der Oberkommissarin auf, musterte sie wortlos und schlug sich dann drei Mal mit einer Zeitung in die flache Hand.

»Peterson«, begann er. »Sie können sich denken, warum ich hier bin. Haben Sie heute keine Zeitung gelesen?«

»Welche?«, fragte Peterson.

»Alle!«, blaffte der graue Mann zurück. »Können Sie sich vorstellen, unter was für einem Druck ich hier stehe? Die Presse will eine Erklärung für diese Fälle! Und die Bürgerinnen und Bürger wollen das auch.«

»Herr Minister«, versuchte Peterson die Situation zu entschärfen. »Kennen Sie schon meine Leute? Diese Damen und Herren arbeiten derzeit an dem Fall und ...«

Der graue Mann, bei dem es sich um Landesinnenminister Heuzeroth handelte, beachtete die anderen gar nicht. »Keine falschen Höflichkeiten. Nicht jetzt. Was haben Sie?«

»Nun, wie Sie sehen, dauern die Ermittlungen an und ...«

»Sparen Sie sich den Unsinn!«, blaffte der Graue sie an. Becker zog die Augenbrauen hoch. Er kannte Heuzeroth nur aus Fernsehaufnahmen. Dort machte der Innenminister eigentlich einen ganz anderen Eindruck. Bei seinen Reden, bei seinen öffentlichen Auftritten und bei seinen Interviews, da gab sich der Minister ganz staatsmännisch. Der Mann mit dem gepflegten Äußeren strahlte dabei sogar eine gewisse Ruhe aus. Das machte ihn bei den Menschen beliebt. Doch von dieser Ruhe war jetzt nichts mehr zu spüren.

»Die machen mir hier die Hölle heiß!«, brüllte Heuzeroth weiter in Richtung Peterson, und sein Gesicht lief dabei rot an. »Wir brauchen Ergebnisse und keine Floskeln, klar?«

Peterson schaute Heuzeroth in die Augen, setzte an, etwas zu sagen, stockte noch einen Moment und gab dann doch endlich nach. »Wir«, begann sie etwas zögerlich, »wir haben eine heiße Spur.«

Wir haben eine heiße Spur? Becker biss noch einmal in seinen Apfel. Das war ihm neu. Davon hatte er ja noch gar nichts mitbekommen. Er lehnte sich an die Wand, verfolgte die merkwürdige Szene und war gespannt, wie Peterson das nun lösen würde.

»Wir haben einen Verdacht, aus welchem Umfeld der Täter kommt«, fuhr die Kommissarin fort.

»Gut! Sehr gut …«, sagte der Innenminister und beruhigte sich wieder etwas. »Dann klären Sie mich doch auf, aus welchem Umfeld kommt er denn?«

Peterson stutzte, blickte sich noch einmal in dem Raum um. »Können wir allein sprechen?«, fragte sie den Innenminister.

»Warum?«, fragte der zurück, fing sich dann aber wieder. »Können wir«, setzte er schließlich nach.

»Alle raus hier«, lächelte Peterson verkniffen in den Raum. »Außer Brinkmeier. Sie bleiben bitte.«

Janina schaute auf. Sie wirkte verärgert, dass man sie aus ihrer Arbeit herausriss, klappte ihre Akte zusammen und verließ schließlich mit Becker den Raum. Alina nickte und biss sich auf die Lippen. Offensichtlich wusste sie mehr als die anderen.

»Was war jetzt das?«

Janina zuckte mit den Schultern. »Keine Ahnung.« Sie ließ eine kurze Pause. »Aber schau dir Peterson doch an. Sie steht unter Druck. Ich schätze, sie muss sich etwas einfallen lassen, um ihre Haut zu retten.«

»Genau das macht mir Sorge«, sagte Becker und lief unruhig auf dem schmalen Flur auf und ab. Der Boden war noch immer mit dem alten, breit rot-grün gestreiften Teppich ausgelegt, den Becker noch von früher kannte. Das Ding musste schon seit den Siebzigerjahren hier liegen. Er war völlig durchgelaufen. Becker bemerkte Kaffeeflecken und Brandlöcher, die sich tief in den Stoff hineingefressen hatten.

»Warum bist du so unruhig?«, fragte ihn Janina.

»Wie könnte ich nicht unruhig sein?« Becker verstand die Frage nicht. Es gab doch jeden Grund der Welt, die Ruhe zu verlieren. Sie hatten es hier offenbar mit einem Menschen zu tun, der oder die wieder zuschlagen würde. Und sie hatten nicht einmal den Ansatz einer Spur. Und dann verheimlichte Peterson ihnen ganz offenbar noch etwas.

»Das ist Politik«, sagte Janina kühl. »Das gehört zum Geschäft, auch wenn es dir schwerfällt, das einzusehen.«

Becker setzte sich auf einen der kleinen Holzstühle, die auf dem Flur standen und für Besucher gedacht waren, die hier ihre Termine hatten. Politik. Allein schon das Wort bereitete ihm Kopfschmerzen.

Janina setzte sich neben ihn. »Bastian … ich weiß doch, wie du bist. Du glaubst an das Gute. Aber ein Fall ist eben nicht nur ein Fall.«

Ein Fall war eben nicht nur ein Fall. Janina hatte recht. Es war schließlich nicht das erste Mal, dass Becker sich über solche Dinge ärgerte. Ein Fall war eben nicht nur ein Fall. Auch wenn er das gerne so gehabt hätte. Auch wenn er gerne all die anderen Dinge ausblendete, die so eine Ermittlung mit sich brachte. Der Papierkram war lästig. Aber am schlimmsten waren die Befindlichkeiten. Damit kam Becker nicht zurecht. Er wollte keine Rücksicht auf Rangordnungen und Vereinbarungen nehmen. »Ich kann mit Machtspielereien nichts anfangen, Janina. Konnte ich noch nie.«

»Ich weiß«, sagte sie und lächelte milde. »Das ist ja auch der Grund, warum du nur noch *für* und nicht mehr bei der Polizei arbeitest.«

Becker spürte ein kurzes Stechen, als sie diese Worte aussprach. So wie immer, wenn irgendetwas die Erinnerung an diesen Vorfall weckte, den er am liebsten für immer vergessen wollte. Nur für einen kurzen Moment hatte er die ganzen Bilder wieder im Kopf. Den Berg. Die Kälte. Seine Finger, die er nicht mehr spürte. Die Dunkelheit. Die Lichter. Und die Leiche von dem jungen Mädchen. Er erinnerte sich noch genau an den Moment, der ihn dazu brachte, seinen Dienst zu kündigen.

»Aber …«, riss ihn Janina sofort wieder aus den Gedanken. »Dafür hast du ja mich, nicht wahr?«

»Ja«, sagte Becker etwas abwesend. Er versuchte die Bilder in seinem Kopf wieder zu verdrängen. An etwas anderes zu denken.

»Es tut mir leid …«, sagte Janina, die merkte, was sie mit ihren Worten ausgelöst hatte. »Willst du einen Kaffee?«

Becker schaute zu ihr auf. Zwang sich zu einem Lächeln. »Ja«, sagte er. »Warum nicht?«

Er wusste, dass der Tag kommen würde, an dem er sich mit seiner Vergangenheit auseinandersetzen müsste. Dass es keine Lösung war, diese Sache immer und immer weiter zu verdrängen. Aber jetzt, jetzt war einfach noch nicht der richtige Zeitpunkt, sagte er sich und betrachtete wieder den langen Flur und den gestreiften, zerlöcherten und fleckigen Teppich. Hin und wieder kamen ein paar Beamte vorbei. Sie beachteten Becker nicht groß. Meist trugen sie irgendwelche Akten und Unterlagen herum und verschwanden hinter einer der Türen. Einige gingen zu dem großen Wasserspender, der in der Mitte des Flures stand, und füllten sich eines der kleinen Papptrinkhörnchen ab.

»Hier«, sagte Janina, die sich jetzt neben Becker setzte und ihm eine Tasse mit heißem Kaffee reichte. »Ohne Milch. Ohne Zucker. Extra stark. So, wie du es am liebsten magst.«

Becker nickte. Dann schaute er wieder zu dem großen Konferenzsaal rüber. Seit schon beinahe zwanzig Minuten saßen sie da drin. Was sie wohl zu besprechen hatten? Becker schaute sich die beiden Sicherheitsmänner des Ministers an. Sie standen vor dem verschlossenen Raum. Eigentlich lächerlich, dachte Becker. Wofür brauchte der Minister Sicherheitspersonal, wenn er eine Polizeistation besuchte. Aber was wusste er schon?

Noch während er darüber nachdachte, öffnete sich die Tür. Heuzeroth trat heraus. »Wie vereinbart«, sprach er noch in den Raum hinein, »vierundzwanzig Stunden.«

Mit entschlossenem Schritt ging er an Becker und seiner Partnerin vorbei. Die blendend gekleideten Typen folgten ihm wortlos.

Becker wartete noch einen kurzen Moment, dann ging er in den Konferenzraum zurück. Peterson saß an einem Tisch und hatte ihren Kopf in ihren Händen vergraben. Sie war blass. Brinkmeier hingegen saß an ihrem aufgeklappten Laptop und tippte etwas vor sich hin. Das Fenster war weit aufgerissen. Es war kalt in dem Raum.

»Was ist passiert?«, fragte Becker.

Peterson atmete einmal schwer durch, dann richtete sie sich auf, winkte auch Janina herein und gab ihr und Becker zu verstehen, dass sie sich setzen sollten.

»Wir haben eine neue Lage«, sagte sie.

»Innerhalb von zwanzig Minuten?«

»Brinkmeier hat eine Spur, der wir jetzt nachgehen werden. Es ist der einzige Anhaltspunkt, den wir gerade haben, und wir werden ihn jetzt ansehen.«

»Seit wann gibt es diesen Anhaltspunkt, und warum wussten wir nichts davon?«, fragte Becker verärgert.

Peterson schaute ihn ruhig an. Becker bildete sich ein, so etwas wie Verzweiflung aus dem Blick der Kommissarin ablesen zu können.

»Brinkmeier«, sagte sie nur ruhig. »Bitte klären Sie die Kollegen auf.«

TEIL 2

1

Becker zog die Tür einen Spalt weit auf und schaute in den umfunktionierten Konferenzraum. Er war voll. Jeder Stuhl war besetzt, bis in die hinterste Reihe hatten sich einige der Männer und Frauen noch gedrängt, nur um das hier mitzubekommen. In den ersten Reihen, kurz vor dem lieblos aufgestellten Holztisch mit den drei Namensschildern, waren Kameras aufgebaut. Mindestens sechzig Menschen waren da, schätzte Becker. Im Raum herrschte Unruhe. Stimmengewirr schlug ihm entgegen. Das Neonlicht erzeugte ein irgendwie giftiges Gepräge. Er spürte die Hand von Janina auf seiner Schulter, die ihn zurückzog. Becker schloss die Tür wieder.

»Ist alles okay?«, fragte sie ihn.

»Wir tun das Falsche.«

»Ich weiß …«, sagte Janina. »Schau mal …« Sie öffnete ihre große schwarze Handtasche und zog eine der Akten heraus, die sie gestern noch untersucht hatten. »Lehmann-Fall«, stand auf dem Ordner. Becker öffnete sie und blätterte die Papiere einmal durch.

»Hier«, sagte Janina und zeigte auf eine Stelle, die sie mit einem Bleistift markiert hatte. »Siehst du?«

Becker las die Stelle zwei Mal, dann schaute er seine Partnerin an. »Ist das …?«

Janina lächelte und nickte. »Das ist unglaublich«, sagte er. »Das könnte dem Fall noch einmal eine ganz andere Wendung geben. Wir müssen …«

Noch bevor er den Satz zu Ende sprechen konnte, sah er, wie Peterson und der Innenminister den langen Flur entlangkamen. Ein paar Schritte hinter ihnen lief Alina Brinkmeier. Alina war unauffällig geschminkt, hatte ihre schwarzen Haare zu einem strengen Zopf gebunden und trug einen grauen Anzug. Man sah ihr an, dass sie sich auf diesen Auftritt vorbereitet hatte. Er wandte sich wieder Janina zu.

»Wann hast du das gefunden?«, fragte er sie.

»Gerade eben.« Becker schaute seine Partnerin an. Erst jetzt sah er, wie erschöpft sie wirkte. »Hast du …?«

»Es war eine ziemlich lange Nacht«, lächelte sie. Er wollte sich gar nicht vorstellen, wie viele Akten sie gelesen haben musste, um auf diese Kleinigkeit hier zu stoßen. Nichts war digitalisiert, alles in Hängeordnern und Aktendeckeln verwahrt.

»Wir müssen das Peterson zeigen, bevor es zu spät ist.«

Becker nahm die Akte und ging der kleinen Gruppe entgegen. »Peterson«, sagte er. »Wir haben hier etwas gefunden, das müssen Sie sich ansehen …«

»Jetzt nicht«, antwortete die Kommissarin nur grob. »Becker, wir haben jetzt keine Zeit.«

»Das kann nicht warten.«

»Das muss es wohl«, mischte sich Alina ein und drückte ihren Kollegen etwas zur Seite. »Vielleicht haben Sie es nicht mitbekommen, Becker, aber man wartet auf uns.«

Die drei setzten ihren Gang fort und ließen Becker und Janina mit der Akte in der Hand stehen. Becker schaute ihnen nach, wie sie die Tür zu der großen Konferenzhalle öffneten und in diesem Moment ein Blitzlichtgewitter über sie hereinbrach. Becker folgte den anderen bis zur Tür, lehnte sich an die Wand und verfolgte, wie sie an dem vorbereiteten Holztisch auf dem kleinen Podest Platz nahmen. Die Blicke der anwesenden Journalistinnen und Journalisten waren auf sie gerichtet, Kameraleute rangelten um gute Plätze. Nachdem der Innenminister, die Hauptkommissarin und Alina Brinkmeier ihre Plätze eingenommen hatten und ein wenig verharrten, bis die Fotografinnen und Fotografen ihre Fotos gemacht hatten, ergriff Heuzeroth das Wort.

»Meine Damen und Herren, ich danke Ihnen ganz herzlich, dass Sie den Weg zu dieser sehr kurzfristig anberaumten Pressekonferenz gefunden haben. Wie wir an Ihrem Interesse der vergangenen Tage ablesen konnten, handelt es sich bei dem Fall, über den wir heute sprechen, um einen Fall, der von großem, wohl sogar internationalem Interesse ist. Das mag nicht nur an der Grausamkeit der Taten liegen, sondern auch an den Gerüchten und Halbwahrheiten, die im Internet zu lesen sind.« Der Minister ließ eine kurze Pause. Wieder blitzten die Fotoapparate auf und erhellten den Raum für einige Sekunden. Becker schaute sich um. Unter all den Journalisten, die sich hier versammelt hatten, fiel ihm ein Mann auf, der ein wenig aus der Reihe fiel. Er stand auf der anderen Seite des Raums, hatte sich an die Wand gelehnt und filmte die Pressekonferenz mit seinem Handy. Der Mann war schon älter, vielleicht Mitte, Ende fünfzig, schätzte Becker, er war klein und hatte eine winzige runde Brille auf der Nase sitzen. Der auffällige Mann war komplett in Schwarz gekleidet, trug einen langen Mantel und einen dunklen Hut. Becker kniff die Augen zusammen und betrachtete ihn. Er kam ihm vor wie ein Kobold, dachte er, schämte sich für den Gedanken aber sofort.

»… haben wir Sie heute auch eingeladen, um Ihnen einen Ermittlungsdurchbruch zu verkünden«, riss die Stimme des Innenministers Becker wieder aus den Gedanken. Becker schaute auf das kleine Podium, auf dem nun Peterson das Wort ergriff.

»Wie Sie wissen, gab es bislang zwei Fälle, die wir einer Mordserie zuordnen können. In den letzten zehn Tagen haben wir zwei Frauen tot aufgefunden. Die Medienvertreter …« Peterson ließ eine kurze Pause und blickte einmal in den Raum hinein, »sprachen von Schneewittchen-Leichen und einem möglichen Schneewittchen-Mörder. Das war auf die Besonderheit des Falles zurückzuführen, auf die Besonderheit des Täters, der seinen Opfern große Teile ihres Blutes entnommen hatte, nachdem diese verstorben waren.«

Unruhe im Raum.

»Wir können Ihnen heute mitteilen, dass wir in diesem Fall einen dringend Tatverdächtigen festnehmen konnten.«

Noch mehr Unruhe im Raum. Das Stimmengewirr nahm zu. »Es handelt sich um einen Mann aus der Gothic-Szene«, sagte Peterson.

»Der Zugriff erfolgte heute Morgen um fünf Uhr zweiunddreißig. Zwei Dutzend Spezialeinsatzkräfte haben die Wohnung des Tatverdächtigen in der Südstadt gestürmt und konnten ihn ohne große Gegenwehr festsetzen. Zur Stunde wird der Zweiunddreißigjährige noch verhört. Es handelt sich bei dem Mann um einen Elektrotechniker und Partyveranstalter, der bislang nicht vorbestraft ist und auch sonst polizeidienstlich nicht in Erscheinung getreten war«, sprach sie im Aktendeutsch weiter. »Polizeikommissarin Alina Brinkmeier, die den Einsatz heute Morgen geleitet hat, wird noch ein paar weitere Informationen zu der Festnahme geben.«

Peterson schaute in den Raum. Sie streifte Becker kurz mit ihrem Blick, ließ sich aber nichts anmerken. Becker war sich sicher, dass Peterson wusste, was für einen Fehler sie hier machte. Er konnte sich nicht vorstellen, dass es schon Beweise gegen den Tatverdächtigen gab. Nur Verdachtsmomente.

»Meine Damen und Herren«, hörte er nun die Stimme von Alina. »Ich möchte vorwegsagen, dass wir eine solche Maßnahme, einen solch schnellen Zugriff, nur der sehr guten Zusammenarbeit vieler Kolleginnen und Kollegen und auch der Wendigkeit und der Unterstützung des Ministeriums zu verdanken haben.« Sie ließ eine kurze Pause. »Meine Damen und Herren, gestern Nacht konnten wir einen Eilbeschluss durchsetzen, den dringend tatverdächtigen zweiunddreißigjährigen Vincent W. zu verhaften. Heute Morgen um fünf Uhr zweiunddreißig erfolgte bereits der Zugriff durch ein Spezialeinsatzkommando. Aus ermittlungstechnischen Gründen kann ich Ihnen noch keine weiteren Informationen über den Tatverdächtigen an die Hand geben. Ich bitte hier um Verständnis.«

Becker spürte sein Handy vibrieren und zog es aus der Hosentasche. Er schaute auf die Eilmeldungen, die einige Nachrichtenseiten schon herausschickten. Das ging schnell, dachte er und überflog die Schlagzeilen: »Schneewittchen-Mörder verhaftet« – »Polizei gibt Durchbruch im Schneewittchen-Mordfall bekannt«. Bei einer Meldung blieb er allerdings hängen. »Exklusiv«, titelte eine große Boulevardzeitung. »Die Bilder der Verhaftung! DAS ist der Vampir-Mörder aus der Schwärze!«

Becker öffnete die Seite und überflog den Artikel. Verdammt, dachte er. Irgendwer muss der Presse alles gesteckt haben. Es waren wirklich sämtliche Besonderheiten der Festnahme beschrieben. Und nicht nur das. »ER nennt sich im Internet Dulac. Und hält sich für einen echten VAMPIR!«, heißt es in dem Artikel. »Dulac veranstaltet irre Fetischpartys, auf denen die Gäste ECHTES menschliches Blut trinken! Hat ihm dieser Kick nicht mehr gereicht?«

Becker schloss die Nachrichtenseite und schaute zu Alina. »Gibt es noch Fragen?«, warf sie in den Raum.

»Eine große Boulevardzeitung meldet, dass der Verdächtige glaubt, ein Vampir zu sein, können Sie das bestätigen?«, rief eine Stimme in den Raum.

»Dazu kann ich Ihnen zu diesem Zeitpunkt keine Angaben machen.«

»Gibt es denn schon Erkenntnisse zu dem Tatmotiv.«

»Auch hierzu würde ich Sie bitten«, sagte Alina Brinkmeier ruhig, »die noch laufenden Ermittlungen abzuwarten.«

Becker hatte genug gesehen. Er verließ mit Janina gemeinsam die Pressekonferenz.

»Was machen wir jetzt?«, fragte sie.

»Ich würde sagen, dass du dich um das hier kümmerst«, schlug er vor und tippte auf die Akte, die aus ihrer Handtasche herausragte. »Und ich, ich kümmere mich um den Verdächtigen.«

2

Es war schon eine ganze Weile her, dass er das letzte Mal hier war. Becker begrüßte den wachhabenden Polizisten. Es war Schulte, ein älterer, gemütlicher Herr, der einen kleinen Bauch vor sich hertrug. »Ach, Herr Becker, das ist ja mal ein Ding«, sagte er und stand von seinem kleinen Holzstuhl auf, um den Ermittler zu begrüßen. »Das letzte Mal, als ich Sie hier gesehen habe…« Er ließ eine Pause und legte die Stirn in Falten. Da war ich noch im aktiven Polizeidienst, dachte Becker. Ja. Das war einige Monate, bevor diese Sache passiert war.

»Das letzte Mal, als wir uns gesehen haben, Herr Schulte, da sahen Sie genauso frisch und jung aus wie heute. Keinen Tag älter sind Sie geworden.« Dabei schlug er dem alten Wachmann seinen Ellbogen freundschaftlich in die Rippen.

»Sehr witzig, Becker.« Der Alte schaute den Jungen etwas ernster an. »Sie wollen sicher zu unserem neuesten Patienten?«

»Ja, ich würde ihn gerne sprechen.«

»Haben Sie die Papiere?«

Becker zog eine Akte aus der Tasche, die zeigte, dass er für diesen Fall eingesetzt war. Der Wachmann prüfte sie. »Na ja«, sagte er. »Ich bräuchte noch eine Befragungserlaubnis.«

»Eine was?«

»Besondere Anweisung für diesen Fall. Der Verdächtige darf nur in vorheriger Abstimmung mit Oberkommissarin Peterson verhört werden.«

»Seit wann gibt es eine solche Regelung?«

Der Alte zog die Augenbrauen hoch und legte die Stirn in Falten. »Keine Ahnung. Liegt wohl an der Besonderheit dieses Falls. Und… an der Besonderheit des Täters.«

Becker legte seine Hand auf die Schulter des Wachmanns. »Schulte. Ich muss mit dem Verdächtigen sprechen. Wirklich. Ich habe jetzt keine Zeit, mir irgendeine Sondergenehmigung einzuholen. Es ist wichtig.«

»Ich, nun, ich kann da nichts tun für Sie …«

»Doch«, sagte Becker, »Sie können ein Auge zudrücken und mich für fünfzehn Minuten in diese Zelle lassen. Länger brauche ich nicht.«

»Herr Becker«, rang der Alte mit sich selbst. »Das geht nun doch nicht. Ich … darf das nicht machen. Da müsste ich dann doch schon beide Augen zudrücken und … wenn das rauskommt.«

»Es kommt nicht raus.«

»Ich gehe nächstes Jahr in Pension. Bitte bringen Sie mich nicht in eine solche Lage.«

Becker schaute den Wachmann an. »Schulte«, sagte er eindringlich. »Bitte. Vertrauen Sie mir. Das ist wichtig. Ich habe den Verdacht, dass der Mann, den wir hier eingesperrt haben, unschuldig ist. Und das bedeutet, dass wir vielleicht schon bald den nächsten Mordfall haben.«

Schulte zog die Augenbrauen hoch. »Unschuldig? Der Bruder? Das wäre ja was. Haben Sie den denn mal gesehen?«

»Nein«, sagte Becker. »Darum bin ich hier.«

»Also, wenn der nicht irgendwelchen Dreck am Stecken hat, dann weiß ich auch nicht … Eine ganz komische Type ist das.«

»Schulte«, versuchte es Becker noch einmal sanft. »Geben Sie mir fünfzehn Minuten mit dem Mann. Ich bitte Sie.«

Der Wachhabende legte seinen Kopf in den Nacken und atmete schwer aus. »Also gut«, sagte er. »Also gut. Fünfzehn Minuten. Ich war nicht hier, okay? Das ist alles nicht passiert.«

»Versprochen! Sie sind großartig.«

Schulte nahm den Schlüsselbund, der an einer Gurtschlaufe hing, und schloss die Eisentür auf. »Kommen Sie mit«, sagte er, und Becker folgte ihm durch einen Gang mit Betonwänden. Becker erinnerte sich noch genau an diesen Flur. An flackernde Lampen an den Decken.

An den harten Boden. Und die schweren Eisentüren, hinter denen die Gefangenen saßen. Jeder Schritt, den die beiden Männer machten, war untermalt vom Klimpern des Schlüsselbundes. Die Lampen brummten und flackerten immer noch. Schließlich hatten sie das Ende des Flurs erreicht. Sie blieben vor einer roten Metalltür stehen.

»Sind Sie wirklich sicher, dass Sie da reingehen wollen?«

Becker starrte auf die Tür. Unweigerlich drängten sich wieder die alten Bilder in seinen Kopf. Er erinnerte sich noch genau, als er das letzte Mal hier war. Als sich das letzte Mal diese schwere Tür öffnete. Und er erinnerte sich noch, wie unscheinbar der Mann war, den er befragt hatte. Wie er sich hatte täuschen lassen. Wie im Zeitraffer lief noch einmal alles vor seinem inneren Auge ab. Der Anruf. Der Wald. Das Mädchen, das er im Schnee fand. Die Krähen, die aufschrien.

»Alles in Ordnung, Becker?«

»Ja«, sagte er und riss sich mit Gewalt zurück in die Gegenwart. »Alles in Ordnung. Schließen Sie auf.«

Schulte schlug zwei Mal gegen die Tür. Dann nahm er seinen Bund, fand den richtigen Schlüssel und steckte ihn in das Schloss. Er drehte ihn zweimal um, dann klackte es. Die Tür war offen.

Becker nahm sich noch eine Sekunde, um sich zu sammeln.

»Fünfzehn Minuten. Nicht länger, okay?«, sagte Schulte. »Wenn etwas ist, rufen Sie.«

Becker zog die Tür langsam auf und hielt sich die Hände schützend über die Augen. Es war unglaublich hell in dem Raum. Als Becker sich nach wenigen Sekunden an das Licht gewöhnt hatte, schaute er sich um. Der Raum war klein. Vielleicht vier oder fünf Quadratmeter groß. An einer Wand befand sich eine kleine Toilette und ein Waschbecken. An der Wand gegenüber befand sich ein Bettgestell mit einer dünnen Schaumstoffmatratze. Und es stand ein Hocker im Raum. Mehr war hier nicht. Becker betrachtete das Bett. Der Gefangene hatte das Laken abgezogen und sich darin eingewickelt. Ein merkwürdiges Bild.

»Herr Wadzewski …«, begann Becker vorsichtig.

»Das Licht …«, hörte er eine leise, ungewöhnlich sanfte Stimme. »Machen Sie es aus.«

Becker öffnete die kleine Luke an der Tür, durch die das Essen in die Zelle gegeben wurde, und winkte Schulte heran. »Es ist alles in Ordnung«, sagte er. »Können Sie das Licht dimmen? Bitte!«

Schulte nickte, suchte einen Regler, aber es gab keinen. Becker hörte, wie der Alte den Gang entlang zurück zu seinem Wachposten schlurfte.

»Tut mir leid«, sagte Becker.

Der Mann, der sich unter seinem Laken versteckt hatte, zog die Decke herunter und nickte. Becker erschrak kurz bei seinem Anblick. Zwar hatte er schon Fotos des Verdächtigen gesehen, aber von Angesicht zu Angesicht war dieser Kerl wirklich eine ganz sonderbare Erscheinung. Dulac war ein großer, sehr dünner Mann mit kahl rasiertem Kopf, aber äußerst weiblichen und zarten Gesichtszügen. Er hatte eine weiße Porzellanhaut. In seinem Ohr hing ein silberner Ring. »Danke«, sagte Dulac mit sanfter Stimme und betrachtete Becker mit leerem Blick.

»Mein Name ist Bastian Becker, ich bin Privatermittler und bearbeite diesen Fall.«

»Ich habe Ihren Kollegen alles gesagt, was es zu sagen gibt.«

»Was …«, fragte Becker »hat es mit dem Licht auf sich?«

»Quälerei.«

»Ach kommen Sie …«

»Ihre Kollegen sagen, das wäre zu meiner Sicherheit. Aber wissen Sie …«, sagte der Mann auf dem Bett und streckte dem Ermittler seinen dünnen und blassen Arm entgegen. »Ich vertrage die Helligkeit nicht sonderlich gut.« Seine Haut war voller roter Punkte. »Lichtempfindlichkeit«, sagte er und zog sich die Decke wieder über den Körper.

»Hören Sie«, sagte Becker unbeeindruckt und drehte sich einmal vorsichtig um, nur um sicherzugehen, dass die beiden wirklich allein waren. »Ich will gleich zur Sache kommen. Ich habe die Befragungsberichte gelesen. Ich glaube, Sie sind unschuldig. Aber Sie müssen mit mir reden, Herr Wadzewski.«

Der Mann auf dem Bett legte seinen Kopf schräg und betrachtete Becker. »Sie sehen nicht aus wie die anderen Bullen.«

»Wie sehen Bullen denn aus?«

Wadzewski lächelte schief. »Nennen Sie mich Dulac. Und nicht Herr irgendwas ... ich bin weder Herr noch Mann.«

Becker nahm sich den Hocker aus der Ecke des Raums und setzte sich zu Dulac. »Sie sehen sich als Frau?«, fragte er.

»Ich sehe mich als das, als was ich mich gerade sehen will. Heute bin ich einfach nur Dulac.«

»Sie kennen eine der toten Frauen.«

Dulac zuckte mit den Schultern.

»Sie veranstalten Partys, Dulac. Und wir haben Belege dafür, dass zumindest eine der beiden Frauen diese Partys nicht nur besucht, sondern auch für Sie gearbeitet hat.«

»Wollen Sie mir jetzt doch dieselben Fragen stellen wie Ihre Kollegen? Ich habe das alles schon erklärt.«

»Erklären Sie es noch mal.«

Dulac lehnte den Kopf an die Wand und schloss die Augen. Er schien kein sonderliches Interesse an dem Gespräch zu haben. Er wirkte gelangweilt.

»Sie sind Veranstalter«, sagte Becker. »Sie haben eine Partyreihe, die in unterschiedlichen Clubs einmal im Monat stattfindet. Sie haben da Hunderte von Besucherinnen und Besuchern. Kennen Sie die Gäste überhaupt, die da kommen?«

Keine Antwort.

»Kannten Sie Jessika, die Studentin?«

Schweigen.

»Sie hat in einem der Clubs gearbeitet. Als Kellnerin.«

Dulac atmete schwer aus.

»Kommen Sie, ich bin auf Ihrer Seite. Aber ich muss verstehen, was hier passiert ist.«

Becker hatte sich über die Partyreihe informiert. Sie nannte sich Circus Obscura. Elektronische Musik, gute Untergrund-DJs und immer etwas zum Staunen. Die Clubs wurden so ausstaffiert, dass eine gewisse Finster-Atmosphäre aufkommt. Nichts Wildes. Eine Art Mottoparty. Aber das war gar nicht das, was Becker interessierte.

»Was hat es mit den Blutpartys auf sich?«

Dulac richtete sich auf und lehnte sich ein kleines Stück vor, sodass er Becker etwas näher kam. Er betrachtete sein Gegenüber ganz genau, musterte ihn, schaute ihm tief in die Augen. Becker hielt dem durchdringenden Blick stand. Dulac hatte etwas Insektenhaftes, dachte er.

»Sie scheinen doch ein schlauer Junge zu sein. So wie Ihre Kollegen schlaue Jungs sind. Was soll ich Ihnen erzählen, was Sie nicht schon längst wissen?«

»Ich verstehe Sie nicht. Sie gelten als dringend tatverdächtig. Sie sitzen in einer Gefängniszelle. Ganz Deutschland spricht von Ihnen. Ist Ihnen das denn egal?«

Die beiden schauten sich in die Augen.

»Ich weiß, was es mit Realvampirismus auf sich hat. Ich weiß, dass die Berichte in den Zeitungen ein Zerrbild Ihres Lebens sind. Ist Ihnen das egal? Ist Ihnen egal, dass alles, wofür Sie stehen, durch den Dreck gezogen wird?«

Dulac stand vom Bett auf und drehte, so gut es ging, eine Runde durch die Zelle. Seine Bewegungen waren federnd, beinahe katzenartig. Er zeigte auf seinen Oberkörper, der voller Tätowierungen und Piercings war. »Schauen Sie mich an«, sagte Dulac. »Es ist völlig egal, was ich sage, man wird es mir sowieso nicht glauben.«

»Es geht doch nicht darum, wie Sie aussehen, verdammt! Wenn Sie die Tat nicht begangen haben, dann werden wir das beweisen können.«

»Vielleicht habe ich sie ja begangen?«, sagte Dulac abwägend und legte seinen Kopf wieder etwas schräg. »Vielleicht bin ich ja genau das, was die Menschen von mir glauben, dass ich es bin. Ein Geist der

Nacht.« Dulac war eine durchaus eindrucksvolle Person, dachte Becker. Bestimmt zwei Meter groß und mit einer Ausstrahlung, die ihn in den Bann zog. Dieses merkwürdig weibliche und doch zugleich höchst männliche Wesen machte Eindruck auf Becker. Aber er verstand nicht, warum Dulac sich so sträubte. Warum wollte er nicht mit jemandem zusammenarbeiten, der an seine Unschuld glaubte? Gefiel ihm die Rolle des geheimnisvollen Täters?

»Wenn Sie mir nicht helfen, dann kann ich Ihnen auch nicht helfen«, versuchte er es noch einmal.

»Becker war Ihr Name?«

»Ja …«

»Wann haben Sie das letzte Mal in den Spiegel geschaut, Becker? Vielleicht brauchen Sie viel dringender Hilfe als ich, hm?«

Becker spürte, dass er nicht weiterkam. Er klopfte gegen die Metalltür, und Schulte ließ ihn aus der Untersuchungszelle.

3

»So«, fragte Janina. »wo stehen wir?«

»Am Anfang.« Becker zuckte mit den Schultern. »Ich komme nicht weiter«, sagte er.

»Hast du mit ihm gesprochen?« Becker nickte.

»Mit ihm, mit ihr …, ja. Aber Dulac blockt.« Becker setzte sich auf seinen Bürostuhl, lehnte sich zurück, strich sich durch seine Haare und starrte an die Decke. »Ich glaube nicht, dass Dulac es war«, sagte er schließlich. »Aber offenbar hat er auch kein Interesse, mit uns darüber zu reden. Er hält lieber alles in der Schwebe … ich verstehe das nicht.« Er ließ eine kurze Pause. »Wie sieht es mit der Akte aus, die du …?«

»Ich muss da noch einer Sache nachgehen. Noch habe ich keine Klarheit«, sagte Janina.

»Ach, Scheiße«, fluchte Becker. »Wir laufen gegen Wände.« Er öffnete die Schublade von seinem Schreibtisch und zog zwei Kopfschmerztabletten heraus, die er mit einem Schluck Wasser hinunterspülte. Dann massierte er seine Schläfen.

»Bastian«, fragte Janina. »Ist bei dir wirklich alles in Ordnung? Du siehst gar nicht gut aus.«

»Es ist nur der Stress«, sagte Becker und schloss für einen kurzen Moment die Augen. Aber das war gelogen. Es war nicht nur der Stress. Es war nicht nur der Schlafmangel. Es waren nicht nur die Probleme, die er bei den Ermittlungen hatte. Es war auch diese Stadt. Dieses Polizeirevier. Diese Menschen. Das waren alles Dinge, die in ihm Erinnerungen weckten, von denen er hoffte, dass er sie schon lange tief in seiner Seele begraben hatte. Aber das hatte er nicht. Und wahrscheinlich würde er das auch niemals können. Becker spürte, wie eine Kälte in ihm aufstieg.

»Bastian, du solltest wirklich zu einem Arzt gehen«, sagte Janina, doch Becker winkte nur ab.

»Glaub mir«, sagte er. »Es ist okay …« Er spürte, wie sein Körper anfing zu zittern. Wieso, dachte er, war es auf einmal so kalt geworden. Er ging zur Heizung, um sie aufzudrehen. Er spürte, dass jeder seiner Schritte ihm schwerfiel. Und dann waren da immer noch diese Kopfschmerzen. Diese elendigen Kopfschmerzen, die einfach nicht aufhören wollten.

»Was denkst du, sollten wir als Nächstes machen?«, fragte Janina ihn.

Becker schaute aus dem Fenster. Wolken hingen über der Stadt. Auf den Straßen staute sich der Verkehr. Die Autos schoben sich mühsam durch den Feierabendverkehr. Becker schloss das Fenster. Dann betrachtete er eine der gegenüberliegenden Wohnungen. Er konnte durch das große Fenster in das Wohnzimmer sehen, wo eine Familie gerade am Esstisch saß. Ein Mann stellte eine große Glasschale ab, die er mit zwei Handtüchern an den Tisch trug. Wahrscheinlich frisch aus dem Ofen. Das Mädchen am Tisch, wohl seine Tochter, war vielleicht sieben oder acht Jahre alt, sie beugte sich über das Gericht und klatschte in die Hände. Becker zitterte. Was war nur mit der Heizung los? War sie kaputt? Wieso war es so kalt? Er schaute wieder in die fremde Wohnung.

»Bastian?«

Der Mann verteilte das Essen aus der Glasschüssel. Dann strich er seiner Tochter über den Kopf.

»Bastian? Hörst du mich?«

Becker hörte die Stimme von Janina, doch sie klang seltsam verzerrt. Als würde ein Hall über ihr liegen. Als wäre sie ganz weit weg. Becker hatte das Gefühl, er wäre in einem Tunnel. Alles wurde vor seinen Augen plötzlich ganz unscharf. Er schaute in das andere Fenster, als wäre es der Zugang zu einer fremden Welt. Wie glücklich diese Familie doch wirkte. Wie unbeschwert. So ist es doch immer, dachte Becker und spürte, wie die Kälte ihn komplett umhüllte. Seine Gedanken wurden fahrig. Unklar. Und dann, dachte Becker, dann wird ein Mensch einfach so aus dem Leben gerissen, von heute auf morgen, und alles, was um diesen Menschen herum war, die Freunde, die Familie, musste ohne diesen Menschen auskommen. Er spürte ein Stechen in seinem Kopf bei diesem Gedanken. Wie musste es nur für Eltern sein, wenn sie ihr eigenes Kind begraben müssen? Wie können sie so etwas ertragen?

»Bastian!«, hörte er die Stimme von Janina. Dieses Mal war sie noch fremder, noch verzerrter. Becker drehte sich um, er spürte, wie ihm schwindelig wurde, wie sich alles drehte. Er streckte seine Hand aus, suchte nach Halt, doch er fand keinen und …

Schwarz. Da war nur noch schwarz.

»Bastian!«, hörte er Janinas Stimme. Dieses Mal klang sie wieder recht normal. Er spürte eine Hand in seinem Gesicht. Dann öffnete er die Augen. Er schaute in das Gesicht seiner Partnerin. Es war noch recht verschwommen, aber langsam, ganz langsam wurde alles auch wieder normal.

»Was ist passiert?«, fragte er, als er merkte, dass er auf dem Boden lag.

»Du bist umgekippt, Bastian. Einfach so.«

Becker versuchte sich wieder aufzuraffen. »Langsam«, sagte Janina und half ihm, sich aufzusetzen. »Bastian, ich weiß, ich habe das jetzt schon ein paar Mal gesagt, aber ich mache mir wirklich Sorgen um dich! Irgendwas stimmt nicht mit dir. Und jetzt sag mir bitte nicht, dass du schon alles unter Kontrolle hast.«

»Ich habe …«

Er brachte den Satz nicht zu Ende. Nein. Er hatte gar nichts unter Kontrolle.

»Ich will dich nicht anlügen, Janina«, sagte er sanft und rieb sich seinen Kopf, der noch immer schmerzte. »Ich hätte diesen Fall nicht annehmen sollen. Ich habe das falsch eingeschätzt. Ich habe mich falsch eingeschätzt.«

Janina schaute ihn mitleidig an. Sie wusste ja um die Vorgeschichte, die Becker nicht nur mit dieser Stadt, sondern auch mit seinen Kollegen verband. Und sie wusste, dass es Dinge in seinem Leben gab, die er noch lange nicht verarbeitet hatte.

»Wollen wir abreisen?«, fragte sie. »Peterson wird den Fall auch ohne uns lösen.«

Becker zog sich an der Tischkante hoch. »Nein«, sagte er. »Ich will herausfinden, wer der Täter ist.«

»Bastian ...«

»Es würde doch nicht besser werden ... das weißt du. Lass uns das hier zu Ende bringen.«

»Also gut«, sagte Janina. »Du bist mit Dulac nicht weitergekommen«, sagte sie und blickte in die Ferne. »Dann sollten wir es vielleicht einmal in seinem Umfeld versuchen ...«

4

Becker lehnte sich auf dem Fahrersitz seines alten Wagens zurück und verfolgte den Lichtkegel seiner Scheinwerfer, die das Schwarz der Nacht durchschnitten. Nach ein paar Metern trafen sie auf eine alte, verlassene Lagerhalle. Becker atmete schwer durch, drehte den Zündschlüssel um und stellte den Motor seines alten VW Lupo ab.

»Sind wir hier wirklich richtig?«, fragte er Janina.

»Ganz sicher.«

Er betrachtete seine Partnerin, die gerade ihren blutroten Lippenstift im Rückspiegel nachzog. »Alles klar«, sagte sie, als sie fertig war und den Spiegel nach vorne klappte. »Sind wir so weit?«

»Ich bin mir nicht ganz sicher«, entgegnete Becker, zog sich eine Zigarillo-Packung aus seiner Manteltasche und öffnete dann die Tür seines alten Wagens. Sofort schlug ihm eine beißende Kälte entgegen. Er knöpfte sich seinen Mantel komplett zu, zündete sich das Zigarillo an und nahm einen Zug.

»Scheiße, ist das kalt!«, fluchte er. Der Geruch von Schwefel lag in der Luft.

»Frierst du nicht?«, fragte Becker seine Partnerin, die, ziemlich ungewohnt, einen Lederrock und eine kurz geschnittene Lederjacke trug.

»Ich jammere zumindest nicht«, gab sie ihm zurück.

Becker schaute sich um. Er war schon verdammt lange nicht mehr hier gewesen. Aber er hatte ja auch keinen wirklichen Grund, an diesen Ort zu kommen. Das Industriegebiet war alles andere als einladend. Keine Adresse, die man normalerweise um diese Zeit aufsucht. Keine Adresse, die man überhaupt aufsuchte, wenn es nicht wirklich nötig war. Die vereinzelten Laternen tauchten die Straßen in einen gruselig orangenen Farbton. Eine Fabrikanlage stand hier neben der nächsten. Becker nahm einen Zug, schmiss das Zigarillo auf den Boden und trat es aus. Er hätte sich gewünscht, keinen Grund zu haben, hier mitten in der Nacht zu erscheinen. Er dachte an das Gespräch mit Dulac zurück. Er wünschte, es wäre anders verlaufen. Aber es war nun, wie es war. »Sind wir hier wirklich richtig?«, fragte er noch einmal, obwohl er die Antwort schon kannte.

»Komm, es geht hier lang«, sagte Janina und ging voran. Es war kälter, als sie es zugeben wollte, dachte Becker und folgte ihr. Er betrachtete die Fabriken und Lagerhallen, an denen sie vorbeizogen. Einige von ihnen waren verfallen. Die Scheiben eingeschlagen. Vielleicht von Kids, die hier abends die Zeit und ein paar Scheiben totschlagen wollten. Zerbrochene Flaschen auf dem Boden bestätigten die Möglichkeit.

Janina ging auf eines der Gebäude zu. Becker schaute sich noch einmal um. Nichts. Kein Mensch war hier. Aber ein paar Autos parkten verstreut auf der riesigen Fläche. Zu viele Autos für diese Zeit und diesen Ort.

»Komm schon, Bastian«, rief Janina. »Das hier muss es sein.«

Becker schaute noch einmal auf seine Uhr. Es war halb zwei Uhr in der Nacht. Was machte er hier nur? Dann betrat er die großen, geöffneten Tore einer leeren Fabrikhalle. »Hier ist niemand …«

»Vertrau mir«, sagte Janina und schaltete die Taschenlampenfunktion ihres iPhones an. Es erleuchtete sofort einen kleinen Ausschnitt des großen, leeren Gebäudes. Im Licht tanzten Staubkörner. Bastian folgte ihr und sah sich um. Auch wenn die Halle ganz offensichtlich seit vielen Jahren verwaist war, lief Becker ein Schauer über den Rücken. Er rümpfte die Nase. Er rechnete damit, dass der eisenhaltige Geruch von Tierblut in der Luft lag. Aber es roch bloß nach Urin.

»Hier hinten«, rief Janina. »Komm schon, Bastian.«

Becker folgte dem Licht bis zu einer großen Eisentür, in die jemand ein Pentagramm gefräst hatte. »Schtttt«, sagte Janina. »Leise.«

Sie legte einen Finger auf ihre Lippen und machte das Handylicht aus. Da war etwas. Becker schloss die Augen. Eine leichte Vibration. Der Boden. Er schien sich zu bewegen. Es war ein deutlicher Bass, der hinter dieser Tür wummerte. Und dann war da noch etwas. Ein Brummen. Wie konnte er das bisher nicht gehört haben? Das Brummen wurde lauter, je mehr er darauf achtete. Und plötzlich stieg Becker ein Geruch in die Nase. Ein neuer Geruch, den er vorhin noch nicht wahrgenommen hatte, ein fauliger, ein verwester Geruch. Er griff nach seinem eigenen Handy und leuchtete den Boden ab. Da lag eine tote Ratte, die von Käfern umkreist wurde. Erschreckt trat Becker einen Schritt zurück.

»Gottverdammt …«

»Beruhig dich. Es ist nur eine Ratte. Als hättest du nicht schon Schlimmeres gesehen.«

Becker fing sich wieder und betrachtete die Tür. Sie hatte kein sichtbares Schloss. Es gab keine Möglichkeit, sie von außen zu öffnen. »Das ist es«, sagte Janina und klopfte gegen das Metall. Er schaute sie an. Nichts passierte. Und wenn sie doch falschlagen? Janina gab ihm ein Zeichen, dass er abwarten solle. Nichts. Doch dann hörte er ein lautes Geräusch. Die Tür wurde tatsächlich von innen geöffnet. Ein Koloss baute sich vor den beiden auf. Nicht gerade freundlich, dachte Becker und legte den Kopf schräg. Der Koloss trug eine Sonnenbrille. Wortlos versperrte er den Eingang.

»Wir wollen zu Gandolini«, sagte Janina. Der Koloss zeigte keine Regung. Aus dem Inneren des Raums dröhnte laute Musik.

»Er erwartet uns.«

Tat er das? Wahrscheinlich nicht. Aber Janina konnte überzeugend sein, besonders wenn sie einen Plan hatte. Der Türsteher betrachtete die beiden einen Augenblick. Dann ging er einen Schritt zur Seite, und Becker betrat einen langen, kahlen Gang. Eine Art Zwischenraum. An den Decken waren Neonröhren angebracht. Die Wände waren mit Graffiti bemalt. Der Gang führte sie zu einer weiteren Tür. Die Bässe, die er in der großen Halle gehört hatte, wurden nun lauter und klarer. Becker schaute seine Partnerin an. Sie nickte. Dann öffnete er die Tür.

Becker hielt inne. Damit hatte er nicht gerechnet. Vor ihnen erstreckte sich eine weitere, noch viel größere Halle als die, die sie ursprünglich betreten hatten. Sie war voller Menschen. Die Musik schlug den beiden Ermittlern mit krasser Wucht entgegen. Becker fühlte sich erschlagen. Er sammelte sich und folgte Janina in den weiten Raum. An den Decken waren bewegliche Scheinwerfer angebracht, die immer wieder in die Masse hineinstrahlten. In der Mitte der Halle befand sich eine Erhöhung, auf der ein DJ-Pult aufgebaut war. Zwei DJs legten gemeinsam auf. Der eine trug einen schwarz gefärbten Irokesenschnitt, die andere war eine junge Frau, die sich eine Glatze rasiert hatte. Beide trugen lange Mäntel. Aufeinander abgestimmt, dachte Becker. Und es passte auch zu dem Publikum. Die meisten Gäste waren noch jung. Becker schätzte sie auf Mitte zwanzig bis Mitte dreißig. Nur ein paar deutlich ältere Menschen saßen auf den abgewetzten Couches, die überall und ohne erkennbare Ordnung in der Halle aufgestellt waren. Die meisten hier hatten sich außerordentlich zurechtgemacht. Fast alle waren schwarz gekleidet. Die Musik war wirklich laut, dachte Becker. Zu laut. Er nahm nur noch ein Wummern wahr und versuchte, die Musik irgendwie einzuordnen. Es gelang ihm nicht. Er hatte so etwas noch nie gehört. Es waren elektronische Klänge, unter die irgendwelche Stimmen gemischt waren. Es war kein Gesang. Es war mehr eine Art Wehklagen oder Wimmern, das sich mit den Bässen zu einem eigentümlichen Klang vermengte. Es wirkte verstörend.

»Schau mal«, brüllte Janina gegen die Bässe an und zeigte an die Decke. Becker zog die Augenbrauen hoch. In der Mitte des Raums war ein Käfig angebracht, in dem sich zwei junge Männer rekelten.

»Schätze mal, das ist eine Abwandlung einer Discokugel, was?«

Janina lächelte. »Komm«, sagte sie und zeigte auf die Bar, die sich in einer Ecke des Raums befand. Die beiden kämpften sich durch die tanzende Menschenmasse und Männer und Frauen, die eng an eng beisammenstanden. Becker betrachtete die Menschen. Sie schienen sich vor allem der Musik hinzugeben. Eine junge Frau tanzte mit langsamen Bewegungen und geschlossenen Augen. Neben ihr ein sehr dünner Mann, der sich gelbe oder weiß scheinende Kontaktlinsen eingesetzt hatte. Er trug nur einen Rock. Sein Oberkörper war nackt. Seine Brustwarzen trugen Piercings, die mit einer kleinen Kette zusammengeführt waren. Dieser Ort war so merkwürdig, dachte Becker, der eine Liebe für merkwürdige Orte hatte. Aber so etwas hatte er noch nie gesehen. An den Wänden der großen Halle hingen riesige Leinwände mit Bildern, die im Schwarzlicht leuchteten oder tropfenartige Gebilde zeigten.

Sie erreichten die Bar, die eigentlich nur aus einer Theke bestand. Dahinter befanden sich drei Kühlschränke, zahlreiche Flaschen und ein Barkeeper, der hierhin passte, dachte Becker. Er hatte lange Haare, die über seine Schultern flossen. Wie der Türsteher trug auch er eine Sonnenbrille, außerdem hatte er eine auffällige Tätowierung im Gesicht. Becker glaubte zu erkennen, dass es sich um eine Schlange handelte, die sich über den Hinterkopf von der linken bis zur rechten Gesichtshälfte zog.

»Zwei Bier«, brüllte Janina erneut gegen die laute Musik an. Der Barmann nickte und reichte ihr zwei Flaschen aus dem Kühlschrank.

»Wir suchen Gandolini«, schrie Janina weiter.

Der Barmann nahm sich ein Glas und polierte es mit einem alten Handtuch. Er sagte nichts.

»Hey«, fasste Becker nach. »Wo finden wir Gandolini?«

Er konnte nicht erkennen, ob der Barmann die Frage nicht mitbekam oder ob er sie nicht mitbekommen wollte. Becker gelang es nicht, das ausdruckslose Gesicht zu lesen.

»Gandolini!«, versuchte er es etwas herausfordernder.

Der Barmann legte seinen Kopf in den Nacken, stellte das Glas weg und stützte sich mit beiden Armen auf der Theke auf. Dann beugte er sich zu Becker vor.

»Ich habe dich hier noch nie gesehen«, sagte er. »Wer seid ihr zwei?«

Becker sammelte sich. Sag jetzt bloß nichts allzu Blödes, dachte er. Sollte er sagen, dass er Privatermittler war? Es fühlte sich nicht so an, als hätten diese Leute hier Interesse daran, mit der Kriminalpolizei oder anderen Neugierigen zu sprechen.

»Wir sind Freunde von Gandolini«, warf Janina ein.

»Gandolini hat keine Freunde«, brummte der Riese, ohne Janina auch nur anzuschauen.

»Jetzt schon«, sagte Becker und zog ein zusammengefaltetes Stück Papier aus seiner Manteltasche und hielt es dem Barmann hin. Der nahm das Blatt, faltete es auf, zog sich eine kleine Taschenlampe aus einer Schublade, die hinter dem Tresen verbaut war, und beleuchtete das bedruckte Papier. Er brauchte etwas, um zu verstehen, was er da in der Hand hielt. Fragend schaute er Becker an. Es schien, als könne er die Information nicht so richtig interpretieren.

»Wir wollen helfen«, sagte Becker. »Aber wir müssen mit Gandolini reden.«

»Also seid ihr Bullen.«

»Nein«, sagte Becker. »Wir sind Privatermittler.«

»Aber ihr arbeitet mit den Bullen zusammen?«

Mal mehr, mal weniger, dachte Becker. Meistens weniger.

»Wenn ihr mit den Bullen arbeitet, dann seid ihr Bullen. Und wir haben kein Interesse, mit euch zu sprechen.«

»Vielleicht solltest du das den Chef entscheiden lassen. Der versteht, was du da gerade in den Händen hältst.«

Der Barmann schaute sich den Zettel noch einmal an. »Hm«, sagte er, winkte einen Kollegen heran, der sich um die Bar kümmern sollte, und verschwand in den Menschenmassen.

»Was hast du ihm gezeigt?«, fragte Janina.

»Einen Auszug ...«

»Was für einen Auszug?«

»Aus der Befragung von Dulac.«

»Bist du wahnsinnig?«

»Wahrscheinlich. Aber ich brauchte seine Aufmerksamkeit.«

Becker lehnte sich an die Bar und nahm einen Schluck von seinem Bier. Es schmeckte fürchterlich. Keine Biertrinker hier, dachte er und versuchte im Schummerlicht das Ablaufdatum zu entziffern. Vergeblich.

Dulac hatte eigentlich nur Unsinn geredet. Aber es ging gar nicht so sehr darum, was er gesagt hatte. Sondern um das, was er gefragt wurde. Brinkmeier hatte ihn schwer in die Mangel genommen. Und das, was sie ganz besonders interessierte, das waren die Partys, die er gemeinsam mit Gandolini veranstaltete. Um mehr Druck aufzubauen, drohte Alina dem Verdächtigen zumindest indirekt damit, dass diese ominösen Partys doch auch für die Presse interessant sein würden. Wenn Dulac davon nicht beeindruckt war, dann würde es vielleicht Gandolini sein, hoffte Becker. Wenn er auch nur ein klein wenig Verstand hatte, würde er wissen, was es für ihn bedeutete, wenn die Boulevardpresse auf ihn aufmerksam werden würde. So zurückgezogen und unter dem Radar der Öffentlichkeit wie das hier würde es garantiert nicht mehr zugehen.

»Wenn Brinkmeier rauskriegt, dass du Ermittlungsinhalte ...«

»Kriegt sie nicht raus«, bügelte Becker ab und betrachtete die große Tanzfläche. Es war faszinierend zu sehen, dachte er, wie aus diesen einzelnen Menschen ein großer Schwarm wurde, in dem sich alle irgendwie verloren und gleichzeitig sicher fühlten. Die Musik hatte sich mittlerweile verändert. Sie wurde im Lauf der letzten Minuten immer eingeengter und bestand fast nur noch aus einem Stampfen, das von einer wimmernden Frauenstimme durchbrochen wurde. Das alles hier, dachte Becker, hat etwas wirklich Albtraumhaftes. Aber dennoch zog es ihn an. Es war, als wäre er in eine andere Welt versetzt. Becker betrachtete die Jungs, die sich im Käfig wanden. Mittlerweile waren sie ganz eingeschmiert mit einer dunklen Flüssigkeit, die auf die Tanzfläche hinuntertropfte. Doch die feiernde Menge schien es nicht zu stören. Im Gegenteil.

Es dauerte ein paar Minuten, und der Barmann stand wieder vor Becker und Janina. »Okay«, forderte er sie auf, und sie folgten ihm quer durch die Halle. Auf einer verwinkelten Seite des Raums befand sich gut versteckt eine Tür, die in einen weiteren Bereich führte. Ein kleiner Raum, in dem einige Tische standen. Die Wände waren von oben bis unten schwarz angemalt und mit gerahmten Gemälden von Zauberwesen verziert. Janina blieb vor einem der Bilder stehen. Es zeigte einen verdrehten Körper mit einem grauenvoll verzerrten Blick. Es schien, als würde die Figur große Qualen erleiden. Das Wesen auf dem Bild hatte keine Haut. Der Kopf war nur ein Schädel mit vier Hörnern, aus dessen Höhlen rot unterlaufene Augen starrten. »Nice«, sagte sie. Es lag ein seltsamer Geruch in dem Raum. Becker kannte ihn. Aber er konnte ihn nicht richtig zuordnen. Es war ein süßlicher, sehr intensiver Duft. Es dauerte ein wenig, bis er erkannte, dass es sich um Myrrhe handelte. Aber er konnte nicht herausfinden, woher der Geruch kam.

»Nehmt Platz«, sagte der Barmann. »Er wird gleich kommen.«

Becker und Janina schauten sich an und ließen sich auf ein rotes Sofa fallen. Sie waren angespannt. »Irgendwie habe ich kein gutes Gefühl«, sagte Becker.

»Sagen wir mal so«, entgegnete Janina. »Das hier ist sicher keine so ganz gewöhnliche Ermittlung.«

Dann schauten sie sich wieder die fremdartigen Bilder an, die hier aufgehängt waren. Je länger sie warteten, desto nervöser wurden sie. Becker hatte in seinem Leben schon viele merkwürdige Momente erlebt, aber selten hatte er sich so unwohl gefühlt. Er konnte selber nicht ganz verstehen, woran das lag. Vielleicht, weil er die Menschen hier einfach nicht einschätzen konnte. Von der großen Halle dröhnte die nun seltsam verzerrt klingende Musik in den kleinen Raum. Dann öffnete sich die Tür, und zwei Männer traten ein. Becker und Janina standen auf.

»Guten Abend«, sagte einer der Männer. Er war viel älter als das Publikum hier und fiel völlig aus dem Bild. Er hatte kurzes, grau meliertes Haar und trug einen schwarzen, leicht schimmernden Anzug. An den Fingern trug er schwere Silberringe. »Ich bin Gandolini«, stellte er sich vor und gab den beiden Ermittlern, die sich erhoben hatten, die Hand. »Man sagte mir, dass Sie mit mir reden wollen, über …« Er hob das zusammengefaltete Papier aus der Innentasche seines Sakkos und gab es Becker zurück, »… über das hier?«

Becker nickte und betrachtete den Mann, der neben Gandolini stand und gegensätzlicher nicht wirken konnte. Ein massiger Kerl in einer Art Latzhose. Was zur Hölle? Vielleicht war es die seltsame, nicht greifbare Stimmung hier im Club, die ihn so unruhig machte. Vielleicht war es aber auch nur diese Hose. Becker blinzelte. Was für ein Gedankenblitz.

»Das hier«, sagte Gandolini und lächelte gauklerhaft, »ist ein Freund von mir. Beachten Sie ihn nicht weiter, er ist immer an meiner Seite.«

Der Riese ging ohne Gesichtsregung ein paar Schritte zurück, stellte sich an die Tür und behielt den Raum im Blick.

»Darf ich Ihnen etwas zu trinken anbieten?«, fragte Gandolini und streckte seine Arme aus. »Wein, Sekt, ein Bier vielleicht?«

Bloß kein Bier, dachte Becker.

»Vielen Dank«, sagte Janina. »Aber wir sind nicht gekommen, um uns zu vergnügen.«

Wieder setzte Gandolini sein Gaukler-Lächeln auf. »Nun denn. Setzen Sie sich doch.«

Sie nahmen zu dritt auf dem Sofa Platz. »Es geht um meinen Geschäftspartner, wenn ich Ihre Nachricht richtig verstanden habe?«

»Mein Name ist Janina Funke«, begann Janina ganz von vorn, »… und das ist mein Partner Bastian Becker. Wir sind Privatermittler und arbeiten gemeinsam mit der Kriminalpolizei an dem Schneewittchen-Fall.«

»Oh«, unterbrach Gandolini und zuckte dabei unwillentlich mit den Mundwinkeln. »Ich habe gehört, es ist jetzt kein Schneewittchen-Fall mehr, sondern ein Vampir-Fall, was?«

»Daran glaube ich nicht«, sagte Becker. »Und darum sind wir hier. Wir wollen wissen, was wirklich passiert ist.«

»Bin ich etwa auch ein Tatverdächtiger?«

»Nein, Gandolini«, sagte Becker. »Ich hoffe, Sie sind jemand, der uns helfen kann.«

Becker machte eine Pause und strich mit seinen Fingern über das zusammengefaltete Blatt Papier in seinen Händen. »Das wäre vielleicht auch in Ihrem Interesse.«

»Was genau wollen Sie von mir?«

»Ich glaube, dass Dulac unschuldig ist«, sagte Becker. »Nach allem, was ich über die Morde weiß, und nach allem, was ich über Dulac herausgefunden habe, glaube ich nicht, dass er in der Lage wäre, solch eine Tötung durchzuführen.«

»Das«, sagte Gandolini und legte seine Stirn in Falten, »glaube ich auch.«

»Ich habe mit Dulac gesprochen«, sagte Becker. »Und sagen wir einmal so, er ist nicht gerade bereit, mit uns zusammenzuarbeiten.«

»Wir glauben nicht, dass er die Tat begangen hat«, fiel Janina ihrem Partner ins Wort. »Aber Dulac scheint kein großes Interesse zu haben, sich selbst zu entlasten. Im Gegenteil. Er sagt überhaupt nichts. Und wir können uns das nicht erklären.«

»Die Sache ist die, Gandolini«, sagte Becker und beugte sich etwas nach vorn. »Dieser Fall ist ohne Frage außergewöhnlich. Und meine Kolleginnen und Kollegen stehen unter großem Druck, ihn zu klären.«

»Das kann ich mir vorstellen«, sagte Gandolini verstimmt.

»Dulac ist der perfekte Tatverdächtige. Er kannte mindestens eine der beiden toten Frauen. Er hat kein Alibi für die Tatzeitpunkte. Und er ist, nun ja, eine schillernde Figur mit besonderen Leidenschaften.«

»Sagen Sie doch, was Sie meinen. Ich bitte Sie, wir sind doch unter uns. Dulac trinkt Blut. Das macht ihn verdächtig.«

»Nein, das macht ihn auffällig.«

»Warum glauben Sie, dass er unschuldig ist?«, fragte Gandolini nach. »Bitte … ich bin neugierig.«

»Weil das alles nur Verdachtsmomente sind«, begann Becker. »Ob er die Frauen näher kannte, ist nicht klar. Er ist Partyveranstalter. Wie Sie. Ich bezweifle, dass Sie jeden Gast und jede Kellnerin in jedem Club, in dem Sie Veranstaltungen organisieren, persönlich kennen.«

»Dann«, ergänzte Janina, »ist da diese Sache mit dem Vampirismus. Blut trinken. Ist eine tolle Geschichte. Und bestimmt auch ein interessanter Fetisch. Klingt aber aufregender, als es eigentlich ist. Blut ist sehr eisenhaltig, mehr als drei Milliliter kann ein Mensch gar nicht zu sich nehmen, ohne dass der Magen es wieder abstößt. Einem Menschen das komplette Blut aus dem Körper zu pumpen für solche Zwecke ist also ... mehr als unrealistisch.«

Gandolini grinste. »Sie scheinen etwas von Ihrer Arbeit zu verstehen. Und Sie haben natürlich mit allem recht, was Sie sagen. Ich, im Übrigen, halte meinen Partner auch für unschuldig. Ich kenne ihn lange genug, um zu wissen, auf welche Abenteuer er sich einlässt. Und von welchen er die Finger lässt.«

»Warum weigert er sich so sehr, mit uns zusammenzuarbeiten?«

»Wissen Sie, ich kenne Dulac bereits seit ein paar Jahren. Wir veranstalten einige dieser Partys miteinander. Wir ergänzen uns. Ich bringe das kaufmännische Wissen mit und er ...« Gandolini überlegte kurz, wie er den Satz beenden sollte, »... das gewisse Etwas.«

»Das gewisse Etwas?«

»Schauen Sie sich doch um. Eine solche Veranstaltung kann man nicht einfach planen. Das muss man leben. Und Dulac tut das. Er ist eine Figur. Eine Erscheinung der Finsternis. Die Leute hier lieben ihn. Aber mehr als das hat er nicht in seinem Leben.«

Janina beugte sich ein Stück vor. »Sie wollen damit sagen, dass ihm die Rolle gefällt? Dass er die Aufmerksamkeit genießt?«

»Ich weiß es nicht«, sagte Gandolini. »Ich weiß nur, dass Dulac ein großer Künstler ist, aber ganz sicher ein schlechter Mörder wäre. Dafür ist er nicht gemacht. Ich hoffe«, sagte er und stand auf, »dass ich Ihnen zumindest ein bisschen behilflich sein konnte. Ich hoffe wirklich, dass Sie den Richtigen finden. Auch in meinem Interesse.«

Er gab den beiden die Hand. »Bleiben Sie, solange Sie wollen. Die Getränke gehen auf mich. Fühlen Sie sich wie zu Hause.«
Dann nickte er dem Riesen zu und verschwand.

5

Er hatte nicht damit gerechnet, dass es doch so viele sind. Becker stieg von seinem Fahrrad, lehnte es an eine der großen Laternen und betrachtete die Masse an Menschen, die da an ihm vorbeizog. Gerade einmal drei Wochen war es her, dass die erste Demonstration hier stattgefunden hatte. Knapp einhundert Menschen hatten sich seinerzeit versammelt. Er fand das damals schon ziemlich beachtlich. Kurz nachdem man die erste Leiche gefunden hatte, passierte etwas mit den Menschen in der Stadt. Das war verständlich. Die Leute waren verunsichert. Natürlich waren sie das. Einfache Psychologie, dachte Becker. In der Kriminologie sprach man von einer verzerrten Kriminalitätswahrnehmung. Jedes Jahr gab es rund zweihundertfünfzig Morde. Doch von den wenigsten bekamen die Menschen etwas mit. Nur wenn sie groß und aufsehenerregend waren und eine entsprechende Berichterstattung stattfand, gelangten diese Fälle ins Bewusstsein. Und verzerrten das eigene Sicherheitsempfinden.

Becker dachte an die Studien, die er dazu in seinen Kriminalistikseminaren gelesen hatte. Dann schaute er wieder auf die Menschen, die an ihm vorbeizogen. Sie wirkten wie eine Bestätigung. Das waren Menschen, dachte er, die glaubten, dass sie einfach besorgt waren. Obwohl es immer weniger Verbrechen gab, hatten die Menschen das Gefühl, dass alles schlimmer wurde. Einzelne, aufsehenerregende Taten lösten in ihnen diese Angst aus. So wie jetzt. So wie hier. Becker betrachtete die Leute, die es auf die Straße gezogen hatte. Dass eine Mordserie dazu führte, dass es zu Massenaufläufen kam, das war ihm neu. Irgendwie hatte dieser Fall eine Eigenenergie entwickelt, die ihm Angst machte.

Becker wickelte das kleine Schloss um sein Fahrrad und lief ein wenig mit den Menschen die breite Allee entlang. Einige von ihnen trugen Schilder in der Hand. »Wir fühlen uns nicht mehr sicher«, stand darauf. Es war eine merkwürdige Mischung von Menschen, die sich hier versammelt hatten, dachte Becker. Die allermeisten von ihnen wirkten auf den ersten Blick ganz normal. Frauen und Männer. Nicht weiter auffällig. Aber das, wusste Becker, hatte nicht viel zu bedeuten. Man sah den Menschen ja nicht an, was in ihren Köpfen so vor sich ging. Dennoch war es auffällig, wie viele auf den ersten Blick normale Menschen hier unterwegs waren. Sie vermengten sich mit Menschen, die aus einer erkennbar anderen Richtung kamen. Menschen, die ihre Weltsicht ganz offensichtlich nach außen trugen. Einige trugen schräge Anhänger um den Hals. Andere wehten mit Flaggen, auf denen bloß ein großer Buchstabe stand. Q. Eine Verschwörungserzählung, die sich um das Blut von Kindern drehte, die im Keller einer Pizzeria gefangen waren. Doch als ein Journalist nachschaute, gab es gar keinen Keller unter der Pizzeria.

Becker ließ sich weitertreiben. Er versuchte abzuschätzen, wie viele Leute hier unterwegs waren. Waren es Hunderte? Tausende? Es gelang ihm nicht wirklich, einen Überblick zu bekommen. Zu verteilt waren die Gruppen, die hier miteinander gingen. Sie zogen durch die alte Innenstadt. An den Seiten standen Hundertschaften der Polizei. Irgendwo, meinte sich Becker zu erinnern, hatte sich eine Gegendemo angekündigt. Wie auch schon bei den letzten Demonstrationszügen. Aber so richtig Zulauf hatte sie nicht. Es war ja auch unübersichtlich. Denn niemandem war so wirklich klar, wofür diese Menschen hier alle auf die Straße gingen. Für mehr Sicherheit, war das offizielle Motto. Aber was bedeutete das schon?

Becker knöpfte sich seinen Mantel zu. Er wollte ein Gefühl für die Stimmung bekommen. Es lag Spannung in der Luft. Er hatte sich in den letzten Tagen nur verschanzt, um an dem Fall zu arbeiten. Er war dabei, wie üblich, in seinem ganz eigenen Tunnel. Aber diesen Fall, das wurde ihm mehr und mehr bewusst, diesen Fall konnte er nicht so behandeln wie all die anderen Fälle. Er konnte ihn nicht abkoppeln von dem, was draußen passierte. Es gab eine Wechselwirkung zwischen den Ermittlungen und der gesellschaftlichen Stimmung, die immer mehr zu kippen schien, und dem, was hier auf der Straße passierte. Es beeinflusste die Ermittlungen leider genauso, wie die Ermittlungen das beeinflussten, was hier passierte. Er sah, wie erste, zarte Schneeflocken auf dem dunklen Stoff landeten und sofort schmolzen. Becker schaute in den Himmel. Tatsächlich. Der erste Schnee des Jahres.

Für einen kurzen Moment blieb er stehen. Die Menschenmassen zogen nun an ihm vorbei. Am Himmel zogen sich die Wolken noch dichter zusammen. Es wurde dunkel und ruhig. Das Geräusch der Trillerpfeifen verschwand. Die Stimmen, die Sprüche riefen, verschwanden, und es war, als hätte sich eine Glocke über Becker gelegt, die ihn von der Außenwelt abschirmte. Er spürte nun den Schnee auf seinem Gesicht ganz deutlich. Alles lief plötzlich in Zeitlupe ab. Becker war wie entrückt. Es fielen immer mehr Schneeflocken. Und plötzlich war Becker gar nicht mehr in der Altstadt, gar nicht mehr auf einer Demonstration. Plötzlich war Becker in Bayern. Auf dem großen Berg. Alles geschah ganz langsam. Becker spürte den Schnee unter seinen Füßen, der bei jedem Schritt nachgab. Er zog seine Jacke zu und band sich seinen Schal noch ein wenig enger. Dann stapfte er weiter. Schritt für Schritt. Eine Wolke zog vorbei und verdeckte die Sonne, die eben noch ganz klar am Himmel stand. Vor ihm eröffnete sich eine Lichtung, und auf dieser Lichtung sah Becker die Blockhütte. Ein kleines Holzhaus. Es schien ziemlich alt zu sein. Becker spürte, wie die Aufregung durch seinen Körper schoss. Wie er seine Schritte beschleunigte und jedes Mal seine schweren Füße aus dem Schnee zog, um voranzukommen. Er hetzte auf die Hütte zu. Sie lag wirklich dort, wo man es ihm beschrieben hatte. Sein Atem ging immer schneller. Er fiel hin, die Kälte fraß sich regelrecht in seine Haut. Doch Becker verspürte keine Schmerzen. Keine Erschöpfung. Er hatte nur den Willen, die Hütte zu erreichen. Er richtete sich wieder auf. Lief weiter und weiter und kam endlich an sein Ziel. Die Tür war verschlossen. Becker presste sein Körpergewicht gegen sie. Einmal.

Zweimal. Dreimal. Dann gab das Schloss nach, und er stand im Inneren. Ein fauliger Geruch stieg ihm sofort in die Nase. Becker spürte, wie die Aufregung ihn beinahe um den Verstand brachte. Als er sich auf den Weg machte, da hatte er gebetet. Zum ersten Mal seit sehr, sehr vielen Jahren. Er hatte gebetet, dass er nicht zu spät kommen möge. Er schaute sich um. Die Hütte war vollgestellt mit Gerümpel. Vor ihm stand ein großer Esstisch aus Holz. Zwei Teller. Die Essensreste waren verschimmelt. An der Wand hing ein Kupferstich. Er zeigte eine Schneelandschaft. Becker wurde unruhiger. »Hallo?«, rief er. »Hallo? Ist hier jemand?« Er ging in einen angebauten Raum, in dem sich ein Plumpsklo befand. Becker hielt den Atem an. Es stank fürchterlich. Über dem offenen Loch summten ein paar Fliegen. »Mailin?«, rief er. »Bist du hier?« Becker stolperte durch die kleine Blockhütte. Er spürte, wie sich seine Kehle regelrecht zuschnürte. Wie ihm der Atem wegblieb. Wie sich eine fürchterliche Gewissheit in seinen Kopf hineinbohrte. Dann betrat er den nächsten Raum. Er stockte. Blieb stehen. Und starrte auf die Matratze vor ihm. Becker versuchte seinen Atem zu kontrollieren. Ruhig, Bastian, sprach er sich selbst zu. Ganz ruhig. Er sah, dass unter der Decke etwas lag. Seine Hände zitterten. »Mailin?«, fragte er leise, aber seine Stimme brach weg. Dann griff er nach einem Zipfel der Decke und zog sie langsam zur Seite. Er sah schon die ersten Maden, die hervorkrochen. Tränen kamen ihm hoch. Er konnte nichts dagegen tun. Langsam zog er die Decke weiter. Als könnte er den Moment der Gewissheit noch etwas hinauszögern. Als könnte er das Bewusstsein, dass es zu spät war, noch für wenige Sekunden von sich fernhalten. Langsam, ganz langsam erkannte er den Körper, der unter der Decke lag. Erst die kleinen Füße, dann die Beine. Becker schloss die Augen, die Tränen liefen warm über seine Wangen. Er zog den Rest der Decke mit einem Ruck weg, und plötzlich waren seine schlimmsten Befürchtungen, seine dunkelsten Albträume Gewissheit geworden. Da lag sie. Die Leiche der siebenjährigen Mailin. Fürchterlich zugerichtet. Becker spürte, wie seine gesamte Energie von einem Moment auf den nächsten aus seinem Körper entschwand. Er sackte einfach zusammen. Er fiel auf seine Knie und weinte still in sich hinein. Er war zu spät gekommen.

Er wusste nicht genau, wie lange er hier saß. Waren es Minuten? Stunden? Er hatte das Gefühl für die Zeit verloren. Becker spürte, dass er ganz unten war. Ganz, ganz tief unten. Und er ahnte, dass dieser Moment erst der Anfang von einer sehr schweren Zeit werden würde. Er hätte dieses Mädchen retten können. Er hätte diesen grausamen, unnötigen Tod verhindern können. Aber er hat es nicht getan. Weil er nicht seiner Eingebung gefolgt war. Er hatte sich den Regeln unterworfen. Regeln, die er doch eigentlich nie akzeptiert hatte. Er spürte, dass ganz tief in ihm etwas zerbrochen war. Er würde es ihren Eltern erklären müssen. Doch wie erklärt man das Unerklärbare? Als er aus dem Haus trat, flogen Krähen aus den Bäumen auf.

Dann spürte er plötzlich, wie ihn jemand am Arm festhielt. Becker schreckte auf. Er drehte sich um und sah einem jungen, stämmigen Mann mit einem Ziegenbart im Gesicht. »Ist alles in Ordnung mit Ihnen?« Der Mann packte Becker an beiden Armen. »Hallo?«, wiederholte er. »Geht es Ihnen gut?«

Becker riss sich mit aller Gewalt aus seinen Tagträumen zurück in die Gegenwart. Er schaute sich um. Richtig. Altstadt, Marktplatz, Demonstration. Becker löste sich vorsichtig aus dem Griff des Mannes und nickte. »Ja«, sagte er. »Ich … entschuldigen Sie …« Er war noch immer nicht ganz bei sich. »Mir geht es gut. Es ist nur … der Kreislauf.«

»Wollen Sie etwas trinken? Oder sich setzen?«

»Nein, nein«, wiegelte Becker ab und zwang sich zu einem Lächeln. »Wirklich, es geht mir gut, ich danke Ihnen.«

Er atmete einmal tief durch und sprach sich innerlich gut zu. Reiß dich zusammen, Becker! Reiß dich verdammt noch mal zusammen! Was war nur los mit mir, fragte er sich. War das wieder eine Panikattacke? Die hatte er doch schon seit Langem nicht mehr. Du darfst nicht die Kontrolle verlieren, Becker, sprach er sich gut zu. Er lehnte sich an eine Straßenlaterne und atmete noch ein paar Mal tief durch, während die Trillerpfeifen und die Stimmen der Menschen um ihn herum wieder deutlicher wurden. Und plötzlich, da erkannte er in der Menge der Menschen, die an ihm vorbeizog, einen Mann wieder, der ihm merkwürdig vertraut vorkam. Er trug einen langen, schwarzen Trenchcoat, einen Hut und eine kleine Rundbrille auf der Nase. Zwischen all den Menschen wirkte er wie ein Kobold, der sich seinen Weg Richtung Marktplatz bahnte. Becker betrachtete den Mann. Woher kannte er ihn? Er kam nicht drauf. Aber der Gedanke ließ ihn nicht los. Becker stieß sich von der Laterne ab und folgte ihm. Der Kobold schien ein Ziel zu haben, er schlängelte sich an den anderen Menschen vorbei, ohne dass sie ihn groß wahrnahmen. Becker hatte Probleme, ihn nicht aus den Augen zu verlieren. Er heftete sich an die kleine, leicht hinkende Gestalt und folgte ihr, bis sie schließlich den großen Marktplatz erreicht hatten. Dort stand ein Zeltdach, unter dem sich eine kleine Bühne befand. Neben der Bühne waren zwei große Lautsprecher aufgebaut. Auch hier, dachte Becker, hat die Protestbewegung in einer atemberaubenden Geschwindigkeit Fortschritte gemacht. Noch vor drei Wochen standen hier bloß ein paar übereinandergestapelte Europaletten, von denen aus einige versprengte Bürger kurze Reden hielten. Becker sah, wie der schwarze Kobold mit einem Mann mit Ordnerbinde ein paar Worte wechselte und in einem Zelt hinter der Bühne verschwand. Becker kniff die Augen zusammen und versuchte sich daran zu erinnern, woher er den Mann kannte. Schließlich fiel es ihm wieder ein. Richtig! Er hatte den Kerl bei der Pressekonferenz gesehen. Vergangene Woche. Als Brinkmeier Dulac als Tatverdächtigen vorgeführt hatte. Schon damals stach er hervor. War das wirklich ein Journalist? Was hatte er dann im Zelt der Veranstalter verloren? Becker ließ seinen Blick über den Marktplatz schweifen. Er war voller Menschen. Und es kamen immer mehr dazu. Es hatte aufgehört zu schneien.

Plötzlich stand der Kobold auf der Bühne. Seine Vorrednerin drückte ihm das Mikrofon in die Hand, und ein paar Menschen aus den vorderen Reihen fingen an zu klatschen. Becker verstand nicht ganz, was der Kobold sagte, also drängte er weiter nach vorn, vorbei an den Menschen, die sich hier aufgestellt hatten und ihren Blick auf die Bühne richteten. »… ist es wieder eine Abwägung, die wir treffen müssen«, hörte er nun die Stimme des Kobolds deutlich, als er die vorderen Reihen erreicht hatte. »Wollen wir Freiheit oder wollen wir Sicherheit? Alles, worüber wir in den letzten Jahren gesprochen haben, sehen wir nun unter neuen Vorzeichen. Nach all den Jahren, in denen viele von euch für die Freiheit auf die Straßen gegangen sind …« Er ließ eine kurze Kunstpause, »… sind wir nun hier, um für die Sicherheit zu kämpfen.«

Becker war überrascht. Er wusste nicht, was er erwartet hatte. Aber der Typ da oben auf der Bühne wirkte unerwartet wortgewandt. Es schien, als hätte er einen Plan von dem, was er da erzählte. Er sprach anspruchsvoller als viele, die bei solchen Veranstaltungen auf der Bühne standen.

»Vielleicht ist es vielen von euch auch gar nicht bewusst«, fuhr der Mann fort, »wie widersprüchlich das nach außen wirken mag. Dass große Teile einer Protestbewegung nun scheinbar genau das fordern, was sie in Zeiten der sogenannten Pandemie«, der Kobold sprach das Wort in einem leichten Singsang aus, wahrscheinlich um zu verdeutlichen, dass er sie für ein Märchen hielt, »… in Zeiten der sogenannten Pandemie«, wiederholte er, »bekämpft hatten. Vielleicht ist das vielen von euch nicht bewusst, weil ihr einfach nur hier steht, weil es sich für euch richtig anfühlt.«

Becker legte seinen Kopf zur Seite, während er der Rede folgte. Er war aufrichtig erstaunt von dieser Ansprache, die eigentlich viel zu verkopft und um die Ecke gedacht war, zumindest für einen kalten Tag vor einer solchen Bühne. Der Kobold wirkte auf ihn nicht wie ein Einpeitscher, sondern mehr wie ein verquerer Denker. Umso erstaunlicher war es, dass die Menschen ihm hier zuhörten.

»Entschuldigung«, sagte Becker und wandte sich an eine Frau, die neben ihm stand und dem Kobold gebannt folgte. »Wissen Sie, wer dieser Mann ist?«

»Natürlich«, sagte die Frau, ohne Becker auch nur anzuschauen und ihren Blick von der Bühne abzuwenden. »Das ist der Doktor.«

»Der Doktor?«

Die Frau klebte mit ihrem Blick noch ein wenig an der Bühne, dann schaute sie Becker an. »Ja. Er hat einen YouTube-Kanal. Doktor Q.«

Becker zog die Augenbrauen hoch und nickte. »Richtig ... vielen Dank.«

»Ihr müsst euch bewusst sein, dass alles, was ihr tut, dass alles, was wir tun, viel mehr ist als nur ein Weg zur Wahrheit und Aufrichtigkeit in dieser Welt«, fuhr der Mann mit seiner schnarrenden Stimme fort. »Das alles ist auch ein Signal. Rund fünftausend Menschen sind heute auf diesem Platz versammelt. Und die Welt schaut auf uns.«

Der Mann, der sich Doktor Q nannte, hatte nicht völlig unrecht. Die Morde waren so aufsehenerregend, dass mittlerweile tatsächlich die weltweite Presse darüber berichtete. Und das bedeutete, dass man sich vielleicht auch mit den Menschen beschäftigte, die hier auf die Straße gingen.

»Aber auch wenn es im ersten Moment unerklärlich wirkt«, fuhr der Doktor fort, »kann ich euch und all den anwesenden Medienvertretern, die uns gerne die Worte im Munde verdrehen, sagen: Das ist es nicht. Es ist ganz einfach. Wir stehen für beides ein. Für die Freiheit, ein selbstbestimmtes Leben zu führen, und für die Sicherheit aller Bürgerinnen und Bürger. Sicherheit ist die Voraussetzung für Freiheit.«

Die Masse klatschte. »So ist es«, johlten einige. Auch die Dame, die neben Becker stand, war verzückt und spendete laut Beifall. Merkwürdig, dachte Becker, wie diese kleine, koboldartige Gestalt es doch schaffte, die Massen hier einzufangen.

Der Doktor ruckelte seine Brille zurecht, ging ein paar Schritte über die Bühne und hob dann wieder das Mikrofon vor seinen Mund.

»Die Sicherheit in diesem Land, lassen Sie mich das in aller Offenheit sagen, ist schwerer gefährdet als jemals zuvor.« Wieder Beifall. »Doch das ist eine Entwicklung. Das wissen wir alle. Die größte Gefahr für unsere Sicherheit sind aber keine Mörder. Es sind auch nicht die

Vampire.« Auch diesen Begriff betonte der Professor in seinem komischen Singsang. »Die wahre Gefahr, das sind die Menschen, die unseren sogenannten Staat verwalten, das sind die da oben, die ihre Macht missbrauchen, um unser Leben zu zerstören und uns in Angst zu ersticken!« Becker war erstaunt, welche Wendung die Rede des Kobolds nahm. Damit hatte er nicht gerechnet.

»Diese Angst ist es, die unsere Gesellschaft spaltet. Die uns Menschen entzweit. Die dafür sorgt, dass wir uns fügen. Dass wir gehorchen. Dass wir zu Sklaven werden.«

»Genauso ist es!«, brüllten einige der Demonstrierenden. Die Stimmung heizte sich auf. Der Himmel zog sich weiter zu.

Becker hatte genug. Er fühlte sich schrecklich unter den Menschen, die dem Kobold auf der Bühne regelrecht zu verfallen schienen. Er drehte sich um und machte sich auf den Weg zurück zu seinem Fahrrad.

Jetzt musste er den Kopf erst recht frei kriegen. Er beschloss, noch ein wenig durch die Stadt zu ziehen. Wenn die Gedanken und Gefühle in ihm schwirrten, dann streifte er durch die Nebenstraßen und betrachtete die Häuser. So wie jetzt. Becker schaute auf zu den vielen Fenstern. In den meisten brannte noch Licht. Wer hier wohl wohnte? In jedem Haus, an dem er vorbeiging, dachte Becker, verbargen sich so viele Geschichten. So viele Schicksale. Menschen, die nach ihrem Glück suchten. Menschen, die glaubten, dass sie ihr Glück schon gefunden hatten. Menschen, die sich über irgendeinen Erfolg in ihrem Leben freuten. Und Menschen, die verzweifelt waren. Die nicht weiterwussten. Die am Rande ihres Lebens standen. War der Mensch ein gutes Wesen, das durch das Leben zu einem Monster werden konnte? Oder steckte das Monster in jedem von uns?

Die Sonne war schon längst untergegangen, als Becker kehrtmachte und sein Fahrrad in Richtung des kleinen Büros schob, das die Polizei Janina und ihm zur Verfügung gestellt hatte.

6

Becker ließ sich in seinen Stuhl fallen und betrachtete die Berge an Akten und Büchern, die sich vor ihm auftürmten.

»Was für eine …« Er beendete den Satz nicht, lehnte sich stattdessen vor und stützte seinen Kopf auf seinen Händen ab. »Was mache ich hier nur?«, sagte er leise. »Wie soll ich das alles nur hinbekommen?«

»Bastian?«, hörte er eine Stimme und schreckte hoch. »Ist alles in Ordnung?«

Er hatte nicht damit gerechnet, dass Janina noch hier war. Wie spät war es? Es musste doch schon weit nach Mitternacht sein.

»Ja«, sagte er. »Alles ist gut. Was machst du noch hier?«

»Wahrscheinlich dasselbe wie du?«

Janina setzte sich zu ihrem Partner und betrachtete ihn. »Was hast du?«

»Ich sagte doch, dass alles in Ordnung ist.«

»Lüg mich nicht an! Ich kenne dich, Bastian Becker. Länger und besser als sonst irgendjemand. Und du kannst mir nicht erzählen, dass es dir gut geht, wenn die dicke Falte auf deiner Stirn sehr deutlich zeigt, dass es dir alles andere als gut geht.«

Becker lächelte. »Einer Profilerin kann man nichts vormachen, was?«

»Zumindest mir nicht.«

Becker lehnte sich in seinem Stuhl zurück und fuhr sich mit den Händen durch die Haare. »Es ist dieser Fall … Ich habe das Gefühl, wir kommen keinen einzigen Schritt voran.«

»Ich habe das Gefühl, wir sind schon sehr viel weiter, als wir es noch vor einigen Tagen waren.«

»Janina, wir sind genauso weit wie zuvor. Wir haben zwei tote Frauen. Und wir haben einen Tatverdächtigen, von dem ich ganz sicher bin, dass er nicht der Mörder ist.« Becker ließ eine Pause. »Wenn man ehrlich ist«, sagte er, »dann sind wir sogar noch zwei Schritte zurückgegangen. Peterson und Brinkmeier haben sich völlig auf Dulac eingeschossen. Sie haben sich darauf versteift und blockieren jede Ermittlung in eine andere Richtung.«

»Aber wir haben noch das hier …«, sagte Janina und zog die Akte hervor, die sie Becker kurz vor der Pressekonferenz gezeigt hatte. Der Lehmann-Fall. »Daran habe ich heute den ganzen Tag gearbeitet, ich glaube, ich habe da wirklich etwas gefunden.«

Becker richtete sich auf und griff nach der Akte. »Was hast du gefunden?«, fragte er beinahe schon ein wenig übermütig.

»Langsam«, sagte Janina und zog die Papiere weg, sodass Becker sie nicht in die Hände bekam. »Das kann auch noch fünf Minuten warten. Erst will ich wissen, was dich wirklich beschäftigt.«

»Ich sagte doch bereits, der Fall …«

»… es ist nicht nur der Fall. Das sehe ich doch. Ist es wieder …?«

Becker ließ eine kurze Pause. Sammelte sich. Überlegte, was er jetzt sagen sollte. Dann schaute er Janina in die Augen und entschied sich dafür, es für heute einfach bei der Wahrheit zu belassen.

»Es ist schlimmer geworden. Ich habe wieder diese Bilder im Kopf. Und …« Becker fuhr sich durch die Haare. »Es wird immer heftiger.«

»Das tote Mädchen?«

Becker nickte. Es war das erste Mal, dass Janina den Fall direkt ansprach. Zuvor hatte sie es immer bei Andeutungen belassen. Aber sie spürte, dass Bastian bereit war, nun darüber zu reden.

»Das ist es, was dich die ganze Zeit wirklich so belastet, oder? Deine Kopfschmerzen, deine Ausfälle …?«

»Ich dachte, ich hätte es im Griff. Aber seitdem ich wieder hier bin … es ist einfach so vieles …«

»… so ähnlich wie damals?«

»Ich weiß es nicht, Janina. Vielleicht verrenne ich mich da ja auch in irgendwas. Aber ich will nicht wieder für den Tod eines Menschen verantwortlich sein.«

»Du bist für gar nichts verantwortlich, und das weißt du.«

»Vielleicht nicht aus einer rechtlichen Sicht. Aber in meiner Vorstellung trage ich zumindest eine Mitschuld daran, dass damals dieses Mädchen gestorben ist.«

»Bastian«, sagte Janina sanft. »Das Ganze ist viele Jahre her. Und auch damals hättest du nicht mehr tun können.«

»Ich hätte auf mein Bauchgefühl hören müssen.«

Becker massierte seine Schläfen. Er spürte, wie sich ein stechender Schmerz in seinem Kopf ausbreitete.

»Hast du schon deine Psychologin angerufen, um mit ihr darüber zu sprechen?«

Becker beugte sich zu seiner Partnerin vor. »Weißt du, alles in mir will diesen Fall lösen. Weil alles in mir vermeiden will, dass sich das wiederholt, was damals passiert ist. Siehst du denn nicht, dass es da Überschneidungen gibt? Wir wiegen uns in derselben falschen Sicherheit, wie ich es damals getan habe. Janina! Wir glauben, wir hätten den Täter, während der wahre Mörder noch immer da draußen rumläuft und sich vielleicht schon bald das nächste Opfer sucht.«

»Du warst dir damals sicher, dass Lindberg der Falsche war?«

»Ich war mir hundertprozentig sicher. Ich wusste es. Aber niemand wollte auf mich hören. Und dann haben wir die Ermittlungen abgeschlossen.«

»Das war nicht deine Entscheidung. Du wolltest die Akten offen halten.«

»Ja, das wollte ich. Aber ich habe mich nicht durchgesetzt. Doch das war gar nicht der größte Fehler, den ich gemacht habe ...« Becker stockte. Er spürte, wie sich seine Kehle langsam zuzog. »Der größte Fehler war, dass ich die Entscheidung meines Vorgesetzten akzeptiert hatte. Dass ich mich gefügt habe. Dass ich auf die Rangordnungen einer Behörde vertraut hatte statt auf mein eigenes Bauchgefühl.«

»So funktioniert das nun einmal. Wie hättest du denn sonst reagieren sollen? Einfach auf eigene Faust weiterermitteln? Herrgott, Bastian! Denk doch einmal nach. Wenn das alle Polizisten so machen würden, dann würde der Polizeidienst nicht mehr funktionieren. Und das weißt du so gut wie ich. Du kannst doch nicht bloß, weil du so ein Bauchgefühl hast, die gesamte Arbeitsweise der Polizei infrage stellen.«

»Wenn das Bauchgefühl über Menschenleben entscheidet, dann sollte ich das vielleicht tun.«

Becker stockte. Er dachte an die Rede des Kobolds, der er vorhin auf dem Marktplatz gefolgt war. Er wusste, dass dieser Typ nichts Gutes im Sinn hatte. Dass es ihm darum ging, das Vertrauen in den menschlichen Zusammenhalt zu schwächen. Aus welchen Gründen auch immer. Das, dachte sich Becker, wollte er noch herausfinden. Aber in diesem einen Punkt hatte er vielleicht gar nicht so unrecht. War unsere Welt nicht vielleicht doch brüchig? Gemacht für Emporkömmlinge wie Alina Brinkmeier, die sich durch die Ritzen und Spalten zwängten? Menschen, die einfach nur nach oben wollten? Oder irrte er sich? Er erkannte sich selber nicht wieder. Er spürte, dass er befangen war. Dass seine eigene Geschichte zur Folge hatte, dass er den Fall, der da auf seinem Tisch lag, nicht mehr klar betrachten konnte. Dass er nach und nach die Distanz verlor. »Und was ist …«, fragte er seine Partnerin schließlich »wenn ich doch unrecht habe. Wenn ich mich zu sehr von meinen Gefühlen leiten lasse? Wenn Dulac doch der Täter ist?«

Janina schaute Becker ernst an. Dann legte sie die Akte auf den Tisch zwischen ihnen und öffnete sie.

»Nein«, sagte sie ernst. »Du hast nicht unrecht. Schau dir das an.«

Sie schob ihm ein paar Papiere zu. Becker betrachtete sie. Das waren die Leichenuntersuchungsberichte von Ende der Neunzigerjahre. Damals fand man in Berlin zwei tote Frauen. Sie wurden mit einem winzigen, sauberen Schnitt an der Halsschlagader getötet. Die Verletzung war so geringfügig, so klein, dass er perfekt sitzen musste, um die Ader zu öffnen.

»Sie nannten die Fälle damals die Chirurgen-Morde«, erzählte Janina.

»Weil man davon ausgehen musste, dass der Täter hier ziemlich genau weiß, was er tut?«

»Ja«, sagte Janina. »So ist es. Das kann kein zufälliger Stich gewesen sein, hier muss jemand genau wissen, was er tut.«

In den meisten Fällen, in denen Menschen mit Messern oder Klingen getötet wurden, ergab sich tatsächlich ein ganz anderes Bild, wusste Becker. In den meisten Fällen waren es eben keine kleinen, sauberen Schnitte, sondern grobe Verletzungen, die man den Opfern zufügte. Das hier wirkte hingegen beinahe so wie eine Operation.

»Wie viele Fälle gab es?«, fragte Becker nach.

»Zwei«, sagte Janina. »Na ja«, fügte sie nach einer kurzen Pause hinzu. »Man ist bislang von zwei Fällen ausgegangen.«

Dann zog sie eine weitere Akte aus ihrer Tasche. »Vor fünf Jahren gab es noch einen Mord, der ähnlich war.«

Becker zog die Akte zu sich, öffnete sie und las sich die Papiere genau durch. Ein Fall in einem kleinen Dorf in Ostfriesland. Dieses Mal handelte es sich allerdings nicht um eine Frau, sondern um ein junges Mädchen, das damals gefunden wurde. Lisa Tannberg. Acht Jahre alt.

»Ich erinnere mich daran«, sagte Becker und zog seine Augenbrauen hoch. »Dieser Fall war damals groß durch die Presse gegangen.«

»Ja, er war ebenfalls einigermaßen außergewöhnlich, wenn auch ganz anders geartet.«

»Jemand hatte das Mädchen aufgeschnitten.«

»Die Ermittler gingen damals davon aus, dass der Täter selbstverliebt war und eine Vorliebe für Quälereien hatte.«

»Das waren die Zeiten, in denen man noch Psychogramme machte, was?«

»Hör auf«, sagte Janina, die das nicht witzig fand. »Die Überlegung war, dass er sich des Opfers auch noch nach ihrem Tod bemächtigen wollte, indem er den Leichnam bearbeitete. Und jetzt«, fuhr Janina fort, »schau dir die Fotografien von der Leiche an.«

Becker betrachtete den aufgeschnittenen Körper des jungen Mädchens. Der Brustkorb offen gelegt. Die inneren Organe wurden regelrecht vorgeführt.

»Ich glaube, dass man den Täter damals falsch eingeschätzt hat«, sagte Janina. »Was ist, wenn das gar keine Lust am Quälen und auch keine Zurschaustellung des Schockwertes wegen war?«

»Sondern eine Art … sachlicher Leichenöffnung?«, mutmaßte Becker.

Janina nickte.

Becker legte alle drei Fallakten nebeneinander.

»Du meinst … das hier, das hängt alles zusammen?«

»Ich denke schon. Wenn man die Fälle über den Lauf der Zeit betrachtet, dann ergibt sich ein ganz anderes Bild.«

»Das Bild eines Mörders, der … übt?«

»Richtig. Und der immer besser wird.«

Becker schaute auf. Janina erkannte, wie sein Körper sich anspannte. Das passierte immer, wenn er einer brauchbaren Spur folgte.

»Janina, das ist … das ist glänzend. Wie hast du das herausgefunden?«

»Indem ich sehr, sehr viele Akten gelesen habe, während du durch die Weltgeschichte gestreift bist.«

»Was würde ich nur ohne dich machen?«

»Das hast du mich in den vergangenen Tagen schon auffällig oft gefragt.«

»Wir müssen diesen Fall in eine ganz andere Richtung denken.«

»Wir haben es hier ganz offensichtlich nicht mit einem Mann zu tun, dem es um das Blut ging«, sagte Janina. »Sondern um … das Handwerk.«

»Ein Chirurg?«

»Oder ein Präparator.«

»Wir müssen sofort mit Peterson sprechen.«

7

Alina Brinkmeier schloss die Augen. Sie wollte diesen Moment auskosten. Wenn auch nur kurz. Sie führte das Glas an ihre Nase und schwenkte es ein wenig, um auf diese Weise noch ein bisschen besser den schweren, torfigen Geruch der tiefroten Flüssigkeit einzufangen. Ein alter Wein. Ein besonderer Wein. Trotz seiner Schwere entfaltete er auch eine blumige, eine fast beerige Note. Alina führte das Glas an ihren Mund und nahm einen kleinen Schluck. Er war wunderbar, dachte sie. Und bereute es nicht, diese besondere Flasche heute geöffnet zu haben. Der Wein war ein Geschenk von ihrem Ausbilder. Er hatte einen eher sinnbildlichen Wert. Sie öffnete die Augen wieder und schaute aus dem Fenster. Von dem Schnee, der noch am Nachmittag gefallen war, ist kaum mehr etwas übrig geblieben. Nur eine dünne, weiße Schicht hatte sich auf ihrer Fensterbank festgesetzt. Alina blickte hinaus auf die dunklen Fassaden der Vorstadt. Gegenüber ihrer Wohnung war eine verlassene Fabrikhalle. Die Scheiben waren schon vor langer Zeit eingeschlagen und nur notdürftig mit Holzplatten verriegelt worden. Sie beobachtete, wie zwei Obdachlose eines der Bretter lösten und durch das Fenster in die Fabrik kletterten. Es war die wahrscheinlich beste Unterkunft, die sie hier in der Gegend bekommen konnten, dachte Alina. Sie fröstelte allein bei dem Gedanken, bei diesen Temperaturen draußen übernachten zu müssen. Dabei hatte der Winter noch gar nicht richtig begonnen. Alina nahm noch einen Schluck von ihrem Wein. Sie hatte sich die Flasche für einen ganz besonderen Moment aufbewahrt. Seit vielen Jahren lag sie schon bei ihr im Regal. Wahrscheinlich, dachte Alina, war sie der kostbarste Besitz, den sie überhaupt hatte. Sie drehte sich von ihrem Fenster weg und schweifte mit dem Blick durch ihr kleines Einzimmerapartment. Sie hatte das Beste aus der kleinen, schäbigen Wohnung gemacht, was man nur machen konnte, dachte sie sich. Als sie hier vor über zwölf Jahren eingezogen war, da hätte es die Phantasie ihrer Freunde gesprengt, dass man dieses heruntergekommene Loch auch nur ansatzweise wohnlich gestalten konnte. »Was willst du denn hier, in dieser Gegend?«, wurde sie von ihrer besten Freundin damals gefragt. Aber Alina mochte die Gegend. Sie mochte den Dreck und die Unordnung, die sie draußen umgab. Es ließ sie nicht vergessen, wo sie herkam. Und sie hatte es sich hübsch gemacht. Hatte sich hier ein eigenes Nest gebaut. Einen Ort, an dem sie sich sicher fühlte. An den Wänden standen raumhohe Regale, in denen Alina säuberlich Akten und Bücher einsortiert hatte, nach Größe und Farbe geordnet. Auch der kleine Holzschreibtisch war aufgeräumt. Die Stifte auf Linie angeordnet. Alina spürte, wie sich zwei Hände um ihre Hüfte legten und sich jemand von hinten an ihren Rücken lehnte.

»Was machst du?«, fragte eine Frauenstimme. »Wieso kommst du nicht ins Bett?«

Selina.

»Kannst du nicht schlafen?«

»Nicht wirklich«, sagte Alina und schaute wieder aus dem Fenster auf die gegenüberliegende Fabrik.

»Was hält dich wach?«, fragte Selina und begann den Rücken von Alina zu küssen.

»Ich weiß es nicht so genau. Vielleicht die Vergangenheit. Vielleicht aber auch die Zukunft.«

»Erzähl mir von deiner Zukunft.«

Alina senkte ihren Kopf und lächelte. »Ich habe nichts zu erzählen«, sagte sie. Die Zukunft. Da war nur Hoffnung. Und sie hatte gelernt, dass es besser war, nicht über Hoffnungen zu sprechen. Wie oft hatte sie es erlebt, dass man am Ende doch nur enttäuscht war. Und dennoch. Dieses Mal, da hatte sie ein gutes Gefühl. Ein wirklich gutes Gefühl. Sie hatte sich bewiesen. Sie war es, die diesen Fall gelöst hatte. Und sie hatte jetzt einen einflussreichen Fürsprecher. Alina erinnerte sich an die Pressekonferenz. Sie erinnerte sich, wie Heuzeroth sie beiseitegenommen hatte. »Jemand wie Sie«, hatte der Minister gesagt, »hat gute Karten.« Dann hatte der Minister Alina auf die Schulter geklopft und ihr seine Visitenkarte gegeben. »Rufen Sie mich an«, hatte er gesagt.

Klar hatte Alina Hoffnungen. Einen direkten Draht ins Ministerium. Das war ein Türöffner. Und immerhin war sie es, die den Fall gelöst hatte. Das wusste das gesamte Präsidium. Sie war gerade einmal fünfundzwanzig Jahre alt und hatte einen international beachteten Fall gelöst und …

»Wir werden sehen«, sagte sie, »was die Zukunft bringt.« Dann trank sie noch einen Schluck von ihrem Wein.

»Du und deine vielen kleinen Geheimnisse«, sagte Selina und strich ihr zärtlich über den Rücken. Dabei streifte sie Alina vorsichtig ihren dunklen Bademantel ab. Alina dachte kurz darüber nach, es zu unterbinden. Aber sie ließ es geschehen. Sie öffnete den Bademantel und ließ ihn auf den Boden fallen. Sie stand nur noch in Unterwäsche vor ihrer Freundin.

»Wenn du schon nicht über deine Zukunft sprechen magst …«, sagte Selina mit leiser Stimme, »dann verrat mir doch etwas über deine Vergangenheit.«

Dabei strich sie mit ihren Händen über Alinas freigelegten Rücken. Sie betrachtete ihre Brandnarben. Ihr gesamter Oberkörper war überzogen mit ihnen. Alina zuckte für einen kurzen Moment zusammen. Dann ließ sie es geschehen. Sie schaute aus dem Fenster. Spürte einen kalten Windzug, der durch das schlecht isolierte Holz zog. Sie sprach nicht gerne über ihre Vergangenheit. Und schon gar nicht mit Fremden. Selina war eine Fremde für sie. Nach wie vor. Nur weil sie sich hin und wieder trafen, hieß das nicht, dass sie ihr etwas bedeutete. Sie hatten Spaß miteinander. Vielleicht sah Selina das anders. Vielleicht sah Selina mehr in ihrer Beziehung. Das hatte Alina schon oft vermutet, den Gedanken aber bei dem Blick auf das, was diese Erkenntnis bedeuten würde, sofort wieder verscheucht.

Alina dachte für einen kurzen Moment darüber nach, ihr alles zu erzählen. Ihre ganze Geschichte. Wie sie geworden war, was sie heute ist. Es gab eine kurze und eine lange Version davon. Beide behielt sie gewöhnlich für sich.

Alina spürte die sanften Hände von Selina auf ihrer vernarbten Haut. Dass sie Selina überhaupt so nah an sich heranließ, war schon etwas Besonderes, dachte sie. Aber diese Nacht war ja auch keine Nacht wie alle anderen.

»Ich erinnere mich nicht mehr daran, wie es passiert ist«, sagte Alina plötzlich ungewöhnlich sanft. »Ich war noch ein Kind. Vier, fünf Jahre alt. Ich weiß nicht, ob ich zu jung war oder …«, sie ließ eine kurze Pause, »… ob ich es einfach nur verdrängt habe.« Alina schloss die Augen. Dann sah sie wieder diese Bilder. Die Bilder von den Flammen, die immer größer und größer wurden. Die Bilder von einem Haus, das langsam in sich zusammenbrach. Eine regelrechte Feuerhölle. Sie wusste nicht, ob das ihre eigenen Erinnerungen waren oder nur Bilder und Vorstellungen, von denen sie glaubte, dass es ihre Erinnerungen waren.

»Mein Vater«, sagte Alina, »war Polizist. Er arbeitete an großen Fällen. An ganz großen. Organisierte Kriminalität.«

Sie schaute aus dem Fenster. Wie gerne hätte sie ihren Vater kennengelernt. Wie gerne hätte sie gewusst, wie er war. Wie er wirklich war. Alles, was ihr blieb, sind die Erzählungen von Freunden und Kollegen, die sie sehr viele Jahre später hatte ausfindig machen können. Was sie von ihrem Vater wusste, hatte sie durch fremde Menschen und ein einziges Foto erfahren, das durch das Feuer nicht vernichtet wurde. »Es hieß, er war ein Sturkopf. Ein Prinzipienreiter. Ein Bluthund …« Alina musste lächeln.

»Ein Bluthund?«

»Ja, so hatte ein alter Kollege von meinem Vater das gesagt. Wenn er sich einmal in eine Spur verbissen hatte, dann ließ er nicht mehr locker. Komme, was wolle.« Alina nahm noch einen kleinen Schluck von dem Wein. »Aber wahrscheinlich war es sein Sturkopf, der ihm … der uns zum Verhängnis wurde.«

»Was ist passiert?«

»Ganz genau weiß man das bis heute nicht. Aber eines Tages, da stand unser Haus in Flammen. Es war Brandstiftung. So viel war klar. Aber die Täter wurden nie gefasst.«

»Gibt es einen Verdacht?«

Alina drehte sich um und lächelte Selina an. »OK«, sagte sie. »Beamtendeutsch für Organisierte Kriminalität. Mehr muss man nicht wissen ...«

»Ich hatte ja keine Ahnung ...«

»Meine Eltern und meine Schwester sind bei dem Brand gestorben. Ich habe als Einzige überlebt. Das ist meine Geschichte«, sagte Alina. Oder, dachte sie insgeheim, das ist die Geschichte, die ich für heute bereit bin zu erzählen. Sie wollte nicht über das sprechen, was danach kam. Das Kinderheim, in dem sie bis zuletzt ein Außenseiter geblieben war. Die gesamte Jugend, die nur von Hänseleien und Ausgrenzungen geprägt war. Die Ängste, die sie noch jahrelang hatte. Und das Gefühl, nirgendwo dazuzugehören. Es gab Nächte, da dachte Alina, dass sie das einsamste Kind dieser gottverlassenen Welt sein musste. Bis sie Herrn Satorius kennenlernte. Alina hielt kurz inne.

»Ich war sehr allein«, sagte sie dann doch. »Und ich habe mein Leben lang geglaubt, dass es für mich keinen Platz auf dieser Welt gibt. Bis ich Herrn Satorius kennenlernte.«

»Wer ist das gewesen?«

»Mein Sportlehrer«, sagte Alina und versuchte sich das Gesicht von Satorius wieder vor Augen zu führen. Der Typ war ein alter Knochen. Hart und unnachgiebig. Graue Haare, akkurater Bürstenschnitt und für das hohe Alter, das er schon zählen musste, in Topform. Es kam Alina manchmal so vor, als wäre Satorius eine Figur aus einem amerikanischen Hollywoodfilm gewesen. »So ein klassischer Drill-Sergeant, weißt du? Ein Kerl, der die Rekruten anbrüllt, dass sie Mimosen und Weicheier sind, aber auf diese Weise dennoch das Beste aus ihnen herausholt.«

»Euer Lehrer hat euch angebrüllt?«

»Nein«, sagte Alina. »Nicht direkt. Aber er war ein harter Typ. Und er hat uns klargemacht, dass man von ihm nur Respekt und Anerkennung bekommt, wenn man auch Leistung bringt.«

»Wow«, sagte Selina und strich sich ihr Haar zurück. »Das klingt nach einem ziemlich ekligen Typen. Wenn man bedenkt, dass ihr ... wie alt gewesen seid?«

»Vierzehn, vielleicht fünfzehn. Aber du täuschst dich. Satorius war fair. Und er hat mir zum ersten Mal in meinem Leben gezeigt, dass es nicht an den äußeren Umständen liegt, wie die Welt auf mich schaut, sondern an mir. Entweder ich verkrieche mich und jammere über das harte Schicksal, das mir widerfahren ist, oder ich reiße mich zusammen und nehme mein Leben selbst in die Hand. Und werde respektiert.«

Selina legte ihren Kopf auf Alinas Rücken ab. »Dieser Mann hat mir beigebracht, aufzustehen und mich aus dem Loch herauszukämpfen, in dem ich war ...«

Alina stockte. Es war ungewöhnlich, dass sie so viel erzählte. Dass sie einem anderen Menschen einen so tiefen Blick in ihr Inneres gewährte. Was war los mit ihr? War es der Wein? Die Freude darüber, dass sie den Fall gelöst hatte? Oder doch die Aussicht auf einen großen Karrieresprung? Vielleicht eine Mischung aus allem. »Weißt du«, sagte sie abschließend und exte ihr Glas, »ich war ein Niemand. Aber ich habe gelernt, dass ich durch Leistung und Beherrschung jemand werden kann. Dass ich es sogar mit den harten Jungs aufnehmen kann, wenn ich es nur will.« Sie lächelte. »Ziemlich kitschig, was?«

»Nein«, sagte Selina ernst und strich mit ihren Fingern über Alinas Haar. »Das klingt wie die Geschichte einer Frau, die ein gebrochenes Herz in sich trägt.«

Alina schluckte. Mitleid. Das war das Letzte, was sie wollte. Sie bereute es schon, ihrer Freundin diese Geschichte überhaupt erzählt zu haben.

Aber verdammt, wahrscheinlich hatte sie recht. Wahrscheinlich war damals irgendwas in ihr kaputtgegangen, was bis heute nicht mehr verheilt ist. Sie wusste ja selber, dass sie besessen war. Aber von was denn eigentlich? Warum wollte sie mit aller Kraft Karriere machen? Um aus dem Schatten ihres Vaters zu steigen, den sie niemals wirklich gekannt hatte? Um die Einsamkeit, die sie ihr Leben lang verspürt hatte, mit Anerkennung zu übertünchen? Sie wischte all die Gedanken weg. Es war nicht der richtige Zeitpunkt. Sie drehte sich um und gab Selina einen Kuss auf die Wange. »Es ist okay«, sagte sie. »Ich bin okay.«

Als sie sich gerade wieder in ihr Bett legen wollte, sah sie, dass ihr Handy aufblinkte. Um diese Zeit, dachte sie? Wie spät war es wohl? Zwei Uhr? Drei Uhr? Sie griff nach dem Gerät und öffnete die E-Mail. Sie war von Becker. »Dringendes Treffen«, hatte er an die Gruppe geschrieben. »Wir haben den falschen Täter!«

Alina biss sich auf die Lippe und schmiss das Handy zurück auf die Couch.

8

Er hatte ja damit gerechnet. Becker lehnte sich in seinem Stuhl zurück und ließ das alles in betonter Ruhe über sich ergehen.

»Sie haben den Verstand verloren!«, brüllte Alina und schmiss die Akte mit einer solchen Gewalt auf den Tisch, dass sämtliche Papiere durcheinanderflogen. »Was ist das für eine beschissene Nummer, die Sie hier abziehen?«, brüllte sie Becker an. »Ist das Neid? Ist das Eifersucht? Weil ausnahmsweise einmal nicht Sie es waren, der den Fall gelöst hat, Becker? Kratzt das so sehr an Ihrem beschissenen Ego, dass Sie jetzt so eine wirklich erbärmliche Nummer hier mit uns abziehen? Weil eine Frau Ihnen den Rang abgelaufen hat?«

Alina bereute diese Worte in dem Moment, in dem sie sie ausgesprochen hatte. Sie hasste es, die Frauen-Karte zu spielen. Und sie wusste ganz genau, dass es Becker nicht darum ging. Der Kerl hatte jede Menge Probleme mit sich selbst. Aber nicht mit seinem Ego, dachte sie.

»Brinkmeier«, sagte Peterson. »Beruhigen Sie sich.«

»Nein«, brüllte Alina dennoch weiter. »Ich beruhige mich nicht! Das ist doch alles nur ein schlechter Scherz! Um drei Uhr nachts einfach mal alles infrage stellen, weil der Täter dem werten Herrn nicht genehm ist, was soll der Kindergarten?«

»Hören Sie doch auf«, sagte Becker in einem ganz ruhigen Tonfall. »Mir geht es um den Fall und …«

»Der Fall ist klar! Abgeschlossen! Hören Sie doch auf, wieder alles durcheinanderzubringen, Becker. Wir haben einen Täter. Akte geschlossen!«

»Wir haben den falschen Täter«, wiederholte Janina in ruhigem Tonfall und schaute ihrer Kollegin lange und fest in die Augen. »Alina«, sagte sie nun etwas sanfter. »Seien Sie doch vernünftig. Sie können doch nicht von der Hand weisen, dass wir hier einen Punkt haben!«

»Den einzigen Punkt«, sagte Alina, stützte sich am Tisch ab und beugte sich zu Janina vor, »... den habe ich. Und zwar einen Täter, der in Untersuchungshaft sitzt und die Tat verdammt noch mal nicht leugnet.«

»Weil er sich in dieser Rolle gefällt«, grätschte Becker dazwischen. »Schauen Sie sich den Kerl doch an. Er ist ein genderfluider Vampir. Es gefällt ihm, im Mittelpunkt zu stehen. Ein wenig die Aura des Bedrohlichen zu versprühen. Das ist sein Geschäftsmodell.«

»So ein Unsinn. Niemand geht für sein Geschäftsmodell ins Gefängnis!«

»Das wird Dulac auch nicht tun. Bevor es überhaupt zu einem Prozess kommen kann, stehen Sie mit leeren Händen da. Sie stützen sich auf Verdachtsmomente. Das wird niemals für eine Anklage reichen. Ja, er kannte möglicherweise eines der Opfer flüchtig. Ja, er hatte kein Alibi für die Tatnächte. Aber das war's. Das ist Ihre komplette Beweisführung! Damit wird es niemals zu einer Verurteilung kommen!«

Alina schlug mit der Faust auf den Tisch. Sie wusste, dass die beiden vielleicht nicht völlig unrecht hatten. »Aber«, versuchte sie es schließlich noch einmal, »schauen wir doch auf die Tatsachen! Seitdem wir Dulac verhaftet haben, gab es keine weiteren Morde. Zufall? Wohl kaum.«

»Natürlich ist das kein Zufall. Es ist der Beweis dafür, dass der Täter klüger ist, als Sie glauben«, hielt Janina dagegen. »Alina, ich bitte Sie ...«, sagte sie nun etwas sanfter. »Seien Sie vernünftig. Denken Sie nach. Sie wissen doch, dass wir recht haben. Alles spricht dafür, dass die letzten beiden Morde nur Teil einer Serie waren, die schon vor sehr langer Zeit begonnen wurde. Und die immer mal wieder über einige Jahre zum Erliegen gekommen ist.« Janina legte die drei Akten der früheren Fälle auf den Tisch. »Alles spricht dafür, dass es sich um denselben Täter handelt. Und dieser Täter kann unmöglich Dulac sein.«

»Außerdem«, fiel Becker ein, »ist das auch eine Sache des Handwerks. Nehmen wir die letzten zwei Morde. Allen Frauen wurde in kürzester Zeit ein Großteil ihres Blutes entnommen, dabei weisen sie so gut wie keine Verletzungen auf. Brinkmeier, verdammt, das war ein fachkundiger Eingriff. Das hat ein Profi gemacht. Woher sollte Dulac so etwas können?«

»Das gilt es herauszufinden. Wir ermitteln ja noch. Sie wollen mir doch nicht erzählen, dass es völlig unmöglich ist, sich solche Fähigkeiten anzueignen?«

Becker schaute in den Raum. Die anderen schwiegen. Janina zwang sich zu einem Lächeln. »Brinkmeier«, versuchte sie es ein letztes Mal. »Seien Sie doch vernünftig ...«

»Ich bin vernünftig. Wohl als Einzige in diesem Raum! Herrgott, Peterson, sagen Sie doch auch etwas.«

Peterson, die sich die ganze Szene schweigend aus der Ecke des Saales angesehen hatte, beugte sich vor.

»Ich glaube«, sagte sie ganz ruhig, »dass die beiden da etwas haben, dem wir nachgehen sollten.«

»Peterson«, zischte Alina. »Sie wissen doch, wie politisch wichtig dieser Fall ist. Was, glauben Sie, wird es im Ministerium für einen Eindruck ...«

»Ist mir scheißegal«, fuhr ihr Peterson ins Wort, »was das Ministerium denkt. Hier geht es darum, Mordfälle aufzuklären. Und wenn auch nur der geringste Verdacht im Raum steht, dass wir den falschen Täter haben, dann werden wir dem verdammt noch mal nachgehen.«

Becker atmete beruhigt aus. Auf Peterson, dachte er, kann man sich verlassen. Irgendwo hatte die alte Kommissarin das Herz doch am rechten Fleck. Sie war eine Vollblutpolizistin. Eine, der es um Wahrheit ging.

»Also gut«, fasste Peterson noch einmal zusammen und versuchte ein wenig Ruhe auszustrahlen. »Drehen wir hier nicht durch. Alina, bleiben Sie locker. Es geht nicht darum, dass wir Ihre Leistungen schmälern wollen, das wissen Sie. Es geht darum, dass wir uns absichern.

Dass wir für alle Eventualitäten gewappnet sind. Ich werde jetzt einen Anruf machen«, sagte Peterson und verschwand in ihrem Büro.

*

Becker wusste es. Er wusste es sofort. Peterson musste gar nichts mehr sagen. Ein Blick der Hauptkommissarin genügte schon, und Becker verstand, dass die Lage sich verändert hatte. Er kannte Peterson. Immerhin hatte er mit dieser Frau viele Jahre zusammengearbeitet. »Ich hatte gerade ein Telefonat«, sagte Peterson. »Mit dem Ministerium«, fügte sie nach einer kurzen Pause hinzu, und Becker ließ seinen Kopf auf die Tischplatte fallen.

»Und?«, fragte Alina nach und verschränkte die Arme vor ihrer Brust. »Was sagen sie?«

»Sie sagen, dass wir natürlich offen bleiben müssen und jedem ernst zu nehmenden Hinweis nachgehen sollten. Aber der Fall gilt für sie als abgeschlossen.«

»Gut«, sagte Alina. »Wenigstens gibt es hier noch ein paar vernünftige Menschen, die halbwegs klar denken können.«

Sie wirkte zufrieden.

Becker hingegen war zerstört. Er wusste, was das bedeutete. Er wusste, dass es nun keine weiteren Ermittlungen mehr gab. Ihm kam das alles furchtbar bekannt vor.

9

Becker betrat das kleine Café am Rande der Stadt. Es sah noch immer so aus, wie er es in Erinnerung hatte. Wie lange war das her? Er war seit bestimmt sechs Jahren nicht mehr hier gewesen. Und doch hatte sich nichts verändert. Becker musste lächeln, als er die kitschige Dekoration betrachtete, die einem schon direkt am Eingang ins Auge sprang. Überall waren kleine Porzellanfigürchen aufgestellt.

»Guten Morgen«, begrüßte ihn der runde Mann am Eingang. Er stand direkt an der Theke und füllte die Glasvitrine mit frischem Kuchen auf.

»Guten Morgen«, gab Becker zurück. Er musterte den Mann. Er war vielleicht Mitte zwanzig, hatte eine rosige Haut und zu einem Zopf gebundenes, blondes Haar. Er trug eine blaue Schürze mit dem Logo des Cafés. Außer dem Personal hatte sich nichts verändert. Becker ging in das Café, vorbei an den vielen kleinen Holztischen, die man liebevoll eingedeckt hatte. An den ersten Tischen, direkt an der Theke, saßen ein paar ältere Herrschaften, die ihre Rollatoren neben dem Tisch geparkt hatten, und tranken Kaffee. Drei ältere Damen saßen zusammen und unterhielten sich. Es ging wohl um irgendeine nicht gerade beliebte Schwiegertochter. Er ging vorbei an einer kleinen Vitrine, in der trockene Blumen und Teegedecke aus anderen Zeiten lagen. Becker schloss die Augen. Es roch nach frisch gemahlenem Kaffee. Auch wenn er noch immer den Altersdurchschnitt in diesem Laden deutlich senkte, fühlte er sich hier wohl. Früher, als er noch in der Stadt lebte, da war er regelmäßig hier. Für ihn war dieser Ort irgendwie auch eine Art Versteck. Wenn er hier war, dann stand die Zeit immer ein wenig still. Es gab hier niemanden, den er hätte treffen können. Wahrscheinlich gab es keinen einzigen Kollegen, der überhaupt wusste, dass dieses Café existierte.

Becker lächelte, als er sich daran zurückerinnerte, wie er mit einem großen Stapel an Akten hier einkehrte, und während sich die Senioren, die um ihn herumsaßen, über das Wetter und die Kinder unterhielten, da studierte er Akten über Gewaltverbrechen, Morde und Vergewaltigungen. Es war schon ein wenig sonderbar. Aber noch immer, dachte Becker, war dieses Café der beste Ort, um gute Ideen zu entwickeln. Doch dieses Mal war er nicht gekommen, um nachzudenken. Er ging auf die kleine Erhöhung am hintersten Ende des Raums und setzte sich dort an den kleinen Ecktisch. Auf seinen Stammplatz. Er schaute auf die Uhr. Er war ein wenig zu früh dran. Es war Viertel vor sieben. Becker zog sich seine Jacke und seinen Schal aus und studierte die kleine Karte. Auch hier hatte sich nicht viel verändert. Frischen Sandkuchen aus der Auslage gab es noch immer für einen Euro neunundneunzig das Stück. Er bestellte beim rundlichen Mann eine Tasse Kaffee und behielt die Eingangstür im Auge. Um Punkt halb acht öffnete sie sich. Oliver Schneider betrat das Café, schaute sich um und nickte Becker zu, als er ihn sah.

»Oliver«, begrüßte Becker seinen alten Freund mit einer herzlichen Umarmung. »Wie gut, dich zu sehen.«

»Du enttäuschst mich nicht, Bastian«, gab der zurück, »Offenbar hast du noch immer eine Vorliebe für außergewöhnliche Treffpunkte.« Schneider betrachtete die kleinen Porzellanfigürchen, die überall aufgestellt waren, und die toten Blumen, die in der Vitrine lagen. »Schon ein wenig unheimlich …«, sagte er.

»Ich bin froh, dass du gekommen bist. Es ist schön, dass wir uns endlich mal wieder sehen.«

»An mir hat es nicht gelegen.«

Becker senkte den Kopf. »Ich weiß.«

»Ich habe versucht dich zu erreichen, Bastian.«

Becker nickte und schaute in die Ferne. »Als diese Sache …« Er unterbrach sich. Dachte nach. Fing sich dann wieder. »Als diese Sache damals passierte, da brauchte ich Abstand. Das hatte nichts mit dir zu tun.«

»Du warst von heute auf morgen weg, Bastian.«

»Weil ich damals von heute auf morgen meine gesamte Existenz verloren hatte. Ich weiß, ich hätte mich melden sollen. Aber ich war in einer Ausnahmesituation. Ich hatte das Gefühl, dass ich mein ganzes Leben gegen die Wand gefahren hatte. Ich stand mit nichts da und alles, was ich wollte, war es, zu verschwinden. Mich zu verstecken.«

»Darin warst du schon immer gut …«

»Es war nichts Persönliches. Ich wollte einfach neu anfangen, die Stadt hinter mir lassen. Und alles, was ich mit ihr verbinde.«

Oliver schaute seinen alten Freund an. »Das ist dir nicht sonderlich gut gelungen, was?«

Becker lächelte. »Du bist der Erste, dem ich das erzähle. Aber es ist ein wirklich komisches Gefühl, wieder hier zu sein.«

»Du kommst klar?«

»Muss ich ja … Wie sieht es bei dir aus? Was hat sich getan.«

»Nicht viel«, sagte Oliver. »Ich lebe noch immer für meinen Job und frage mich Tag für Tag, warum ich mich selbst ausbeute.«

»Weil du bist wie ich«, sagte Becker ernst. »Weil du an die Wahrheit glaubst. Und bereit bist, ihr alles unterzuordnen.«

»Mag sein«, sagte Oliver. »Ganz schön dämlich, hm? Wir sind Dinosaurier, Bastian. Menschen wie wir sind vom Aussterben bedroht.«

»Hör zu, Oliver, ich brauche deine Hilfe … Du weißt, ich arbeite an dem Vampir-Leichen-Fall«, wechselte Becker das Thema. »Und ich glaube, wir haben da einen riesengroßen Fehler gemacht.«

»Was für einen Fehler?«

»Der Typ, den wir festgenommen haben …«

»Dulac?«

»Ich glaube nicht, dass er der Täter ist.«

»Was sagst du da?«

Becker zog eine kleine Akte hervor und legte sie auf den Tisch. »Schau dir das an«, sagte er. »Das sind alle Informationen, die wir zusammengesucht haben. Alles spricht dafür, dass es sich um einen anderen Täter handelt. Jemand mit einer medizinischen Grundausbildung. Die Art, wie die Leichen gefunden wurden … wie man ihnen das Blut abgenommen hatte. Das kann unmöglich ein Laie gemacht haben.«

»Du meinst … Dulac hatte Helfer?«

»Ich meine, Dulac hat mit den Morden gar nichts zu tun, Oliver.«

Schweigen. Die beiden Männer schauten sich an. Schneider zog sich die Akte heran und blätterte sie oberflächlich durch. »Was heißt das? Werdet ihr ihn laufen lassen?«

»Nein …«

»Nein?«

Becker beugte sich ein wenig näher an seinen alten Freund heran und sprach jetzt ganz leise. »Ich kann das nicht beeinflussen. Das ist ein hochpolitisches Thema. Und anscheinend hat irgendwer Interesse daran, dass der Fall nicht weiter hochkocht …«

»So etwas Bescheuertes, Bastian! Wenn Dulac wirklich nicht der Täter ist, dann wird der wahre Mörder doch früher oder später wieder zuschlagen, und die ganze Sache kocht automatisch hoch.«

»Früher oder später, ja. Aber wenn der Täter so intelligent ist, wie ich annehme, dann wird es wohl eher später sein. Wir glauben, dass er schon früher gemordet hat. Aber sich immer wieder Zeit gelassen hat, bis er wieder zuschlug.«

»Du denkst also, das Morden wird vorläufig aufhören?«

»Ja, wer auch immer der wahre Mörder ist … er ist nicht dumm. Er verfolgt das alles ganz genau. Und er wird sich jetzt zurückziehen, solange ein Unschuldiger einsitzt.«

»Ich wusste nicht, dass Mörder so beherrscht sind.«

»Er handelt nicht einfach aus einem Trieb heraus, Oliver. Er weiß genau, was er tut. Er scheint das alles ganz genau zu planen. Und er ist geduldig.«

»Warum erzählst du mir das alles?«

Becker drehte sich um und schaute sich noch einmal im Café um. Dann beugte er sich leicht nach vorn und sprach ein wenig leiser als zuvor weiter. »Weil ich nicht weiterkomme. Der Fall ist …« Becker rang um die richtige Formulierung.

»… politisch?«, ergänzte Schneider, der sofort verstand, wo das Problem lag. Er kannte die Stadt und ihre Behörden. Er wusste, wie die Dinge hier noch immer viel zu oft liefen.

»Das trifft es ganz gut«, sagte Becker. »Offenbar besteht ein Interesse von ganz oben, dass wir den Fall nicht weiter bearbeiten.«

»Was erwartest du von mir?«

»Ich erwarte gar nichts … aber du bist Journalist. Du kannst das öffentlich machen.«

»Du vertraust mir eure Ermittlungsergebnisse an?«

»Die Akte, die ich dir zusammengestellt habe«, sagte Becker und tippte auf das Papier. »Da steht alles Wesentliche drin. Das sind Informationen, zu denen genügend Leute Zugang haben. Es lässt sich nicht klar nachweisen, woher du das Material hast.«

Schneider blätterte noch einmal die Papiere durch. »Was glaubst du, kannst du damit bewirken?«

»Wir können Druck ausüben. Wenn kein politisches Interesse besteht, dass dieser Fall genauer untersucht wird, dann werden wir eben dafür sorgen, dass ihr Interesse wieder geweckt wird.«

Schneider zog die Augenbrauen hoch. Er wusste, was für ein scharfes Schwert ihm da in die Hand gedrückt wurde.

»Ich will dich nicht drängen, Oliver«, sagte Becker, zog einen Geldschein aus seiner Tasche und winkte den Kellner heran. »Du wirst schon wissen, was das Richtige ist.«

10

Die Sonne war bereits untergegangen, als Oliver Schneider seine kleine Altbauwohnung im Herzen der Stadt betrat. Er schaltete das Licht an, schmiss seinen Autoschlüssel auf den Küchentisch und fischte sich zwei Paracetamol aus der Schublade. Dann griff er nach einer Wasserflasche, spülte die Tabletten direkt hinunter und ließ sich auf sein schwarzes Ledersofa fallen. Wo war er da nur reingeraten? Schneider atmete einmal tief durch. Dabei klang das doch alles nach einer wirklich guten Geschichte. »Politiker verhindert weitere Ermittlungen an Vampir-Mordfällen.« Was für eine Schlagzeile! Die ganze Stadt, ach was, das ganze Land hätte darüber gesprochen. Und vielleicht wäre dieser Text sogar das politische Todesurteil für den Innenminister gewesen.

Schneider lehnte sich zurück. Es hätte ihn nicht groß gestört. Er hatte noch nie viel von Heuzeroth gehalten. In seinen Augen war er ein Aufschneider. Ein Karriere-Politiker, der jede Gelegenheit nutzte, nur um sich selbst darzustellen. Heuzeroth hatte ein gutes Gespür für die Sorgen der Bürger und das richtige politische Bauchgefühl. Aber er hatte keine Ahnung von echter Sicherheitsarbeit. Als es vor einigen Jahren einen Anschlag von einem wirren Verblendeten gab, da gründete er eine sogenannte Sondereinheit, die sich nur mit islamistischen Bedrohungen befassen sollte. Die Wähler dankten es ihm. Doch Heuzeroth hatte dafür nicht etwa neue Leute eingestellt, sondern Fachleute aus unterschiedlichen Abteilungen abziehen lassen, die nun alle ins Straucheln kamen. Schneider hatte das herausgefunden. Mit Eingeweihten gesprochen. Gute Quellen an der Hand gehabt. Sie alle bestätigten, dass der Innenminister überhaupt keinen Plan hatte von dem, was er tat. Es war übertriebener Betätigungsdrang. Und den hielten die Sicherheitsleute, die er befragt hatte, für gefährlich.

Schneider dachte an eine Schlagzeile, die er damals brachte. »Unser Innenminister ist ein Sicherheitsrisiko«, hatte ein Polizist gesagt. Doch alles prallte einfach so an diesem Mann ab. Der Artikel hatte keine Folgen. Heuzeroth saß das nicht einmal aus, er lächelte es einfach weg.

Würde er das dieses Mal auch können? Schneider sah die Möglichkeiten, die diese Geschichte bot. Damals hatte Heuzeroth sich auch halten können, weil er den Bürgern vermittelt hatte, seinen Blick stets auf die angeblich richtigen Probleme zu lenken. Doch das war jetzt anders. Er verhinderte Ermittlungen, die Menschenleben retten konnten. Das war etwas, das man ihm nicht verzeihen würde. Schneider schaute aus dem Fenster. Es regnete schon wieder. Die Tropfen prasselten an seine Scheibe und liefen dann in langen Schlieren an ihr herunter. Er nahm noch einen Schluck aus seiner Wasserflasche.

Ob das etwas Persönliches sei, hatte sein Chefredakteur ihn gefragt, als Schneider seine Ergebnisse auf den Tisch legte. Natürlich nicht, hatte er geantwortet. Und dennoch musste er sich diese Fragen gefallen lassen. Sieben Artikel hatte er damals veröffentlicht. Interviews. Kommentare. Eine Reportage. Und eine Geschichte über Heuzeroth, die ihn als unfähigen Bauernfänger darstellte. Nicht wenige dachten schon damals, dass Schneider sich an dem Kerl festgebissen hatte. Aber Schneider ging es nicht um die Person. Es ging ihm um die Sache. Zumindest redete er sich das selber ein. Dennoch gab es immer wieder Momente, in denen er sich auch selbst fragte, ob er sich da nicht zu sehr in eine Sache hineingesteigert hatte.

Schneider zog sich seine Schuhe aus und legte seine Füße auf dem Wohnzimmertisch ab. Dann zog er sein Handy aus der Tasche und suchte im Telefonbuch nach der Nummer von Becker. Er starrte auf das Display. Er musste es ihm sagen. Bastian würde es nicht verstehen. Natürlich nicht. Er würde sich genauso über die ganze Sache ärgern, wie er sich selbst geärgert hatte. Bastian und er waren vom gleichen Schlag. Wahrscheinlich waren sie deshalb auch so gute Freunde geworden. Wie lange kannten sie sich jetzt schon? Schneider überschlug die ganzen Jahre im Kopf. Er wusste noch genau, wie er Bastian das erste Mal traf. Es war in der Mittelstufe. Eine schwere Zeit für Schneider. Er war mit seinen Eltern gerade erst in die Stadt gezogen. Alles war neu. Die Umgebung. Die Menschen. Die Schule. Von einem kleinen Dorf in die große Stadt. Er fühlte sich wie ein Außenseiter. Na ja, dachte er, wahrscheinlich fühlte er sich nicht nur so. Wahrscheinlich war er es auch. Ein verdammt schüchternes Kind, dachte Schneider. Entsprechend schwer fiel es ihm, in der neuen Klasse Anschluss zu finden. Schneider schloss die Augen. Er erinnerte sich noch ganz genau an dieses ungute Gefühl, das er jeden Morgen hatte. Diese Magenschmerzen. Immer wenn er aufstehen und zur Schule gehen musste. Das Schlimmste aber, dachte Schneider, das Schlimmste waren die Pausen. In den Pausen, in denen sich kleine Grüppchen bildeten. Die einen spielten Fußball, die anderen verschwanden in der geheimen Raucherecke. Wieder andere versammelten sich um die Tischtennisplatten und erzählten sich gegenseitig, wie sie ihr Wochenende so verbracht hatten. Nur er blieb allein. Bis er Bastian Becker traf. Bastian war der einzige Junge, der die Pause ebenfalls allein verbrachte. Er saß immer auf irgendeinem Schulflur, hatte Kopfhörer auf den Ohren und ein Comicheft in der Hand, in das er komplett vertieft war. Irgendwann sprach er ihn einfach an.

»Was liest du da?«, fragte er ihn.

»Batman«, sagte Bastian. Schneider hatte noch nie etwas von Batman gehört. Aber Bastian erklärte es ihm. »Ein seelisch verletzter Kerl, der Verbrechen aufklärt und dabei ein Fledermauskostüm trägt«, sagte er. »Ich stelle mir Batman als Detektiv vor, der Kriminalfälle löst, so wie Sherlock Holmes es gemacht hatte.«

»Darf ich mal?«, fragte Oliver, und Bastian gab ihm zu verstehen, dass er sich neben ihn setzen sollte, und dann kramte er einen anderen Comic aus seinem Rucksack, und so saßen die beiden dann den Rest der Pause zusammen und lasen Batman. Es war der Anfang einer langen und intensiven Freundschaft. Mit all ihren Höhen und Tiefen.

Schneider schaute wieder auf den Bildschirm. Dann wählte er die Nummer.

»Und?«, fragte Becker, der den Anruf direkt entgegennahm.

»Es ist kompliziert, Bastian.«

»Kompliziert?«

»Komplizierter, als ich dachte ...«

»Das ist es doch immer«, sagte Becker. Seine Stimme klang gedrückt. Schneider kannte die Stimmlage. Er wusste genau, was Becker dachte. Becker war schon immer jemand, der nicht hinnehmen konnte, dass man eben nicht jederzeit den direkten Weg gehen kann. Dem es schwerfiel, zu verhandeln. Wie oft hatten die beiden sich deswegen schon gestritten? Auf der anderen Seite konnte Schneider ihn auch verstehen. Auch er war gerne ganz gerade, wenn es um die Wahrheit ging. Auch er ließ sich am liebsten nicht in seine Geschichten reinreden. Auch er führte endlose Diskussionen mit Exner, seinem Chefredakteur. Da brechen uns doch die Anzeigenkunden weg, jammerte der, wenn Schneider mal wieder mit einer Wirtschaftsgeschichte um die Ecke kam. Klar verstand er, dass es andere Interessen gab. Dass der Verlag Geld verdienen musste. Dass der Verlag Probleme bekam, wenn ihm ein großer Anzeigenkunde weglief. Und dennoch setzte er seine Geschichten oft durch. Seine journalistische Unabhängigkeit war ihm heilig. Und auch wenn Exner ein harter Hund war, der sehr genau auf die Ausgaben und Einnahmen schielte – er gab seinem Reporter meist Rückendeckung. Doch dieses Mal war es anders.

»Bastian, dieser Fall ... diese Geschichte, das ist etwas anderes.«

»Ihr bringt sie nicht?«

»Das ... ist noch nicht entschieden. Wir haben heute einige Stunden beisammengesessen und darüber geredet. Über die Auswirkungen, die das Ganze mit sich bringen würde.«

»Herrgott, Oliver ...«, schnaubte Becker ins Telefon. »Du klingst mittlerweile genauso wie die Leute, gegen die du früher immer anschreiben wolltest!«

»Das Leben ist kein Comic, Bastian ...«

Schweigen. Dass er diesen Satz ausgerechnet von Oliver einmal zu hören bekommt, hätte Becker nicht gedacht.

»Hör mal, ich bin auf deiner Seite. Das weißt du. Und ich habe grundsätzlich auch kein Problem damit, eine solche Geschichte zu bringen. Aber es gibt da ein paar Einwände, die man nicht ganz von der Hand weisen kann.«

»Was für Einwände?«

»Du kriegst doch mit, was gerade auf der Straße passiert. Du siehst doch, dass es da Menschen gibt, die gerade jeden Glauben an die Politik und den Staat verlieren.«

»Ja, es ist kaum zu übersehen.«

»Wenn wir eine solche Geschichte bringen, dann gießen wir noch einmal Öl ins Feuer. Überleg doch einmal, was das für das Ansehen der Polizei bedeuten würde.«

»Seit wann spielt das für dich eine Rolle?«

Schneider schwieg. »Bisher tat es das nicht. Aber ich sehe mittlerweile, welche Auswirkungen jedes verdammte Wort, das ich schreibe, haben kann. Und das macht mir Sorge.«

»Es geht nicht um unbedachte Worte, Oliver«, beharrte Becker auf seinem Punkt. »Es ist die Wahrheit! Und wenn wir aufhören, aus irgendwelchen verblendeten Rücksichtnahmen die Wahrheit zu sagen, dann wird sich dieser Vertrauensverlust noch sehr viel tiefer in unsere Gesellschaft reinfressen.«

Schneider schwieg. Er verstand Bastians Sicht. »Wir werden gleich noch einmal beraten«, sagte er. »In einer Stunde ist Druckschluss. Ich kann aber nichts versprechen.«

»Gib einfach dein Bestes, Oliver.«

»Das mache ich immer, Bastian.«

11

Becker zog sich die Kapuze seiner Jacke über den Kopf und trat vor die Haustür. Seit zwei Tagen regnete es nun ununterbrochen. Er machte einen großen Schritt, um über die Wasserflut zu steigen, die aus dem Gullydeckel direkt vor ihn gespült wurde. Dann zog er den Reißverschluss seiner Jacke hoch, um sie komplett zu schließen, und eilte auf die andere Straßenseite. Die Kälte war unangenehm. Er versuchte den Wasserflächen auszuweichen, aber es gelang ihm nicht. Eine halbe Minute später waren seine Füße klatschnass. Mit schnellen Schritten ging Becker die Hauptstraße entlang. Er war der einzige Fußgänger, der unterwegs war. Kein Wunder, dachte er. Bei diesem Mistwetter, da blieben die Menschen halt lieber zu Hause.

Becker nahm das blau leuchtende Schild in den Blick, das sich am Ende der Straße befand. Er beschleunigte sein Tempo. Autos fuhren an ihm vorbei und spritzten das Regenwasser auf. Das Wetter passte wenigstens zu seiner Stimmung, dachte Becker. Sie war genauso trüb. Die letzten Tage waren für ihn nicht leicht gewesen. Er schwankte zwischen Hoffnung und Verzweiflung. Hoffnung, dem Fall noch die Wendung zu geben, um den wahren Täter zu finden, vielleicht sogar Morde aufzuklären, die viele Jahre alt waren. Und der Verzweiflung, dass er bei allem, was er tat, wieder und wieder gegen Wände lief. Dabei musste Becker zugeben, dass nicht nur dieser Fall, sondern auch die Ermittlungen anders waren als alle Ermittlungen, die er bisher geführt hatte. Denn jede Entscheidung, die seine Truppe traf, wurde von einer zunehmend empfindlichen Öffentlichkeit nicht nur beobachtet, sondern oft genug auch für eigene Zwecke ausgelegt. Becker verstand nicht, was diese Menschen antrieb. Wir hatten es mit einer Mordserie zu tun, dachte er. Wie können diese Menschen das nur benutzen, um gegen den Lauf der Welt zu hetzen? Doch das war nicht seine Baustelle. Er begriff aber, dass jede Entscheidung, die sie trafen, Folgen haben konnte, die nicht absehbar waren. Das machte es so kompliziert.

Becker schaute nach vorn und sah die blau leuchtende Tankstelle. Er legte noch ein wenig zu und rettete sich unter dem Vordach vor dem Regen, der immer heftiger herabströmte. Er schüttelte seine Ärmel ab. Das Wasser lief an ihm herunter. Dann betrat Becker die Tankstelle und ging direkt zu dem kleinen Zeitungsstand, wo er sich die Lokalzeitung griff. Er klappte sie auf und hielt sich die Titelseite vor das Gesicht. Becker spürte, wie sich sein Bauch zusammenzog. Es hatte geklappt. Es hatte wirklich geklappt. »Vampir-Morde: Haben die Behörden den falschen Täter?«, stand groß und breit auf der Titelseite. Becker überflog den gesamten Text sofort. »… doch es bestehen Zweifel, dass der Tatverdächtige auch wirklich der Mörder ist. Fachleute bestätigen uns, dass die Taten mit auffallender Genauigkeit verübt wurden. Der bisher Verdächtigte hingegen hat keine medizinischen Kenntnisse und …« Becker spürte, wie sein Handy in der Hosentasche vibrierte. Er kümmerte sich nicht darum. »Doch nach einem anderen Täter wird nicht ermittelt. Grund: unbekannt. Die Pressestelle der Kriminalpolizei ließ eine entsprechende Anfrage unbeantwortet.«

Kein Wort vom Ministerium. Vielleicht war das auch besser so, dachte Becker. Er spürte, wie ihm ganz flau im Magen wurde. Er hätte sich gerne über diesen Bericht gefreut. Auf der anderen Seite wusste Becker, dass er erneut einen Dominostein umgestoßen hatte, der weitere Steine zu Fall bringen konnte. Was am Ende dieser Kettenreaktion stand, die er gemeinsam mit Oliver ausgelöst hatte? Es war nicht absehbar. Noch immer brummte sein Handy. Er zog es aus der Hosentasche und schaute auf das Display. Peterson. Natürlich. Becker zögerte ein paar Sekunden. Dann hob er ab.

»Hallo?«

»Kommen Sie ins Revier. In einer halben Stunde.«

»Worum …«

Aufgelegt. Natürlich wusste Peterson, dass Becker verantwortlich war. Becker wusste, dass er sich gleich ordentlich was anhören konnte. Aber das war ihm egal. Es ging hier nicht um ihn. Es ging um die Sache. Becker ging an den Tresen, schnappte sich noch eine Packung Kaugummis und bezahlte seine Zeitung. Er wusste, dass er noch einen langen Tag vor sich haben würde.

12

Als Becker eine halbe Stunde später im Revier eintraf, da wusste er sofort, dass das Ganze noch beschissener ablaufen würde, als er sich das bisher ausgemalt hatte. Als er die Türe öffnete und den Eingangsbereich betrat, verstummten die Gespräche sofort. Becker fühlte sich wieder in die Schulzeit zurückversetzt. Als seine Lehrer ihn bei irgendwas erwischt hatten, was er besser nicht hätte machen sollen. Becker spürte, dass sämtliche Blicke im Raum gerade auf ihm lagen. Er zwang sich zu einem Lächeln und nickte den Beamten zu. »Guten Morgen beisammen«, sagte er und betrat das Großraumbüro. Ich muss einen lächerlichen Anblick abgeben, dachte er sich. Er war noch immer klitschnass. Seine Klamotten tropften. Die Polizistinnen und Polizisten nickten ihm zu, dann drehten sie sich wieder um und gingen ihrer gewohnten Arbeit nach. Kein gutes Zeichen, dachte Becker. Wirklich nicht. Er ging durch die große Halle zu den Treppen, die in den zweiten Stock führten. Dabei schaute er noch einmal auf sein Handy. Janina hatte ihm geschrieben. »Stimmung: furchtbar. Komm besser pünktlich.«

Was auch sonst, dachte er. Als er den langen Flur im zweiten Stock erreicht hatte, stockte er für einen Moment. Komm schon, Becker, sagte er sich selbst. Stell dich nicht an. Du wusstest, was du anrichtest. Du wusstest, dass du dir mit der Aktion keine Freunde machen würdest. Becker schaute auf den alten, grauen Teppich, der den Flur bedeckte. In der Mitte des Flurs stand noch immer der große, babyblaue Wasserspender. Becker atmete einmal durch, dann ging er direkt in den Konferenzraum. Dort waren sie alle versammelt. Peterson. Brinkmeier. Janina. Sie alle saßen in großen Abständen an verschiedenen Tischen und schauten auf die Tür, als Becker sie öffnete. Niemand sagte etwas.

»Guten Morgen«, sagte Becker.

Keine Reaktion. Er schaute sich noch einmal um. Dann zog er seinen Rucksack aus und setzte sich ebenfalls an einen der Holztische.
»Bin ich zu spät?«
Wieder keine Reaktion. Hilfe suchend blickte er zu Janina. Doch die zuckte nur mit den Schultern und wendete ihren Blick ab. Auch sie war sauer. Das hätte er sich denken können. Er wusste, dass Janina immer hinter ihm stand. Egal, was er anstellte. Aber er wusste auch, dass sie ihm diese Nummer übel nehmen würde. Nicht weil er die Sache durchgezogen, sondern weil er Janina nicht eingeweiht hatte. Sie wurde von dem Zeitungsbericht genauso überrascht wie alle anderen. Egal, dachte Becker. Er würde es ihr erklären. Sie müsste das verstehen. Er hatte schließlich seine Gründe gehabt. Die richtigen Gründe. Das wusste Janina. Und dass er sie nicht ins Vertrauen gezogen hatte, das war doch bloß zu ihrem eigenen Schutz. Er wollte den Kopf dafür hinhalten. Er wollte sie nicht unnötig in Bedrängnis bringen.

Er schaute noch einmal in die Runde. Alina Brinkmeier blickte ihn mit zusammengezogenen Augenbrauen und hochrotem Kopf an. Wenn Blicke töten könnten, dachte Becker, dann wäre ein Vampir-Mord nichts gegen das, was Brinkmeier mit ihm anstellen würde. Peterson hingegen spielte mit einem Kugelschreiber, den sie zwischen ihren Fingern gleiten ließ, während sie irgendein Papier las, das direkt vor ihr lag. Es war eine unangenehme Stille im Raum. Das Donnergrollen im Hintergrund tat sein Übriges, um die Atmosphäre noch ungemütlicher zu machen.

»Becker«, durchbrach Peterson die Stille dann nach einer gefühlten Ewigkeit und zog eine Zeitung unter einem Berg von Papieren hervor, die vor ihr lagen. »Lassen Sie uns Klartext sprechen.«

Becker starrte auf das Blatt mit der folgenschweren Schlagzeile, das die Hauptkommissarin vor ihm hochhielt.

»Das waren Sie, oder?«

»Was genau meinen Sie?«

»Becker«, sagte Peterson in einem betont ruhigen Ton. Man merkte, dass sie sich zusammenreißen musste, um nicht gleich zu explodieren. »Irgendjemand hat der Presse vertrauliche Informationen gesteckt. Irgendjemand, der ein Interesse daran haben musste, dass die Ermittlungen wieder aufgenommen werden.«

Becker zuckte mit den Schultern. »Es sind viele Beamte mit dem Fall vertraut.«

»Jetzt haben Sie wenigstens die Eier, um es …«

»Brinkmeier!«, würgte Peterson ihre junge Kollegin sofort scharf ab. Alina nickte, lehnte sich in ihrem Stuhl wieder zurück und schwieg.

»Hören Sie, Becker«, begann die Hauptkommissarin noch einmal. »Wir kennen uns ziemlich lange, nicht wahr? Wir kennen uns noch aus Ihrer Polizeizeit.« Sie betrachtete Becker. »Ich erinnere mich sogar noch an Ihre Ausbildungszeit. Sie waren vom ersten Tag an ein Querkopf. Aber jemand, dem man vieles durchgehen ließ.«

Becker war die Ansprache sichtlich unangenehm. Er zog seine Jacke etwas fester zu, als würde er frieren, und wich Petersons Blick aus.

»Damals hieß es, Sie wären begnadet. Das war übertrieben. Aber Sie hatten zumindest einen gewissen Ruf. Sie waren schneller im Kopf als andere. Sie haben anders gedacht als andere. Sie haben …«, Peterson kniff die Augen ein wenig zusammen und betrachtete den Mann, der da vor ihr saß, um die richtigen Worte zu finden, »… einen anderen Blick auf das Leben.«

Das war eine höfliche Umschreibung für das, was man über Becker damals wirklich sagte. Peterson erinnerte sich daran, wie die Kollegen über ihn sprachen. Besonders seine Ausbilder waren zwiegespalten. Einige vermuteten, dass Becker leicht autistische Züge hatte. Er sei »nicht sozialverträglich«, lautete das Urteil eines damaligen Hauptkommissars. Und das stimmte. Becker hatte sich schon immer von der Gruppe abgesondert. Er kochte sein eigenes Süppchen. Blieb für sich. Aber es stimmte auch, dass man ihn dafür bewunderte, dass er immer mit einem ganz eigenen, ganz unvoreingenommenen Blick auf den Fall schaute.

»Aber Becker«, fuhr Peterson fort. »Wir wissen beide, dass Sie schon immer ein Problem mit Vorgesetzten hatten.« Peterson biss sich auf die Lippe. Auch sie war zwiegespalten. Auf der einen Seite wusste sie, dass Becker hier das Richtige tat. Der Fall war nicht abgeschlossen. Und jeder, der das behauptete, machte sich etwas vor. Spätestens bei einem Gerichtsprozess würde es ein böses Erwachen geben.

Becker saß auf seinem Stuhl wie ein Jugendlicher, der von seinem Schuldirektor eine Ansage wegen Fehlverhalten reingedrückt bekam. Er wollte sich erklären. Wollte etwas sagen. Aber er wusste, dass es besser war zu schweigen. Es war sinnlos, die Schuld von sich zu weisen. Jeder in diesem Raum wusste, dass es nur Becker gewesen sein konnte, der der Presse die Informationen gesteckt hatte, dass es den Verdacht auf einen anderen Täter gab. Aber zugeben konnte er es auch nicht. Immerhin hatte er behördliche Informationen weitergegeben. Also saß er einfach nur da und schwieg und hörte sich an, was Peterson zu sagen hatte. Es ist ja bald vorbei, dachte er. Ein reinigendes Gewitter. Dann könne man wieder weiterarbeiten.

»Zumindest, Becker«, sagte Peterson, »haben Sie Ihr Ziel erreicht. Es gab gerade eine sehr, nun, ich würde sagen, *hitzige* Diskussion mit dem Ministerium. Das können Sie sich bestimmt denken. Ich erspare Ihnen die Besonderheiten, aber wir ermitteln nun weiter. Wir bekommen sogar noch ein wenig mehr Personal zugeteilt.«

Becker schaute noch immer auf den Boden und nickte dabei. Gut, dachte er. Sehr gut. Mögen sie alle wütend auf ihn sein. Aber sein Ziel hatte er erreicht. Und darum ging es hier. Um die Sache. Nicht um irgendwelche Befindlichkeiten.

Alina schob ihren Stuhl zurück, stellte sich an das Fenster und fischte sich eine Zigarette aus der Innentasche ihres Blazers. Sie hatte noch immer einen hochroten Kopf. Kein Wunder, dachte Becker. Sie hatte ihre Beförderung höchstwahrscheinlich schon in greifbarer Nähe gesehen. Na ja. War ihm egal. Nicht sein Problem. Brinkmeier öffnete das Fenster und steckte sich ihre Kippe an.

»Das sind …« Becker wollte es nicht übertreiben. »… interessante Entwicklungen.« Er richtete sich auf. »Wie gehen wir es an?«

»Wir gehen es gar nicht mehr an«, würgte Peterson ihn ab. »Sie sind raus, Becker.«

»Wie bitte?« Becker schaute sich im Raum um. Janina hatte sich immer noch abgewendet. Brinkmeier saß auf der Fensterbank und blies den Zigarettenqualm aus. »Was meinen Sie?«

»Ich meine das, was ich sage. Sie sind raus. Wir arbeiten bei diesem Fall nicht mehr mit Ihnen zusammen.«

»Verdammt, Peterson, das können Sie nicht machen.«

»Und ob ich das kann. Sie sind kein Polizeibeamter. Sie sind ein außenstehender Ermittler. Wir haben Ihre Beratungen sehr zu schätzen gewusst. Aber wir haben nun keinen Bedarf mehr für Ihre Dienste.«

Becker sprang von seinem Stuhl auf. »Sie brauchen mich für diesen Fall, und das wissen Sie ganz genau«, sagte er. »Sie haben die ganze Zeit in die falsche Richtung ermittelt, wenn es nach Ihnen gehen würde, dann …«

»Genug!«, unterbrach Peterson ihn harsch. Sie stand nun ebenfalls von ihrem Stuhl auf und ging einen großen Schritt auf Becker zu. »Was ich jetzt brauche, sind Mitarbeiter, die verdammt noch mal verlässlich sind und mir nicht in den Rücken fallen! Was ich brauche, sind Leute, die wissen, wie ordentliche Polizeiarbeit funktioniert, und sich nicht unter falschem Vorwand in Gefängniszellen schleichen, um nicht genehmigte Verhöre durchzuführen!«

Becker schluckte. Woher wusste sie davon?

»Seien Sie verdammt noch mal froh, dass ich Sie hier nur rauswerfe und Sie nicht auch noch anzeige, Becker! Ich meine es todernst.«

»Peterson, lassen Sie uns doch …«

»Packen Sie Ihre Sachen und verschwinden Sie. Ich will Sie hier nicht mehr sehen.« Mit diesen Worten drehte sich Peterson um, nahm ihren Aktenstapel und verschwand aus dem Konferenzraum. Becker blickte in den Raum. Alina saß noch immer am Fenster und rauchte.

»Sie sind ein Scheißkerl, Becker.« Sie blies den Rauch aus und schnippte die Kippe durchs Fenster auf die Straße. »Bilden Sie sich nichts auf Ihre vermeintlich ach so tolle Auffassungsgabe ein. Für gute Polizeiarbeit braucht es mehr. Die eigenen Kolleginnen und

Kollegen ans Messer liefern … ich frage mich, wie Sie morgens eigentlich noch in den Spiegel schauen können.«

Dann verließ Alina den Raum, ohne sich noch einmal umzublicken. Scheiße, dachte Becker. Er hatte mit vielem gerechnet. Aber nicht damit. Er schaute zu Janina, die sich ihm nun mitleidig wieder zuwandte. »Ach, Bastian«, sagte sie.

»Es war die einzige Chance, die wir hatten, das weißt du.«

»Nein, Bastian, nein. Das stimmt nicht. Du hättest auf Peterson vertrauen sollen. Sie hätte einen Weg gefunden. Sie war auf unserer Seite.«

»Ach was«, fluchte Becker und schlug auf den Stuhl, der vor ihm stand. »Das ist Unsinn. Und das weißt du! Mag sein, dass Peterson klar war, dass wir recht hatten. Aber sie ist in keinem einzigen Moment bereit gewesen, dafür einzustehen. Sie tut doch auch nur, was man ihr von ganz oben vorschreibt.«

»Sie hätte einen Weg gefunden«, beharrte Janina. »Die Sache ist eben nicht so einfach. Das weißt du. Wir hätten Wege und Möglichkeiten gefunden. Aber du, du musst ständig mit dem Brechhammer kommen und alles einreißen.«

»Es ist mir egal«, sagte Becker nun beinahe trotzig. »Ich habe erreicht, was ich erreichen wollte. Jetzt müssen sie ermitteln.«

»Aber du kennst noch immer nicht den Preis, Bastian …«

»Wenn wir …« Er stockte. »Wenn man dadurch auch nur ein Menschenleben retten kann, dann ist mir der Preis verdammt noch mal völlig egal.« Becker hielt inne. »Ich weiß«, sagte er, »dass ich das Richtige getan habe. Ich habe ein reines Gewissen. Lass uns fahren.«

Er drehte sich um und stellte sich in den Türrahmen des Konferenzzimmers. »Kommst du?«

Doch Janina blieb stehen. »Nein«, sagte sie.

Becker verstand nicht. Fragend schaute er seine Partnerin an. »Sie haben dich rausgeworfen. Nicht mich. Ich werde den Fall weiter bearbeiten.«

Becker setzte an, etwas zu sagen, fand allerdings keine Worte. »Ist das … dein Ernst? Du bleibst hier?«

»Ja. Es ist besser. So kann ich zumindest noch Einfluss nehmen.«

Becker wusste nicht, was er dazu sagen sollte. Sie hatte recht. Natürlich war es gut, wenn Janina an dem Fall dranblieb. Aber auf der anderen Seite arbeiteten sie doch zusammen. Müsste sie nicht zu ihm halten und … Ach, dachte Becker. Ausgerechnet ich sollte so etwas nicht einfordern. Er senkte den Kopf und lehnte sich gegen den Türrahmen. »Okay«, sagte er mit leiser Stimme. »Du hast recht. Ich packe meine Sachen, reise zurück.«

»Ich halte dich auf dem Laufenden, Bastian.«

Becker zwang sich zu einem Lächeln. Es entglitt ihm. »Ja«, sagte er. »Ich wünsche euch viel Erfolg.« Dann verließ er mit gesenktem Kopf das Polizeigebäude.

TEIL 3

1

Es war eine sternenklare Nacht. Becker zog seinen Koffer über den Bürgersteig und versuchte den Dellen auszuweichen, die sich im Pflaster gebildet hatten. Er streckte seine Hand aus. Es regnete nicht mehr. Becker atmete tief durch. Er war wieder zu Hause. Als er den grauen Vorplatz seiner Wohnsiedlung erreichte, blieb er für einen kurzen Moment stehen, zog sich ein Zigarillo aus seiner Jackentasche und steckte es sich an. Er hob die Augen und betrachtete die Hochhaussiedlung, die sich vor ihm erstreckte. In den meisten Fenstern brannte noch Licht. Becker schaute auf die Uhr. Es war kurz nach Mitternacht. In dieser Siedlung, dachte er, ist immer irgendwer wach. Er mochte diese Ecke der Stadt. Auch wenn die wenigsten Leute das verstanden. Aber hier, dachte Becker, war man mit seinen Problemen wenigstens nicht allein. Er griff nach seinem Koffer und ging weiter. Als er an einer Parkbank vorbeikam, sah er dort noch vier Jugendliche sitzen. Sie hatten ihre Fahrräder auf den Boden geworfen, sich ihre Kapuzen über den Kopf gezogen und reichten eine Flasche Fusel herum, von dem jeder einen Schluck nahm. Die anderen starrten währenddessen auf ihre Handys. Das waren noch halbe Kinder, dachte Becker. Höchstens vierzehn Jahre alt. Die Jungs beachteten Becker nicht. Verrückte Welt, dachte er. Diese Kids waren wie Zombies, die ihre Umgebung nicht interessierte. Aber vielleicht, dachte Becker, war er ihnen ja gar nicht mal so unähnlich.

Er hatte ein unangenehmes Bauchgefühl. Es war ein gutes Gefühl, wieder zu Hause zu sein. Aber es tat ihm auch weh, dass er so früh hatte abreisen müssen. Noch im Zug hatte er seine Notizen durchgesehen. Was hatten sie nur übersehen? Doch er fand keine Antwort. Becker öffnete die Tür zu dem Plattenbau, in dem er wohnte, und fuhr mit dem Aufzug in den siebzehnten Stock. Schon als er den Schlüssel in das Türschloss steckte, stieg ihm ein dumpfer Geruch in die Nase. Er öffnete die Tür und stolperte über die Mülltüten, die sich noch im Flur stapelten. Ach ja, dachte er, und es fiel ihm wieder ein, in was für einem Zustand er seine Wohnung hinterlassen hatte. Die Vorhänge waren zugezogen. Auf dem Boden standen leere Weinflaschen, und auf seinem Schreibtisch türmten sich die Bücherstapel. Was für ein Chaos.

Becker drückte auf den Lichtschalter. Nichts. Er versuchte es noch einmal. Wieder nichts. Becker ging in sein Badezimmer. Auch hier: kein Licht. Becker zog sein Handy aus der Tasche, schaltete das Lämpchen an und beleuchtete den Sicherungskasten. Nein, daran lag es nicht. Becker öffnete die Haustür und schaute, ob das Licht im Flur noch funktionierte. Tat es. Es konnte also auch kein Stromausfall sein. Aber was ... ach ja, dachte Becker. Da war ja noch was. Er fuhr mit dem Aufzug wieder in das Erdgeschoss hinunter und öffnete seinen Briefkasten. Eine Flut an Briefen fiel ihm entgegen. Er ging sie durch und fand zwischen den Rechnungen und Mahnungen ein blaues Kärtchen seines Stromanbieters. »Sehr geehrter Herr Becker«, stand auf dem Papier, »da Sie auf wiederholte Mahnungen nicht reagiert haben, sahen wir uns gezwungen, Ihnen bis zur Zahlung den Strom abzustellen. Bitte melden Sie sich in unserem Kundencenter, um die offene Forderungssumme auszugleichen.«

»Auch das noch«, fluchte Becker und stopfte die restlichen Briefe wieder zurück. Er hatte gerade wirklich keine Kraft, sich mit solchen Dingen zu befassen. Eigentlich wollte er auch gar nicht wissen, welche Rechnungen und Mahnungen da noch so drin lagen. Er würde sich darum kümmern, wenn er den Kopf wieder frei hätte, nahm er sich vor.

Er ging zurück in seine Wohnung, zog die Vorhänge auf, um zumindest ein klein wenig Licht zu bekommen. Dann zog er seinen Laptop aus der Reisetasche und schaltete ihn ein. Der Akku hatte noch achtundsiebzig Prozent Energie. Das würde ein paar Stunden reichen, dachte Becker, setzte sich auf sein kleines, schon ziemlich abgeschabtes Sofa, nahm seinen Laptop auf den Schoß und tippte ein paar Wörter in die Suchmaschine. Er wollte herausfinden, wer dieser kleine Mann war, den er auf der Demo neulich gesehen hatte. Doktor Q. Es war merkwürdig, dachte Becker, dass die Ermittlungen so stark von den Protesten auf der Straße beeinflusst wurden, aber man diese nicht unter die Lupe nahm. Es war wie mit den Menschen, die auf ihr Handy starrten und dort in einer anderen Welt versanken. Vielleicht war es bei uns auch so, dachte Becker. Vielleicht haben wir auch zu lange auf das gestarrt, was da eigentlich passierte, ohne uns genauer umzuschauen, warum es passierte?

Es dauerte nicht lange, da hatte er bereits einiges über den sogenannten Doktor gefunden. Der Mann hieß bürgerlich Waldemar Melamed, war sechsundfünfzig Jahre alt, und kein Mensch wusste, wo er herkam. Seit ein paar Jahren betrieb er einen YouTube-Kanal, hieß es in einem Bericht über seine Person, auf dem er zunehmend merkwürdige Verschwörungserzählungen verbreitete. Bevor er zu einer Szenegröße aufstieg, war er ziemlich bürgerlich unterwegs gewesen. Becker las sich erstaunt seinen Werdegang durch. Er hatte Physik in Berlin studiert und arbeitete jahrelang als Dozent an der Universität, bis er in die Privatwirtschaft ging.

Becker ging auf YouTube und schaute sich auf dem Kanal des Doktors um. Sein erstes Video hatte er 2015 hochgeladen. Inmitten der Flüchtlingskrise. Becker klickte es an. Er sah den Kobold, der ziemlich schlecht beleuchtet in seinem Wohnzimmer saß und von einem Blatt Papier ablas. »Guten Tag«, begann er das Video, das ziemlich einfach und wackelig wirkte. »Mein Name ist Waldemar Melamed, und ich würde mit Ihnen gerne über die rechtlichen Folgen der sogenannten Grenzöffnung der deutschen Bundesregierung sprechen.«

Das Video ging siebenundzwanzig Minuten. Es war nicht gut gemacht. Es war auch nicht spannend, dachte Becker. Es klang mehr nach einem Fachvortrag. Entsprechend niedrig waren auch die Aufrufzahlen. Becker klickte das nächste Video an. Wieder ging es um die »vermeintliche Grenzöffnung der deutschen Bundesregierung«, wie der Doktor sagte, »und den anhaltenden Rechtsbruch, der damit einhergeht«. Wieder handelte es sich um eine genaue, ziemlich trockene Darstellung verschiedener Rechtsregeln. Erst in den folgenden Videos änderte sich etwas. Es schien, als würde Melamed mehr und mehr in eine Rolle hineinfinden. Er las nun nicht mehr vom Blatt ab, sondern sprach direkt in die Kamera. Er verzichtete auf rechtssprachliches Deutsch und beschränkte sich auf einfache Worte. Von Video zu Video wurde er lockerer. Er hielt keine Fachvorträge mehr, er sprach zu allen, indem er sein vermeintliches Fachwissen mit freundlicher Miene leichtfüßig aufbereitete. Doch sein Gehabe blieb das eines Mannes, der sich für gebildet hielt. Und auch gerne so gesehen werden würde. Irgendwann nannte sich Melamed nicht mehr Melamed. Irgendwann leitete er seine Videos nur noch mit dem immergleichen Spruch ein. »Guten Morgen, meine Damen und Herren, ich bin Doktor Q und wir haben einiges zu besprechen.«

Es ging jetzt nicht mehr nur um die Flüchtlingskrise. Egal, was er ansprach, alles hatte einen gemeinsamen Nenner: das, was Melamed als ein »schweres Staatsversagen« bezeichnete. Ob es dabei um innere Sicherheit ging, um die Renten, die Einwanderung oder den Euro. Immer wieder bescheinigte der selbst ernannte Doktor der Regierung ein »Vollversagen«. Die Videos wurden immer schärfer. Aber sie waren noch keine Verschwörungserzählungen. Es war eine übertrieben scharfe Auseinandersetzung mit der Regierung.

Im Lauf der folgenden Monate legte der Schwung der Videos zu. Jetzt ging es nicht mehr bloß um Angriffe gegen die deutsche Regierung. Der Doktor nahm die Machthaber auf der ganzen Welt in den Blick. Die Zugriffszahlen stiegen. Becker konnte nicht heraushören, ob Melamed irgendeine bestimmte politische Richtung vertrat. Er war weder rechts noch links. Er schien einfach nur ein Zweifelnder zu sein. Ein Zweifelnder, der mehr und mehr hinterfragte. Irgendwann ging es auch nicht mehr um Tagespolitik. Sondern um die großen geschichtlichen Ereignisse. Es fing ganz langsam an. In Nebensätzen begann der Doktor Altbekanntes infrage zu stellen. Zunächst die Anschläge vom 11. September in New York. Später die Mondlandung. Alles nur ein Schauspiel. Becker streckte seinen Rücken durch, während er sich tiefer und tiefer in den Videos des Mannes verlor. Er fand es erschreckend zu sehen, wie Melamed immer rücksichtsloser wurde. Aus Zweifel war eine grundlegende Ablehnung alles Bekannten geworden, die immer schärfer wurde.

Irgendwann, das musste so Mitte 2019 gewesen sein, sprach Melamed nicht mehr von Politik und Regierungen. Da sprach er nur noch von weltweiten Marionetten, die an den Schalthebeln der Macht sitzen würden. Der Doktor verstieg sich in undurchsichtige Anspielungen, dass hinter den Geschehnissen auf der Erde eine Gruppe stecken würde, die alles lenkt. Dass hinter alldem ein großer Plan stünde. Wie genau dieser Plan aussah, das erzählte er nicht. Es waren bloß Andeutungen. Aber sie reichten, dem Doktor eine immer neue und größere Zielgruppe zuzuführen. Becker schnappte sich einen Block und machte Notizen. Er wollte verstehen, ob der Mann einen Plan hatte. Ob er die Videos, die er machte, aus einem ganz bestimmten Grund machte. Oder ob er wirklich daran glaubte. Becker fiel es schwer, den selbst ernannten Doktor einzuordnen. Auf der einen Seite war die Entwicklung, die er in seinen Videos machte, geradlinig. Ein langsames Abdriften ins Dunkel der Annahmen. Nach und nach stellte der Doktor seine gesamte Umwelt infrage. Doch was wollte er damit erreichen? Aufklären? Oder war da mehr? Becker durchkämmte das Netz. Gab es Firmen oder Unternehmen, mit denen er in Verbindung stand? Er fand nichts. Auch mit anderen Verschwörungsgläubigen, die sich auf allen Plattformen im Netz tummelten, schien er nicht weiter verbunden zu sein. Becker sah, dass sich der Akku seines Laptops langsam dem Ende zuneigte. Er klappte das Gerät zu und lehnte sich auf seiner Couch zurück.

2

Und da stand er. Mitten im Club. Die Lichter zuckten durch den Raum. Becker blinzelte und achtete nur noch auf die Musik, von der er sich treiben ließ. Er breitete die Arme aus und bewegte sie im Takt. Es fühlte sich an wie ein Rausch. Wie ein unendlicher Rausch. Ihm war heiß und kalt zugleich. Er spürte, wie der Schweiß über seinen Körper lief. Er sah die Menschen, die neben ihm standen. Auch sie bewegten sich zur Musik. Es fühlte sich an, dachte Becker, als würde er sich auflösen, als würde er Teil einer großen Masse werden, als wären all diese Menschen, die neben ihm standen, Teile eines einzigen großen Gefüges. Becker spürte, wie sich ein Lächeln auf sein Gesicht legte. Er konnte dagegen gar nichts machen. Er war glücklich. Zufrieden. Es fühlte sich an, als würde er nur noch im Jetzt leben. Nur für diesen Moment da sein. Alle Ängste waren verschwunden. Eine Frauenstimme sang eine Melodie, die ihm seltsam vertraut vorkam. *Have no fear, have no fear*, sang sie, *you're in paradise*. Und so fühlte es sich auch an. Als wäre er im Paradies. Ein süßer Geruch von Lavendel und Kirschblüten lag in der Luft. Becker fühlte sich leicht. So leicht, als könne er schweben. Er hielt die Augen geschlossen und kreiste weiter mit den Armen. Würde er nun abheben, es würde ihn nicht einmal wundern, dachte er und spürte dabei, wie das Lächeln in seinem Gesicht noch ein wenig breiter wurde. *You're in paradise, you're in paradise, you're in paradise* wiederholte die Stimme, und Becker wiegte seinen Kopf zu der Musik. Dann öffnete er wieder die Augen. Irgendwas, dachte er, hat sich verändert. Die Musik. Sie war aus dem Takt geraten. Die Stimme der Frau verzerrte sich, und aus den Bässen wurde ein Hämmern, das immer und immer metallischer klang. Becker blieb stehen. Er fand nicht mehr in den Takt hinein. Die Menschen um ihn herum tanzten selbstverloren weiter. Plötzlich flackerten die Lichter auf. Sie waren unangenehm hell und blendeten Becker. Was war nur los? Irgendwas stimmte hier nicht. Ganz und gar nicht. Er fühlte sich, als wäre er plötzlich nicht mehr Teil der Menge. Er wollte weg. Becker fing an, sich an den Menschen vorbeizuschlängeln. Die Lichtblitze wurden heller. Die Musik wurde lauter und jaulte. Er kniff die Augen zusammen und hielt sich mit den Händen die Ohren zu. »Aufhören«, sagte Becker. Er blieb stehen und sackte auf die Knie. »Aufhören!«, brüllte er. »Ich ertrage das nicht!« Und in dem Moment ging die Musik aus. Das Flackern beruhigte sich, und die tanzende Menschenmasse fror ein. Wie Roboter, dachte Becker, denen man den Saft abgedreht hatte. Was war das nur für ein Ort? Becker stand auf und suchte einen Ausgang. Die anderen Menschen standen nur da. Die Stille wurde jetzt unangenehm. Er suchte einen Weg, um aus diesem Raum hinauszukommen, aber es gelang ihm nicht. Immer wieder kam er an derselben Stelle heraus, als würde er nur im Kreis laufen. Was ist hier los, fragte sich Becker. Ist das echt? Werde ich wahnsinnig? Verliere ich jetzt wirklich den Verstand? Er spürte, wie sich eine Unruhe in ihm ausbreitete. Aus dieser Unruhe wurde nach und nach eine Beklemmung, die ihm die Luft abschnürte. Immer panischer suchte er einen Ausweg, bis er endlich eine Tür fand. Becker versuchte sie zu öffnen. Vergeblich. Sie schien verschlossen zu sein. »Hey«, rief er und hämmerte gegen die Tür. »Hey! Aufmachen!« Aber nichts passierte. »Kommen Sie schon«, brüllte er, »ich will hier raus, machen Sie die verdammte Tür auf!«

In dem Moment ertönte wieder die Gesangsstimme. *You're in paradise.* Sang sie. *In paradise. In paradise. In paradise.* Und dann hoben die anderen Menschen, die in dem Raum waren, ihren Kopf, und sie alle sahen gleich aus und blickten Becker an. Ihre Augen waren ganz leer. Ein Schauer kroch durch Beckers Körper. Er sah, wie die leeren Menschenhüllen auf ihn zukamen, langsam, ganz langsam, mit ihren Händen nach ihm griffen, ihn zu sich heranzogen. Er wehrte sie ab. Presste seinen Körper gegen die Ausgangstür. »Lassen Sie mich raus«, brüllte er noch ein letztes Mal, dann spürte er, wie an ihm gezogen wurde und er das Gleichgewicht verlor, hart auf den Boden fiel und die anderen Menschen sich auf ihn stürzten und anfingen, ihn zu beißen. Becker schrie auf, als er spürte, wie sie ihm das Fleisch abbissen und …

Er riss die Augen auf und schreckte hoch. Verdammt, dachte er. Schon wieder nur ein Traum! Schweiß stand auf seiner Stirn. Er schaute sich um. Wo war er doch gleich? Ach ja. Plattenbausiedlung. Seine Wohnung. Er atmete tief durch. Runterkommen, Bastian. Runterkommen.

»Herr Becker!«, hörte er eine Stimme. Aber diese Stimme war kein Traum. Diese Stimme war echt. Und schon wieder dieses Klopfen.

»Herr Becker, machen Sie doch die Tür auf.« Becker schwang sich runter von seiner Couch, auf der er über Nacht eingeschlafen war, und fiel beinahe über eine der leeren Weinflaschen. Der Gestank der Mülltüten stieg ihm wieder in die Nase. Er rieb sich den Schädel. Was für ein Durcheinander sein Leben doch war. Irgendwie musste er das alles wieder in Ordnung bringen, dachte er, überhörte das Klopfen an der Tür und ging erst einmal zum Kühlschrank, um nach einer Flasche Wasser zu schauen. Als er die Tür öffnete, tropfte ihm eine kleine, stinkende Pfütze vor die Füße. »Was zum …?« Ach ja! Der Strom. Becker erinnerte sich wieder. Kein Strom, kein Kühlschrank. Die letzten Vorräte, die er hier lagerte, waren zerflossen und tropften ihm entgegen. Er griff sich eine lauwarme Flasche Wasser, schloss die Tür wieder und ging in den Flur.

»Becker, machen Sie doch auf, stellen Sie sich nicht tot, ich weiß, dass Sie da sind …«

Becker hatte die Stimme längst erkannt. Als er die Tür aufriss, stand ein alter Mann in einer ausgebeulten Cordhose, einer beigen Windjacke und Plastikschlappen vor ihm, ein wilder Klamottenstil, wie man ihn schon seit sehr, sehr vielen Jahren nicht mehr trug.

»Herr Kamper …«

»Herr Becker, also sind Sie ja doch da, das habe ich mir doch gleich gedacht! Seit Tagen versuche ich schon, Sie zu erreichen, Ihr Telefon ist tot, und an die Tür gehen Sie auch nicht …«

»Ich war unterwegs«, sagte Becker und rieb sich den Schlaf aus den Augen. »Beruflich. Und mein Telefon ... nun, ich habe ein paar Stromprobleme.«

»Ja, das wundert mich nicht. Das sind nicht die einzigen Probleme, die Sie haben. Becker, Sie sind mit der Miete zwei Monate im Rückstand, das wissen Sie, oder?«

»Ich weiß ... Herr Kamper, ich zahle nächste Woche. Versprochen!«

Becker betrachtete den kleinen Mann mit der gelblich getönten Brille, der da vor ihm stand. Kamper war ein außergewöhnlicher Kerl. Ein Typ, der sein ganzes Leben schon in der Platte wohnte. Auch wenn er nicht so aussah, hatte er es irgendwie geschafft, einige Wohnungen vor der Wende zu erwerben. Becker vermutete insgeheim, dass da irgendwelche alten Verbindungen bestanden und Kamper eine Art Geheimagent war. Zumindest malte er sich das so aus. Anders konnte er sich das nicht erklären. Heute war Kamper hier in den Plattenbausiedlungen so eine Art Vermieter im eigenen Reich. Er war noch alte Schule und kannte seine Mieter. Das war unangenehm, wenn er vor der Tür stand und die Miete eintrieb. Auf der anderen Seite war Becker dankbar. Würde irgendeine gesichtslose Gebäudekrake vermieten, wäre er schon längst rausgeflogen, so oft, wie sich seine Mietrückstände häuften. Mit Kamper konnte er zumindest reden.

»Ich weiß, dass ich zurückhänge. Ich habe einige harte Tage hinter mir ... glauben Sie mir«, sagte Becker und versuchte die Hand auf die Schulter seines Vermieters zu legen. »Nächste Woche haben Sie die Miete auf dem Konto.«

»Becker, das ist mein letzter Warnschuss. Ich meine das ernst. Ich schmeiße Sie hier raus, wenn das nicht besser wird.«

Vielleicht, dachte Becker, wäre es gar nicht mal so verkehrt, wenn er sich etwas Neues suchen müsste. Hier zu leben war ja kein Zustand. Er müsse langsam mal erwachsen werden, hatte Janina gesagt. Seine Sachen auf die Reihe bekommen. Ordnung in sein Leben bringen. Zumindest mal einen Dauerauftrag einrichten. Aber davon war er weit entfernt. Vielleicht weiter denn je. »Ich danke Ihnen, Herr Kamper, ich verspreche Ihnen, es wird besser.«

Der alte Vermieter verzog sein Gesicht und drehte Becker dann den Rücken zu. »Ach ja, noch etwas …«, sagte er und wendete sich noch einmal an Becker.

»Ja?«

»Lüften Sie verdammt noch mal. Ihre Wohnung stinkt ja bis in den Hausflur.«

»Ich kümmere mich«, sagte Becker und schloss die Tür. Er atmete einmal schwer durch. Hier stand er nun. Das war sein Leben. Er betrachtete die Bananenpflanze, die im Wohnzimmer stand und schon welk war. Er schraubte den Deckel von seiner Wasserflasche auf und steckte sie umgekehrt in die Erde hinein. »Tut mir leid«, sagte er und strich der Pflanze über die bräunlichen Blätter. »Ich weiß, ich bin ein schrecklicher Mitbewohner. Wenn Janina wieder in der Stadt ist, dann werde ich dich an sie weitergeben. Bei ihr wirst du ein besseres Leben führen.«

Dann ging Becker an das große raumbreite Fenster und schob es auf. Von hier oben aus dem siebzehnten Stock hatte er einen Blick über den gesamten Osten der Stadt. An klaren Tagen konnte er bis ins nächste Bundesland schauen. Draußen schien die Sonne. Becker beugte sich vor, sodass er auf den Vorplatz vor seinem Wohnungseingang schauen konnte. Es war einiges los. Rentner liefen mit ihren Einkaufstüten über den Platz, während die Jugendlichen wieder die Parkbänke belagerten, an die sie ihre Fahrräder diesmal ordentlich angelehnt hatten.

Becker ging in die Küche und holte sich eine große Mülltüte. Er musste jetzt mit dem Fall abschließen, dachte er. Das war vorbei. Er musste loslassen. Das war etwas, das ihm schwerfiel. Schon immer. Aber er musste endlich einmal der Wahrheit ins Auge blicken und sich um das kümmern, was wirklich wichtig war. Sein Leben. Es war offensichtlich, dass ihm das in den letzten Monaten entglitten war. Das würde sich nun ändern, nahm sich Becker vor. Er fing an, die leeren Weinflaschen in einen Beutel zu packen. Dann stellte er sich an seinen Schreibtisch und sortierte einen Stapel ungeöffneter Briefe, die noch älter waren als die in seinem Briefkasten. Der Anblick bereitete ihm Bauchschmerzen. So viele Rechnungen, die er noch zu begleichen hatte. Er öffnete den ersten Umschlag und schaute dabei wieder aus dem Fenster hinaus. Und dann fiel ihm ein Satz wieder ein, den er gestern in einem der Videos von Doktor Q gehört hatte. »Achtet nicht auf die großen Erzählungen. Achtet auf die Besonderheiten.« Da steckte eine tiefere Wahrheit hinter, dachte Becker. Eigentlich war das ja immer seine Stärke gewesen. Dass er auf die Besonderheiten geachtet hatte, die sonst niemand wahrnahm. Doch in diesem Fall war ihm das nicht so richtig gelungen. Vielleicht, dachte Becker, weil ich nicht genau genug hingeschaut habe. Er betrachtete den gelben Briefumschlag, den er in seiner Hand hielt. Dann legte er ihn weg. Verdammt, dachte Becker, es hatte doch keinen Sinn. So würde es nicht weitergehen. Dieser Fall war noch nicht gelöst. Und es war noch zu früh, ihn loszulassen. Er schnappte sich seine Reisetasche, die er gar nicht erst ausgepackt hatte, buchte sich mit seinem Handy die billigst mögliche Fahrkarte und verließ seine Wohnung in Richtung Bahnhof.

3

Becker schaute aus dem Fenster und beobachtete, wie die immer gleichen tristen Landschaften an ihm vorbeizogen. Die Bäume hatten ihre Blätter längst verloren und wirkten wie Skelette, die auf den Feldern am Rand der Bahnstrecke standen, an denen der Bummelzug, in dem er saß, vorbeizuckelte. Der Zug war leer. Becker hatte das ganze Abteil für sich. Er nutzte die Gelegenheit, um alle seine elektronischen Geräte gleichzeitig an den vier Steckdosen aufzuladen, die neben den Sitzen angebracht waren. Becker nahm einen Schluck schwarzen Kaffee, den er sich mit einem Gutschein aus dem Bordbistro organisiert hatte. Es war die richtige Entscheidung, jetzt hier zu sein, sagte er sich. Er hätte es zu Hause sowieso nicht lange ausgehalten. Dann zog er sein Handy aus der Hosentasche und öffnete eine Nachricht, die gerade aufploppte. Sie war von Janina.

»Bist du gut angekommen?« Becker überlegte kurz, was er ihr antworten sollte.

»Ja«, schrieb er schließlich. »Alles beim Alten.« Das zumindest entsprach der Wahrheit. »Wie kommt ihr voran?«, fragte er zurück.

»Schleppend«, antwortete Janina. »Es geht nicht richtig vorwärts. Wir haben keine Anhaltspunkte, an denen wir weiterarbeiten können. Wir arbeiten nun in zwei Gruppen.«

»Zwei Gruppen?«

»Gruppe eins überprüft noch einmal den Fall Dulac, und Gruppe zwei sucht nach neuen Anhaltspunkten.«

»Lass mich raten, wer die erste Gruppe anführt …«

»Bastian, sei kein Idiot. Auch wenn du Alina nicht leiden kannst, sie ist eine gute Polizistin, sie macht einen ordentlichen Job. Und sie ist sich sehr wohl bewusst, dass wir offen bleiben müssen.«

So ein Unsinn, dachte Becker. Brinkmeier war nicht offen. Sie würde mit aller Kraft versuchen, an der Dulac-Idee festzuhalten. Es ging ihr doch gar nicht nur um den Fall. Es ging ihr um sich selbst. Becker lehnte sich in dem Sitz zurück und nahm noch einen Schluck von dem Kaffee aus seinem kleinen Pappbecher. War er ungerecht?, fragte er sich selbst. Immerhin konnte er selbst auch nicht die Finger von diesem Fall lassen. Vielleicht traf auf ihn dasselbe zu, was er seiner Kollegin vorwarf? Becker vertrieb den Gedanken wieder.

»Halt mich auf dem Laufenden, okay?«, tippte er in sein Handy. »Ich muss hier weitermachen. Wenn ich dir irgendwie helfen kann, lass es mich wissen.«

»Danke«, schrieb Janina. »Pass auf dich auf.«

Becker legte das Handy weg und öffnete seinen Laptop, der endlich wieder geladen war. Er hatte nur eine schlechte Internetverbindung hier, aber er schaute sich noch einmal die Seite des Doktors an. Es gab einen neuen Textbeitrag. Becker klickte ihn an. Wie erwartet behandelte er die neuen Ermittlungen des Falls. Keine Überraschung. Becker hatte mittlerweile ein Gefühl für die Denkweise dieses Mannes bekommen, der grundsätzlich allem misstraute, was von öffentlichen Stellen kam. »Dass es sich bei den Morden nicht um einen verrückten Vampir-Killer handelt«, schrieb er, »das hätte man sich schon denken können, als es das erste Mal im Boulevard stand. Eine Märchengeschichte. Spannend. Aufregend. Außergewöhnlich. Fast, als wäre es ein Hollywood-Drehbuch«, schrieb der Kobold. »Aber wir haben ja bereits in der Vergangenheit gelernt: Je passender eine Geschichte wirkt, desto unwahrscheinlicher ist sie auch.«

In einem weiteren Absatz fantasierte er darüber, wer das Drehbuch für diesen Fall geschrieben habe. Er wies dann darauf hin, dass es Belege geben würde, dass es auch der berühmte Kinoregisseur Francis Ford Coppola gewesen sei, der die Mondlandung geschrieben und filmisch dargestellt habe. »Diese Menschen arbeiten mit Profis zusammen, und auch die Vorlage zu diesem Verbrechen wurde von einem Profi erdichtet«, schrieb der Professor weiter. »Doch dieses

Mal ist es schiefgegangen. Dieses Mal steht die Presse auf der richtigen Seite und macht die Widersprüche öffentlich, die uns in diesem Fall ins Gesicht schreien.« Damit war natürlich der Artikel von Schneider gemeint, den der Doktor in langen Auszügen wiedergab. »Wir sollten uns den Namen Oliver Schneider merken«, schrieb Doktor Q, »denn ich bin mir sicher, dass er in naher Zukunft abgesägt wird, genau so, wie man alle Männer und Frauen abgesägt hat, die es gewagt haben, sich gegen den tiefen Staat zu stellen.«

Und da war er auch schon wieder bei seinem beliebten Hauptthema. Der tiefe Staat. Gerade als Becker weiterlesen wollte, riss ihn die Ansage der Zugbegleiterin aus den Gedanken. »Meine Damen und Herren«, hörte er eine Stimme über die unsichtbaren Lautsprecher. »In wenigen Minuten erreichen wir unseren Ziel- und Endbahnhof an der Küste. Folgende Anschlusszüge warten auf Sie …«

Becker klappte seinen Rechner zu, zog sämtliche Ladegeräte aus den Steckdosen des Abteils und verstaute alles in seiner Reisetasche, bevor er dann schließlich ausstieg. Die Sonne schien. Trotz der kalten Temperaturen war das Wetter angenehm.

Becker griff zu seinem Telefon und wählte eine eingespeicherte Nummer. »Ich bin gerade angekommen«, sagte er. »Ich wäre dann in etwa zwanzig Minuten da.«

Er winkte sich eines der Taxis herbei, die schon vor dem Hauptbahnhof standen, und verstaute sein Reisegepäck im Kofferraum.

4

Es war ein Wiedersehen der herzlichen Art. Als Becker aus dem Taxi stieg, wartete Jonas Lanweg schon vor der Tür des Instituts für Rechtsmedizin und begrüßte seinen alten Freund mit einer Umarmung. »Mensch, Bastian«, sagte er und klopfte Becker zwei Mal gegen die Rippen. »Das ist wirklich verdammt lange her, dass wir uns gesehen haben.«

Auch Bastian freute sich. Er kannte Lanweg noch aus seiner Ausbildungszeit. Er hielt seinen alten Kumpel für einen der begabtesten Rechtsmediziner, die es überhaupt gab. Umso erstaunlicher fand er es, dass er einen Job ausgerechnet hier am Ende der Welt angenommen hatte. Am sinnbildlichen Arsch der Welt. »Wie geht es dir, Jonas?«

»Ich kann nicht klagen ...« Tatsächlich, dachte Becker, sah Jonas gut aus. Besser als je zuvor. Seine Haare trug er etwas länger, seit die beiden sich das letzte Mal gesehen hatten. Aber auch sonst wirkte er beinahe tiefenentspannt.

»Du siehst wirklich ... zufrieden aus.«

»Das bin ich auch.«

»Ich hätte niemals gedacht, dass du hier dein Glück finden wirst, Jonas.«

»Das erzählst du mir jedes Mal aufs Neue. Aber wenn ich mir so ansehe, wie du aussiehst, dann bestätigt mir das nur, dass die große Stadt nichts für mich ist. Wie lange hast du nicht mehr richtig geschlafen, Bastian?«

»Ach«, sagte der, »ich hatte gestern ein paar Stunden.« Aber er musste niemandem etwas vormachen. Es war offensichtlich, dass er nicht nur ziemlich fertig war, sondern auch entsprechend aussah. Er trug noch immer dieselben Klamotten wie gestern, hatte noch nicht geduscht, und der Schlafmangel der vergangenen Wochen hatte sich erkennbar in sein Gesicht eingegraben. Becker mied mittlerweile den Blick in den Spiegel so gut, wie er nur irgendwie konnte. Er erschreckte sich zu sehr vor seinem eigenen Anblick. Besonders seine dicken, schwarzen Augenringe wirkten besorgniserregend.

»Ich kann dir sagen, das Leben hier ist gut, Bastian.«

»Wird dir nicht langweilig? Wie viele Morde bekommst du am Tag so auf den Tisch?«

»Am Tag? Echte Morde? Nun, ich rechne eher in Monaten.«

Becker musterte seinen alten Freund und zog seine Augenbrauen zusammen. »Ich kenne dich, Jonas. Ich weiß doch, dass du von der Arbeit genauso besessen bist wie ich. Erzähl mir nicht, dass es dir Spaß macht, Daumen zu drehen und nichts zu tun.«

»Erstens«, entgegnete Jonas, »habe ich genügend andere Dinge zu tun. Und zweitens ist es ein unglaublicher Luxus, einen Fall, der auf meinen Tisch kommt, in aller Ruhe bearbeiten zu können. Wir wissen beide, dass das in großen Städten nicht mehr möglich ist. Das war doch auch einer der Gründe, dass du aus dem aktiven Polizeidienst ausgestiegen bist, oder nicht, Bastian? Dass du dir endlich wieder ein wenig Zeit für die Fälle nehmen wolltest, um den Dingen wirklich auf den Grund zu gehen, statt sie nur oberflächlich zu betrachten.«

Becker zuckte mit den Schultern. Sicher war das einer der Gründe dafür, dass er nun Privatermittler war. Zwar ist sein Plan nicht so richtig aufgegangen, aber das Thema beschäftigte ihn bis heute.

»Wie geht es deinem Mann?«, lenkte er von sich weg.

»Gut. Ja, wirklich gut. Wir bauen uns gerade ein Haus, hatte ich dir das schon erzählt?«

»Nein, aber das ist großartig.«

»So richtig schön altbacken, Bastian. Ein Haus mit Reetdach, einem kleinen Garten, und bald werden wir wohl auch eine Familie gründen.«

Becker lächelte. Er freute sich aufrichtig für seinen Freund. Dann dachte er für einen kurzen Moment an seine stromlose, vermüllte

Wohnung in einem Berliner Plattenbau, bei der er zwei Mietzahlungen im Rückstand war. Wie stark sich ihre Lebenswelten doch mittlerweile unterschieden, dachte Becker.

»Hör mal, Jonas. Ich bin nicht ganz ohne Grund hier. Es ist mehr als nur ein Freundschaftsbesuch.«

»Was für eine Überraschung. Damit hätte ich ja gar nicht gerechnet«, antwortete Lanweg schmunzelnd.

»Ich muss mit dir über einen Fall sprechen, an dem ich gerade arbeite. Aber du musst mir hoch und heilig versprechen, dass die Sache unter uns bleibt, okay?«

»Wollen wir erst einmal reingehen?«

Becker nickte und folgte seinem alten Freund in die Rechtsmedizin. Ein kleines Gebäude, kein Vergleich zu den großen Instituten in den Städten, in denen Becker für gewöhnlich unterwegs war. Die beiden Männer gingen durch den großen Eingangsbereich zu einer Art Aufenthaltsraum. Er war recht gemütlich eingerichtet. Es gab einen kleinen Holztisch mit Tischdecke, eine Mikrowelle, eine Kaffeemaschine, zwei Sessel und sogar eine Bücherwand.

»Euch muss wirklich langweilig sein«, sagte Becker.

»Ich mache dir einen Kaffee. Schwarz und ohne Zucker?«

»Alles beim Alten, Jonas.«

»Erzähl mir von deinem Fall. Keine Sorge, wir sind ungestört. Ich bin der Einzige, der heute Schicht hat.«

»Vielleicht hast du davon gelesen, es geht um den Vampir-Mörder.«

»Ja, davon habe ich gehört. Spannend.« Jonas ging zu dem Tisch, der in der Mitte des Raums stand, und griff nach der Tageszeitung, die dort lag. »Erst heute Morgen stand ein großer Bericht darüber in der Zeitung. Der Tatverdächtige, der festgenommen wurde ...«

»... er ist es nicht.«

»Was macht dich so sicher?«

»Alles, was in den Berichten steht. Ich glaube zudem, dass der Täter nicht zum ersten Mal mordet. Vielleicht eine Serienmörderin oder ein Täter, der nach einer langen Unterbrechung dort beginnt, wo er oder sie aufgehört hat.«

Lanweg ging zu der Kaffeemaschine und goss Becker und sich zwei Tassen ein, die er auf den Tisch stellte, bevor er sich neben seinen Freund setzte. »Erzähl weiter ...«

Becker nahm die Tasse und wärmte sich seine Hände. Es war faszinierend, wie leicht Jonas noch immer einzufangen war. Wenn man ihm einen spannenden, ungelösten Fall vorsetzte, dann konnte er gar nicht anders, als sofort mitzudenken. Es war, als würde man ihm ein paar Puzzleteile vor die Füße schütten. Es war fast ein Zwang für ihn, stehen zu bleiben und sie zusammenzusetzen.

»Die Art, wie man den Leichen das Blut entnahm, und die entsprechenden Umstände, das deutet alles auf einen Täter hin, der eine medizinische Grundausbildung hat.«

Lanweg nickte energisch mit dem Kopf. »Ja«, sagte er, »verstehe.« Er schaute Becker an. »Warum genau bist du hier?«

»Weil ich glaube, dass der Mörder schon einmal zugeschlagen hat. Und zwar vor vielen Jahren ganz in der Nähe von hier.«

Lanweg legte seinen Kopf schräg.

»Erinnerst du dich nicht mehr an den Fall, wo man das aufgeschnittene Mädchen gefunden hat?«

»Wie könnte ich das vergessen?«

»Es gibt Ähnlichkeiten zu dem Fall.«

»Was für Ähnlichkeiten?«

»Die medizinische Genauigkeit. Die Art, wie er die Leichen vorführt. Als eine Art Schauobjekt, das er ausstellt. Das ist alles sehr auffällig und spricht für einen übereitlen Mörder oder eine Mörderin, der oder die Leichen als eine Art ›Werk‹ betrachtet. Jonas, ich muss mehr über das Mädchen erfahren, das man damals hier gefunden hat.«

»Ich war dabei, Bastian. Das war eine meiner ersten Leichenöffnungen, die ich hier begleitet habe. Damals noch als begleitender Arzt.«

Becker beugte sich vor. »Erinnerst du dich an irgendetwas, was heute von Interesse sein könnte? Etwas, das wir vielleicht übersehen haben könnten.«

Lanweg stand auf und fasste Becker an der Schulter. »Warte«, sagte er. »Ich hole die Akten. Es ist alles so lange her ...«

Wenn er hier nicht weiterkam, dachte Becker, dann wäre er aufgeschmissen. Dann hätte er wirklich keinen weiteren Anlaufpunkt mehr. Aber irgendwas musste da doch sein. Irgendwas musste er übersehen haben. Er nahm noch einen Schluck von dem Kaffee. Er war stark. Genau das, was er jetzt gebrauchen konnte. Nach ein paar Minuten kam Lanweg zurück, er hielt eine geöffnete Akte in der Hand, in der er stöberte. »Ich weiß noch, wie wir an die Fundstelle gefahren sind, Bastian. Es war wirklich schrecklich. Das Mädchen war noch so jung. Eine Landwirtin hatte sie gefunden. Mitten auf einem Feld. Die Tote lag wie aufgebahrt auf einer Art Strohbett.« Lanweg schaute von der Akte auf und blickte mit hochgezogener Stirn in die Ferne. »Es wirkte, als wollte jemand die Leiche irgendwie vorführen.«

Lanweg setzte sich zu Becker an den Tisch und reichte ihm die Unterlagen rüber. »Ich erinnere mich«, sagte Becker. »Ich kenne die Befundberichte beinahe auswendig. Aber ich habe dort nichts gefunden. Darum bin ich hier. Weil ich wissen muss, ob es vielleicht noch etwas gab, was nicht in die Akten aufgenommen wurde.«

Lanweg dachte nach.

»Ja«, sagte er. »Da gab es noch etwas, das mir aufgefallen ist. Aber ... es schien nicht weiter von Bedeutung zu sein.«

»Alles ist von Bedeutung, Jonas!«

»Die Einschnitte. Der Körper des Mädchens wurde mit einem medizinischen Werkzeug aufgeschnitten, bevor man die Organe entnommen hatte.«

»Ja ...«

»Auf den ersten Blick sah es einfach so aus, als hätte man sie mit irgendeiner scharfen Klinge aufgeschnitten.«

»Und auf den zweiten Blick?«

»Auf den zweiten Blick gab es an den ganz glatten Einschnitten ganz feine Risse, eine Art Muster, das ich nur unter der Lupe richtig erkennen konnte.«

Becker verstand nicht, was das bedeuten sollte. »Das hat etwas mit der Art der Klinge zu tun, mit der man arbeitet. Es war keine gewöhnliche Skalpellklinge aus Karbonstahl, so wie sie im Krankenhaus verwendet wird. Es handelte sich um eine Obsidianklinge.«

»Hilf mir auf die Sprünge, Jonas.«

»Obsidian ist ein vulkanisches Gesteinsglas. Solche Klingen sind ziemlich selten. Es handelt sich aber mit um die schärfsten Klingen, die es auf der Welt gibt. Die Schneide ist gerade mal ein Molekül breit, wenn du es darauf anlegst.«

»Was genau erzählst du mir gerade?«

»Im Alltag sind solche Klingen natürlich etwas breiter. Aber sie sind immer noch Hunderte Male schärfer als jede Klinge aus Metall. Das Dumme ist nur, dass sie leicht einkerben. So entstehen einerseits sehr glatte Wundränder, aber andererseits auch feine Einrisse. Ich habe unter dem Vergrößerungsgerät einen winzigen abgebrochenen Splitter der Klinge gefunden. Er war durchsichtig und ohne jeden Kristallaufbau. Aus meinem alten Labor habe ich ein Atommassenmessgerät geerbt und hier im Keller aufgebaut. Darin habe ich unser Splitterchen zu Gas verbrannt. Und das dann gemessen ... Das Klingenteilchen bestand zum Großteil aus Silizium.«

»Komm auf den Punkt«, sagte Becker ungeduldig. Die chemischen Einzelheiten langweilten ihn zusehends.

»Es ist wahrscheinlich nichts Besonderes. Die damals zuständigen Kollegen fanden es nicht weiter erwähnenswert. Aber ich würde meine Hand dafür ins Feuer legen, dass das Messer, das der Mörder benutzt hatte, eine Obsidianklinge hatte. Es ist nur eine Kleinigkeit, aber mehr fällt mir nicht mehr ein.«

»Vielleicht ist das genau die Kleinigkeit, die wir benötigen«, sagte Becker und sprang aufgeregt auf, um sein Handy aus der Hose zu ziehen. Er wählte die Nummer von Frenzel, dem Rechtsmediziner, der die Vampir-Leichen untersucht hatte.

»Becker«, nahm dieser den Anruf entgegen. »Was höre ich da wieder für Geschichten über Sie? Sie wurden von unserem Fall abgezogen?«

»Glauben Sie nicht alles, was Sie hören, Professor. Ich brauche gerade einmal Ihre Hilfe. Können Sie eine Zelluntersuchung unserer Schneewittchen-Leichen vornehmen?«

»Was soll ich machen?«

»Ich muss wissen, ob die Einschnitte irgendwelche Besonderheiten aufweisen, die darauf hindeuten, welche Art von Skalpell der Täter benutzt haben könnte.«

»Becker, ich will Sie in Ihrem Tatendrang nicht bremsen, aber ein Skalpell ist in der Regel ein Skalpell.«

Becker wollte Frenzel keine weiteren Hinweise geben, um nicht in den Verdacht zu geraten, Befangenheit zu verbreiten. »Bitte, Professor«, sagte er. »Schauen Sie sich einfach alles noch einmal ganz genau an. Vielleicht fällt Ihnen etwas auf, was ungewöhnlich ist, okay?«

»Also gut ...«

Becker legte auf und fasste seinen Freund am Arm. »Jonas, wenn es hier eine Übereinstimmung geben sollte, dann hast du uns den Beweis geliefert, dass wir es mit demselben Täter zu tun haben.«

»Na ja«, sagte Lanweg. »Es wird dir nur nicht viel helfen.«

»Wieso nicht?«

»Ich habe mich an diese Untersuchungen erinnert. Aber sie haben keinen Eingang in die Akten gefunden. Es wird nicht gerichtsfest sein.«

Becker biss sich auf die Lippen. »Verdammte Scheiße!« Er dachte nach. »Könnte man ... also, zur größten Not die Leiche noch exhumieren?«

»Das würde vermutlich nichts bringen. Es ist viele Jahre her. Die Haut ist mittlerweile verwest. Die Spuren, die wir damals gefunden haben, sind heute vermutlich nicht mehr zu finden. Und wenn, dann würde uns niemand den Aufwand bezahlen, den es bedeutet, eine

Faulleiche in winzige Teile zu zergliedern und unters Mikroskop zu bringen.«

Becker schlug mit der Hand auf den Tisch.

»Ich hätte damals darauf pochen sollen, dass wir das in die Akten aufnehmen«, ärgerte sich Lanweg. »Ich hatte schon damals ein komisches Gefühl bei der Sache. Aber unser diensthabender Rechtsmediziner hat genauso reagiert wie der Kollege, mit dem du eben telefoniert hast. Skalpell ist Skalpell.«

»Wer war noch an der Leichenöffnung beteiligt?«

»Mein damaliger Chef, der die Abteilung hier geleitet hat, bevor ich ihm nachgefolgt bin. Er ist seit drei Jahren tot. Und wir hatten einen Praktikanten, jemand, der frisch aus der Medizinausbildung kam. Ich erinnere mich nicht mehr an seinen Namen, aber ich könnte ihn herausfinden.«

»Das wäre gut, Jonas. Aber lass uns erst einmal die Ergebnisse abwarten, die von meinem Kollegen kommen, der die anderen Leichen untersucht. Ich bin gespannt, ob es da eine Übereinstimmung gibt.«

»Was wirst du jetzt machen? Bleibst du noch in der Stadt?«

Becker dachte daran, dass er sowieso nicht in seine Wohnung zurück konnte. Immerhin hatte er keinen Strom mehr. Ihm blieb also gar keine andere Wahl, als zu zahlen oder sich vorerst in ein paar billigen Hotels aufzuhalten. »Ich werde zumindest bis morgen noch hier bleiben.«

»Komm doch zu uns, du kannst gerne bei mir und André übernachten. Wir haben ein Gästezimmer, und wir würden uns freuen, wenn du ein wenig Zeit mit uns verbringst.«

Becker lächelte. Das Angebot konnte er nicht annehmen. Er war momentan nicht gerade in der körperlichen und geistigen Verfassung, um einen gemütlichen Abend zu verbringen. Zu tief war er im Tunnel seiner Ermittlungen. Er wusste, dass er in diesem Zustand eine Zumutung für andere Menschen war.

»Ich danke dir, mein Freund, aber ich muss arbeiten. Und ich will euch nicht belästigen. Ich werde mir ein kleines Zimmer am Bahnhof nehmen. Wenn dir noch etwas einfällt, dann melde dich bitte. Ich halte dich auch auf dem Laufenden, okay?«

So verabschiedeten sich die beiden, und Becker stieg mit seiner Reisetasche in ein Taxi und fuhr zurück in Richtung Bahnhof.

5

Nachdem Becker sein kleines Hotelzimmer bezogen hatte, klappte er seinen Laptop auf und las sich den Eintrag über den Kobold weiter durch, den er im Zug nicht mehr hatte zu Ende lesen können. Er suchte noch immer nach dem Grund, warum die Arbeit dieses Mannes ihn so in ihren Bann zog. Es war nicht nur der merkwürdige Ton, der in diesen Videos vorherrschte. Es war noch etwas anderes. Und dann fiel es Becker auf. Es war die absolute Gewissheit, die der Doktor in all seinen Beiträgen ausstrahlte, dass Dulac nicht der richtige Täter war. Zunächst, dachte Becker, ist das vielleicht nichts Ungewöhnliches. Verschwörungserzähler lebten ja davon, dass sie alles infrage stellten, was ihnen von den offiziellen Stellen an Informationen gegeben wurde. Aber in diesem Fall war das etwas anderes. Becker schaute sich noch einmal die YouTube-Videos mit den meisten Klicks an, die der Kobold zu diesem Fall gedreht hatte. Am Tag, als Dulac verhaftet wurde, wirkte er noch einigermaßen zurückhaltend. Er beschrieb, wie er auf der Pressekonferenz der Polizei gewesen wäre, und zeigte auch Videos, die er mit seinem Handy aufgezeichnet hatte. Er zeigte sich ablehnend gegenüber der offiziellen Aussage, dass Dulac der Täter war. Erst am nächsten Tag, als er das nächste Video zu dem Fall hochlud, war er auf einmal davon überzeugt, dass die Polizei den falschen Täter hatte.

Aber warum? Becker schaute sich das Video an. Wieder und wieder. Er hörte sich jedes Wort ganz genau an. Und dann fiel ihm ein Satz auf, der ihm vorher nicht aufgefallen war. »Die Blutentnahme der Leiche erfolgte über drei winzige, aber feine Schnitte an den Halsschlagadern, nicht durch die Bisse eines Vampirs. Und selbst wenn der sogenannte Täter, dieser Mann, der sich Dulac nennt, diese Schnitte selber vollzogen haben sollte«, folgerte Melamed in dem Video, »dann muss er entweder verdammtes Glück gehabt haben, dass er an der richtigen Stelle getroffen hatte, oder der Mann hat in der Zwischenzeit eine Medizinausbildung durchlaufen.«

Das, dachte Becker, berichtete Melamed schon erstaunlich früh. Aber geschenkt. Das wirklich Interessante war die Kenntnis darüber, dass die Opfer drei präzise Schnitte an der Halsschlagader hatten. Woher wusste er das? Das war kein Thema auf der Pressekonferenz gewesen. Becker dachte nach. Wurde das in irgendeiner der offiziellen Pressemitteilungen bekannt gegeben? Nein. Er googelte und durchsuchte dann die Berichte der Polizei, die er abgespeichert hatte. Nichts. Stand es in einem Medienbericht? Auch hier suchte Becker ab, was er nur finden konnte. Nichts. Woher hatte der Kobold diese Information? Becker lehnte sich auf dem kleinen Holzstuhl in seinem Hotelzimmer zurück und verschränkte die Arme hinter seinem Kopf. Das konnte doch nicht wahr sein, dachte er. Der Mann hatte vertrauliche Informationen. Das, dachte Becker, gab dem Fall noch einmal eine ganz neue Sprengkraft.

Er starrte auf den Laptop, der vor ihm auf dem Tisch stand. Dann schaute er sich in dem kleinen Zimmer um. Ein einfaches Zimmer im Erdgeschoss. Es war schlicht eingerichtet: ein Bett. Ein Schrank. Ein kleiner Arbeitstisch und ein Holzstuhl. An der Wand krabbelte eine Spinne entlang. Die Gardinen waren vergilbt. Wer könnte ein Interesse haben, einen Verschwörungsverwirrten mit Informationen zu füttern, fragte sich Becker. Besonders in diesem Fall machte es überhaupt keinen Sinn. Es waren sich schließlich alle mit diesem Fall betrauten Ermittler einig, dass Dulac der Richtige war. Nur Becker und Janina nicht. Sie waren die Einzigen, die Zweifel an dem Verdächtigen hatten. Aber Becker wusste, dass er keine vertraulichen Informationen weitergegeben hatte. Na ja, zumindest nicht an Melamed. Die Sache mit Oliver – das war etwas anderes. Und Janina? Konnte das sein? Nein. Unmöglich. Seine Partnerin würde das niemals machen. Sie war zu korrekt dafür. Becker hätte seine Hand für sie ins Feuer gelegt.

Vielleicht war es ein anderer Polizist, der einfach nur die Akten herausgegeben hatte, und Melamed hatte selber seine Schlüsse gezogen? Becker klappte seinen Laptop zu. Er musste unbedingt herausfinden, wie der Kobold an die Informationen gelangt war. Aber wie? Ihn anschreiben? Eine verrückte Vorstellung, dass der Kobold bereit wäre, mit ihm zu reden. Auch wenn Becker nicht mehr bei der Polizei arbeitete, so arbeitete er doch noch immer für sie. Entsprechend war er aller Wahrscheinlichkeit nach ein Feind in den Augen des Doktors. Jemand, dem man nicht trauen konnte. Aber wem würde er vertrauen? Becker beobachtete die Spinne, die die Wand entlangkrabbelte und sich in der oberen Ecke des Zimmers, direkt über dem Fenster, ein kleines Netz baute, in das sie sich hing. Und dann kam ihm eine Idee.

6

»Becker, du hattest schon viele dummen Idee, aber diese hier ist von allen die dümmste. Ich mache das nicht.«

»Oliver, komm schon, du machst das doch nicht für mich. Du macht das für dich. Das ist in deinem Interesse.«

»Es ist nicht in meinem Interesse, mich lächerlich zu machen.«

»Du machst dich nicht lächerlich.« Becker lief mehrfach im Kreis, während er mit Schneider telefonierte und versuchte, ihm die Sache doch noch irgendwie schmackhaft zu machen. »Du bist der Einzige, dem der Doktor vertraut. Ich habe seine Videos gesehen. Alle. Er schwärmt von deinem Artikel, den du veröffentlicht hast. Er hält dich für eine Art ... Verbündeten.«

»Erstens ist mir das scheißegal, für was er mich hält. Ich will mit diesen Menschen nichts zu tun haben. Ich werde nicht meinen guten ... also, ich werde nicht meinen Ruf aufs Spiel setzen, indem ich mich mit einem Aluhutträger an einen Tisch setze. Das kannst du dir ganz und gar abschminken.«

»Du siehst das völlig falsch. Mensch, Oliver, ich bitte dich, sei doch nicht so unglaublich verbohrt. Es geht ja nicht darum, dass du dich einfach nur so mit diesem Kerl an einen Tisch setzt. Du musst ja auch nichts von dem glauben, was er dir erzählt. Du sollst nur herausfinden, wie er an seine Informationen kommt.«

»Was spielt das für eine Rolle?«

»Das fragst du mich gerade wirklich? Hast du denn dein journalistisches Gespür jetzt komplett verloren?«

Schneider seufzte. Er wusste, dass Becker recht hatte. Natürlich war das eine bedeutende Frage. Gab es jemanden aus dem Polizeidienst, der einen Verschwörungsschwafler mit Ermittlungsakten fütterte? Das wäre mehr als nur ein Skandal. Und dennoch blieb Schneider vorsichtig. Der Artikel, den er vergangene Woche veröffentlicht hatte, hatte Wellen geschlagen. Hohe Wellen. Nicht nur, dass sämtliche Polizeiquellen, die er hatte, von heute auf morgen nichts mehr mit ihm zu tun haben wollten, er wurde auch in der Verschwörungsszene als ein Held gefeiert. Da lobten ihn Menschen, mit denen er nichts zu tun haben wollte. Und natürlich hatte sein Artikel auch noch einmal die Proteste und Zweifel gegenüber den Behörden stark befeuert. Für diesen Samstag war eine erneute Kundgebung angekündigt. Dieses Mal rechnete die Polizei mit über hunderttausend Teilnehmerinnen und Teilnehmern aus ganz Deutschland.

»Ich will einfach nicht, dass der Eindruck entsteht, dass ich irgendeine Verbindung zu diesen Menschen habe, verstehst du?«

»Verstehe ich, tut aber nichts zur Sache. Das ist eine große Geschichte, und das weißt du.«

»Ach, verdammt, Bastian! Kaum sehe ich dich nach beinahe sieben Jahren wieder, schon stellst du mein ganzes Leben wieder auf den Kopf.«

»Dabei habe ich dir doch noch gar nicht verraten, was ich mir zusätzlich noch wünsche ...«

Schneider begann seine Schläfen zu massieren. »Sag schon, noch schlimmer kann es ja nicht werden.«

»Ich will, dass du mich zu dem Gespräch mitnimmst.«

»Das ist nicht dein Ernst.«

»Sag ihm, ich wäre dein Kollege.«

»Das kannst du komplett vergessen!«

Becker lächelte. Er wusste, dass er Schneider schon längst hatte. Seine Berufsehre verlangte, dass er der Sache nachging. Er hatte gar keine andere Wahl.

»Ich denke drüber nach, okay?«

»Okay«, sagte Becker und legte auf. Spätestens in einer Stunde würde Oliver ihm grünes Licht geben. Er schaute auf sein Handy und buchte schon einmal eine Fahrkarte.

7

Oliver Schneider schaute sich um. Dann stellte er die Frage, die ihm schon seit so vielen Jahren auf der Seele lag. »Wie zum Teufel bist du eigentlich auf dieses Café gestoßen, Bastian?«

Becker schnitt mit seiner Gabel noch ein Stück von seinem Marzipankuchen ab und nahm einen Schluck schwarzen Kaffee. »Um ehrlich zu sein, hatte ich mal ein Date hier.«

»Mit einer Frau?«

»Mit einer Frau.«

»Lass mich raten … sie wollte dich nie wieder sehen.« Becker zuckte mit den Schultern. Es war Nachmittag, und das Café am Stadtrand war deutlich gefüllter als noch am Vormittag vor zwei Wochen. Die meisten Tische waren besetzt. Das Durchschnittsalter hatte sich allerdings nicht verändert. Außer Schneider und Becker waren nur Menschen in diesem Raum, die das achtzigste Lebensjahr schon mehr oder weniger weit überschritten hatten.

»Komm schon, du als Journalist musst zugeben, dass das hier der perfekte Treffpunkt für Informanten ist.«

»Ich bevorzuge dunkle Tiefgaragen weit nach Mitternacht.«

Becker lachte. »Ach was, das hier ist doch viel sozialverträglicher. Du solltest wirklich mal den Kuchen probieren. Er ist mehr als gut.«

In dem Moment öffnete sich die Tür, und ein kleiner Mann mit einem weiten, schwarzen Mantel und einem dunklen Hut betrat die Lokalität. Er schaute sich einmal um, dann entdeckte er Schneider und kam zu dem Tisch in der hintersten Ecke des Cafés gehinkt.

»Herr Melamed«, sagte Schneider und streckte dem kleinen Mann die Hand entgegen. »Ich bin Oliver Schneider und …«

»Ja, ja«, sagte der Kobold, ohne die ausgestreckte Hand seines Gegenübers anzunehmen, und setzte sich an den Tisch. »Ich weiß, wer Sie sind.«

»Das hier ist mein Kollege Peter Backmeister, ich hatte ja angekündigt, dass ich ihn mitbringen werde.«

»Ja, ja«, sagte der kleine Mann wieder und wirkte dabei äußerst nervös. »Das hatten Sie gesagt, richtig, richtig.« Immer wieder schaute er sich um, als erwarte er eine Art Hinterhalt. Wie anders dieser Mann doch in seinen Videos wirkte, dachte Becker. Nichts war mehr geblieben von seiner Ausstrahlung und Schlagfertigkeit, die er auch auf der Bühne gehabt hatte. Vor ihm saß einfach nur ein linkisch wirkender, zutiefst verunsicherter Mann, der außer Angst gar nichts ausstrahlte.

»Hören Sie, Herr Oliver Schneider, mir wäre es lieber gewesen, wenn wir das am Telefon gemacht hätten, ja? Ein einfaches Telefonat. Ist ja nichts Außergewöhnliches mehr. Wir leben ja im einundzwanzigsten Jahrhundert, nicht wahr? Da geht das alles auch am Telefon.«

»Sicher, aber ich habe es doch ganz gerne, wenn die Menschen mir persönlich gegenübersitzen«, sagte Schneider geübt. »Dann kann ich sie besser einschätzen. Möchten Sie was trinken?«

Er winkte den runden Kellner heran, der auch schon vor zwei Wochen bediente, als er sich das erste Mal mit Becker hier getroffen hatte.

»Ich hoffe, Ihnen ist bewusst, dass ich einen Ruf zu verlieren habe, ja? In den Kreisen, in denen ich mich bewege, ist Aufrichtigkeit das wichtigste Gut, das wir haben. Und sich hier heimlich in einem merkwürdigen Café mit zwei Vertretern der Systempresse zu treffen, ja, nun, das würde meinen Zuschauern wahrscheinlich nicht gerade sonderlich aufrichtig erscheinen, nicht?«

»Wissen Sie, Herr Melamed, ich bin in einer ganz ähnlichen Situation wie Sie«, sagte Schneider und lächelte verschmitzt. Der Kobold konnte das Lächeln einschätzen, lachte einmal etwas übertrieben schräg auf und nickte dann.

»Ja, ja«, sagte er. »Ja, ja, Sie haben recht. Wissen Sie, vielleicht werde ich von unserem Treffen auch erzählen. Keine Sorge, ich werde Ihren Namen nicht nennen, nein, nein, keine Sorge. Es ist sowieso eine Ausnahme. Vielleicht sind Sie einer von den Guten. Ich könnte mir das vorstellen. Ihr Artikel, der war mutig, nicht wahr? So was liest man selten. Sie haben dem Monster für einen kurzen Moment die Maske von der Fratze gerissen, nicht wahr?«

»Dem Monster?«

»Er meint die Polizeibehörde«, fiel Becker ein, der den Wortschatz des Doktors mittlerweile ganz gut kannte.

»Wenn es Missstände gibt, werden sie aufgedeckt.«

»Richtig, richtig«, sagte der Kobold verhuscht. »Nur gibt es wenige Menschen in Ihrem Beruf, die das noch ähnlich sehen.« Er ließ eine kurze Pause. »Darum gibt es ja jetzt Menschen wie mich.«

Der runde Kellner kam an den Tisch und nahm die Bestellung auf. »Ich hätte gerne noch einen Milchkaffee«, sagte Schneider und schaute auf den Doktor.

»Und für mich einen Kamillentee«, ergänzte der.

»Also gut«, kam Schneider zur Sache. »Lassen Sie uns nicht lange herumreden. Ich mache kein Geheimnis draus, dass ich mit Ihrer sogenannten Arbeit, die Sie machen, wenig anfangen kann. Aber wir stehen in dieser Mordserie vielleicht auf derselben Seite ...«

Wieder und wieder schaute sich der Doktor vorsichtig um. Als würde er jeden Moment ein Spezialeinsatzkommando erwarten, das durch die Hintertür den Laden stürmte und ihn festnahm. »Ich glaube nicht«, ergänzte er schließlich, »dass wir auf derselben Seite stehen. Ich denke, wir ziehen aus den Dingen, die passieren, die um uns herum passieren, noch immer andere Schlüsse. Aber ich kann mich darauf einlassen, dass wir beide wohl nicht an die Mär des Vampir-Mörders glauben, nicht?«

»Richtig. Ich weiß aber aus sicheren Kreisen, dass die Behörden an dieser Überlegung noch immer festhalten. Auch wenn sie angeblich noch in andere Richtungen ermitteln, versuchen sie zugleich ihre Behauptung eines Vampir-Mörders zu stützen.«

»Ein Skandal ist das, ein riesiger Skandal. Ein Bauernopfer wird der Öffentlichkeit hier vorgeführt, dabei liegen die Ursachen viel tiefer.«

»Was meinen Sie?«

»Haben Sie schon einmal etwas von, nun, von Ritualmorden gehört? Ich will Sie nicht überfordern, aber Sie sollten sich dort einmal ein wenig einlesen, es geht um die Machterhaltung der Elite. Es geht um teuflische Gruppentreffen, es geht um den tiefen Staat, der unsere Einrichtungen befallen und untergraben hat ...«

Schneider schaute zu Becker, der nur mit den Schultern zuckte. Er kannte das ja bereits aus den ganzen Videos. »Melamed, ich will von Ihren Spinnereien nichts wissen, wirklich nicht«, brachte es Schneider knallhart auf den Tisch. »Glauben Sie doch, woran Sie glauben wollen, es ist mir offen gesprochen egal. Ich hingegen glaube an die Dinge, die sich auch beweisen lassen. Und darum wollte ich mit Ihnen sprechen.«

Der Kellner brachte noch einen Kaffee und stellte dem Doktor seinen Kamillentee auf den Tisch. Als er wieder verschwunden war, sprach Schneider weiter. »Belassen wir es doch bei den Dingen, bei denen wir uns einig sind. Dulac ist wahrscheinlich der falsche Täter. Und ich würde das auch gerne beweisen.«

»Das habe ich doch schon längst bewiesen«, freute sich der Kobold diebisch. »Sie müssen nur meine Videos schauen.«

»Ja«, sagte Schneider und fasste sich an die Nasenwurzel. »Das habe ich bereits. Für mich ist ein Beweis aber etwas anderes als Geraune. Ein Beweis ist mit einer Quelle unterlegt. Er ist mehr als nur eine Vermutung.«

»Wie naseweis«, kanzelte der Doktor ihn ab. »Ich bin Naturwissenschaftler. Promovierter Naturwissenschaftler. Ich habe eine akademisch wahrscheinlich höherwertige Ausbildung, als Sie je hatten. Denken Sie, ich weiß nicht, wie man Quellen auswertet?«

»Sie werden es wissen, Melamed«, mischte sich nun auch Becker in das Gespräch ein. »Aber Sie tun es nicht. Zumindest nicht in Ihren Videos. Sie verbergen und verschleiern Ihre vermeintlichen Quellen,

Sie legen nichts dar, Sie legen bloß das Offensichtlichste aus. Damit machen Sie sich unglaubwürdig.«

»Man kann nicht immer alles sagen, was man weiß ...«

»Aber man sollte das, was man nicht weiß, auch nicht mit wirren Gedanken überdecken.«

»Bei der Polizei spricht man von Verdachtsmomenten. Bei mir sprechen Sie von wirren Denkgebäuden. Nur weil meine Sichtweise auf die Welt nicht der Ihren entspricht.«

»Ihre Sichtweise der Welt entspricht einfach nicht der Wirklichkeit.«

»Also gut«, sagte der Kobold und stützte sich mit den Ellbogen auf den Tisch. Er wackelte, sodass etwas aus dem Glas auf das kleine Tischlein schwappte, das mit einer altmodischen Häkeldecke geschmückt war. »Haben Sie mich eingeladen, um mich zu beleidigen?«

Schneider spreizte seine Finger auseinander und senkte seine Hand ab. »Bleiben wir alle mal ganz ruhig«, sagte er. »Melamed, Sie sind intelligent genug, um selber zu wissen, dass die breite Mehrheit Sie für einen Spinner hält. Sie gelten nicht als glaubwürdig. Aber Sie haben in einem Ihrer Videos etwas gesagt, was ich Ihnen dennoch abkaufe.«

»... und das wäre?«

»Sie haben von Anfang an gesagt, dass Sie Dulac für unschuldig halten.«

»So ist es«, sagte der Kobold nicht ganz ohne Stolz in der Stimme. »Ich habe von Anfang an gewusst, dass uns hier ein falscher Täter verkauft wird.«

»Wie kamen Sie darauf?«

»Ich habe meine Quellen.«

»Das müssen verdammt gute Quellen sein, denn Sie wissen offenbar mehr über die Morde als die Presse.«

»Sie sehen, ich bin ein gut informierter Mann.«

»Sie haben Ihre Aussage in einem Ihrer Videos auch begründet, Melamed. Sie sagen, dass es medizinischer Kenntnisse bedürfe, die Leichen so zuzurichten, wie es der Täter getan hat.«

»Das habe ich gesagt, ja.«

»Woher wissen Sie, wie die Leichen zugerichtet wurden? Es gibt dazu keine öffentlichen Quellen.«

»Wie gesagt, ich habe meine Kontakte. Mehr kann und mehr werde ich Ihnen dazu nicht sagen.«

Schneider lehnte sich in seinem Stuhl zurück und musterte den kleinen Mann, der vor ihm saß. Was hatte er zu verbergen? Und wie bekam man ihn bloß geknackt? Melamed wirkte nervös. Immer wieder schaute er sich um, kratzte sich am Ohr oder nahm seine Brille ab, um sie zu putzen. Becker hatte den Eindruck, dass er hochgradig verstört war.

»Wir stehen auf derselben Seite«, versuchte es Schneider nun noch einmal in einem etwas zugewandteren und freundlicheren Ton. »Aber damit sich wirklich etwas ändert, müssen wir mehr Druck aufbauen.«

»Das tue ich doch bereits.«

»Reden wir Klartext«, sagte Schneider und beugte sich ein Stück vor. »Sie werden nicht ernst genommen. Ich schon. Teilen Sie Ihre Information mit mir und ich sorge dafür, dass genügend Druck auf die Behörden aufgebaut wird.«

»Um was zu erreichen?«

»Um zu erreichen, dass die Behörden ordentlich ermitteln.«

Melamed funkelte Schneider an und fing plötzlich an zu lachen. Es war ein hohes, fast kreischendes Geräusch, das er von sich gab. »Sie verstehen es nicht, oder? Die Behörden können ermitteln, so viel sie wollen. Sie werden den wahren Täter sowieso nicht fassen …«

»Und warum nicht?«, mischte sich Becker nun ein, der so langsam genervt war von der Diskussion, die sich im Kreis drehte. »Warum wird man ihn nicht finden?«

»Weil es keinen Täter gibt, verdammt noch mal! Weil das kein Mord war. Sondern eine Aktion unter falscher Flagge. Ausgeführt vom Staat. Seien Sie doch nicht so naiv!«

Becker wurde nun wirklich wütend. »So ein Unsinn, verdammt, Melamed, Sie sind ja wirklich völlig krank!«

»Nein, Sie sind blind!«

»Ruhe!«, sagte Schneider bestimmt und schlug mit der flachen Hand auf den Tisch. Die Gruppe älterer Damen, die am Nebentisch saßen, schreckte kurz auf, unterbrach ihr Gespräch und schaute zu den drei Männern herüber. »Wir kommen so nicht weiter. Es ist mir egal, was Sie glauben. Entweder teilen Sie Ihre Informationen mit mir, und ich werde sie prüfen und veröffentlichen. Oder Sie lassen es bleiben. Dann ist das eben so. Wir haben hier schon viel zu viel Zeit verschwendet. Also. Ihre Entscheidung.«

Der Kobold wurde noch nervöser, falls das noch möglich war, nahm seine Brille ab, setzte sie wieder auf und spielte mit seinen Händen an seinem Mantel.

»Also gut«, sagte er schließlich. »Also gut. Ich mache Ihnen ein Angebot.« Er ließ eine kurze Pause und betrachtete die beiden Männer mit seinem Blick. »Ich gebe Ihnen die Informationen, die ich zu diesem Fall habe. Aber im Gegenzug verlange ich, dass Sie in Ihrem Artikel darauf verweisen, woher Sie das Material haben. Nämlich von mir.«

Schneider atmete durch. Das war ein doppelbödiger Handel. Er könne ja wohl kaum einen Verschwörungsgläubigen in einem Artikel als Quelle angeben. Das würde man ihm niemals durchgehen lassen. Abgesehen davon, hatte er wenig Lust, Werbung für eine halbseidene Gestalt wie Melamed zu machen. Sein letzter Artikel hatte schon für jede Menge Unruhe gesorgt. Doch das wäre ein lauer Wind im Gegensatz zu dem, was nach einer solchen Nummer noch auf ihn zukommen würde, wusste Schneider. Auf der anderen Seite war er wirklich interessiert an dem Material, das ihm angeboten wurde.

Becker betrachtete seinen alten Schulfreund. Er sah, dass er im Zwiespalt war. Die Entscheidung würde er ihm nicht abnehmen können.

»Willst du darüber nachdenken?«, fragte er ihn. Schneider betrachtete sein Gegenüber. Melamed hatte die Augen weit aufgerissen, schien von seiner eigenen Forderung regelrecht berauscht zu sein. Er leckte sich mit seiner Zunge über die Lippen. Wie ein Reptil, dachte Becker.

»Geben Sie uns die Informationen«, sagte Schneider. »Wenn wir sie verwenden, dann sagen wir auch, wo wir sie herhaben.«

Die beiden Männer reichten sich die Hand. »Ich werde Ihnen bis heute Abend achtzehn Uhr eine E-Mail schreiben«, sagte Melamed und erhob sich umständlich aus seinem kleinen Holzstuhl. »Ich hoffe, Sie stehen zu Ihrem Wort.«

»Ich hoffe, Sie tun das auch«, sagte Schneider und beobachtete, wie der kleine Mann sich seinen Hut wieder aufsetzte, den Mantel zuknöpfte und sich dann aus dem Café verabschiedete. Becker und Schneider schauten sich an. »Vertraust du ihm?«, fragte Schneider.

»Nein«, sagte Becker. »Aber wir haben keine große Wahl mehr. Wenn wir diesen Fall noch irgendwie aufklären wollen, dann brauchen wir jede Unterstützung, die wir bekommen können. Selbst wenn sie von Leuten wie ihm kommt.«

8

Becker zog sich sein Feuerzeug aus der Tasche und öffnete die beiden Colaflaschen, die vor ihm auf dem Tisch standen. Eine reichte er an Schneider rüber.

»Schön hast du es hier«, sagte er. »Aber du hattest ja schon immer einen guten Geschmack.«

Schneider zuckte mit den Schultern und schaute sich einmal kurz in seiner Wohnung um. »Man könnte mehr draus machen, aber du weißt ja, wie es ist ... die Zeit.«

Becker nickte. Er wusste nur zu gut, was Schneider meinte. »Geht mir auch so«, sagte er und dachte an seine heruntergekommene Plattenbauwohnung, in der sich noch immer der Müll stapelte, den er schon wieder nicht hinuntergebracht hatte. Und an die Sache mit dem Strom. Becker vertrieb den Gedanken sofort wieder. Er würde sich ein anderes Mal darum kümmern, schwor er sich selbst. Wenn er den Kopf endlich wieder frei hätte.

»Und?«, fragte er Schneider, der auf seinen Laptop blickte, den er vor sich aufgeklappt hatte.

»Noch nichts«, schüttelte er den Kopf. Becker schaute sich in der Wohnung um. Erstaunlich, wie ordentlich ein Mensch leben konnte, dachte er. Alles hier war sauber verstaut, nichts stand offen herum. Selbst seine Schuhe hatte Schneider alle in einem dafür vorgesehenen Schuhschrank untergebracht.

»Meinst du, dass wir das Richtige tun?«, fragte er Becker plötzlich.

Becker nahm noch einen Schluck von seiner Cola. Dann nickte er. »Ja, das denke ich. Es geht hier um Menschenleben.«

»Das ist es, was wir uns die ganze Zeit über einreden. Aber geht es nicht auch noch um sehr viel mehr, Bastian? Ich meine, schau dir doch an, was da draußen auf den Straßen los ist. Da versammeln sich Tausende Menschen, weil sie den Glauben in unseren Rechtsstaat verlieren. Weil sie irgendwelchen verrückten Leuten hinterherrennen, die Verschwörungserzählungen verbreiten. Und was machen wir? Wir lassen uns auf diese Spinner auch noch ein. Wir gießen Öl ins Feuer.«

»Das Feuer haben aber nicht wir entfacht, Oliver. Und auch nicht die Leute, die da auf der Straße stehen. Dieses Feuer gibt es nur, weil alles, was da draußen passiert, irgendwie zu Politik wird.« Becker wurde lauter. »Wenn wir von Anfang an saubere Polizeiarbeit gemacht hätten, statt irgendwelchen Vorgaben von oben zu folgen, dann wäre es gar nicht erst so weit gekommen.«

»Ich bin ja auf deiner Seite, Bastian. Aber ich kann nicht so tun, als würde ich die andere Seite nicht auch verstehen. Natürlich haben Behörden einen gewissen Druck, Ergebnisse zu liefern, wenn ein Fall so breit in den Medien ausgetreten wird. Das ist doch klar!«

Becker schüttelte nur den Kopf. »Aber du siehst doch, wohin das geführt hat. Es ist nicht besser geworden. Im Gegenteil. Die Menschen vertrauen uns jetzt noch viel weniger. Ich hatte gedacht, dass wenigstens du das verstehen würdest, Oliver.«

Becker war sichtlich enttäuscht. Er hatte sich ja schon dran gewöhnt, dass er mit seinem Verhalten an Grenzen stößt. Aber er hatte gedacht, dass zumindest Schneider das genauso sah. Offenbar hatte er sich getäuscht.

»Ich wünschte, es wäre so leicht, wie du es gerne hättest.«

»Wie oft muss ich mir das anhören, Oliver. Die Dinge sind ganz einfach. Der Mensch hat nur eine Gabe dazu, sie viel schwieriger und umständlicher zu sehen, als sie eigentlich sind. Es gibt nur einen Anspruch, den wir an unsere Arbeit haben sollten, dann würde es all die Probleme gar nicht geben.«

»Und was ist dieser Anspruch?«

»Der Anspruch, dass wir alles, was wir machen, nur einem einzigen Wert unterordnen: der gottverdammten Wahrheit!«

Schneider lächelte. »Daran sollst du gerne weiter glauben, Bastian«, sagte er und schaute auf seinen Laptop. »Schau ...«

Becker schaute auf den hell leuchtenden Bildschirm und die Nachricht, die dort gerade erschienen war. Sie kam von dem Kobold. Ihr war ein Video angehängt. »Na mach schon«, drängte Becker. »Öffne es.«

Schneider klickte zwei Mal auf die Datei und sah ein verwackeltes Bild.

Offenbar wurde das Video mit einem Handy aufgezeichnet. Es war dunkel. Becker legte den Kopf schräg und versuchte etwas zu erkennen. Erst langsam wurde es heller. Man sah ein paar Röhren und Leitungen. Jemand führte mit dem Handy über ein Gelände, das offensichtlich in einem alten Industriegebiet lag. Der Kameramann filmte alte und verfallene Fassaden, Fenster, die keine Scheiben mehr hatten. An die Wände waren Graffitis geschmiert. Nur ein paar Laternen, die auf dem Boden aufgestellt waren, erleuchteten das Gebäude. Das Video hatte keinen Ton. Es hatte etwas Gespenstisches. Man sah, wie die Person auf dem Video durch ein paar kleinere Gänge hindurchging, bis sie in einer Art großer Lagerhalle angekommen war. In der Mitte des Raums war ein großer Tisch, der von vier kleinen Standflutlichtern umgeben war. Als sich die Kamera dem Tisch mehr und mehr näherte, sah man, dass dort eine Frau lag. Becker erkannte sie sofort. Das war Christina. Das zweite Opfer, das man gefunden hatte. Er erkannte allerdings nicht, ob sie schon tot war oder noch lebte. Der Kameramann blieb vor ihr stehen. Dann filmte er ihren Körper ganz langsam ab. Von ihren Zehen zu ihrem Gesicht.

»O mein Gott«, sagte Schneider leise. »Ist sie ...?«

Becker kniff die Augen zusammen und starrte auf den Bildschirm. Versuchte alle Besonderheiten zu erkennen. Dann zeigte die Kamera auf die Einstiche im Hals. Jemand hatte dem Mädchen Kanülen eingeführt, aus denen das Blut in einen riesigen Behälter abfloss, der in einer Extravorrichtung neben dem Tisch stand. Schneider drehte sich weg und fing an zu würgen. »Scheiße ...«, rief er, stand schließlich auf und lief ins Badezimmer. Becker nahm den Laptop auf seinen Schoß und beobachtete die Szene weiter. Der Kameramann schien mit einer großen Gewissheit alle Schnittwunden genau abzufilmen, die dem Opfer zugefügt wurden. Becker war sich sicher, dass der Mann, der das Ganze filmte, der Mörder war. Er spürte, wie sich sein Herzschlag beschleunigte, wie die Aufregung durch seinen Körper schoss. So nah wie jetzt war er dem Täter noch nie gekommen. Becker spürte, wie seine Hände feucht wurden. »Oliver«, rief er. »Das ist unser Täter!«

Er bekam keine Antwort. Schneiders Körper war noch zu sehr damit beschäftigt, das zu verarbeiten, was er gerade gesehen hatte.

»Ich bin mir ganz sicher«, rief ihm Becker zu. »Dieses Video … der Typ zeigt uns sein Opfer. Er führt uns seine Tat vor. Er ist stolz darauf. Die Leiche ist für ihn wirklich ein Ausstellungsstück.«

Zum Schluss wurde noch einmal der riesige Blutbeutel gefilmt, dann endete das Video.

Sofort ging Becker in seinem Kopf alle Dinge durch, die es als Nächstes zu erledigen gab. Herausfinden, wo das Video gedreht wurde. Eine genaue Untersuchung von jeder einzelnen Szene machen. Gab es irgendwo Spiegelungen, die den Täter verrieten? Doch davor hatte er noch eine ganz andere Frage: Woher hatte der Kobold dieses Video? Becker schaute sich die Nachricht an, die Melamed geschickt hatte. Dieses Video, schrieb er, sei der Beweis, dass es eine staatliche Aktion unter falscher Flagge gegeben hätte. Er wäre durch eine »Quelle« auf dieses Video aufmerksam geworden. Es wurde auf einer Internetseite hochgeladen, die berühmt für besonders gewalttätige und blutrünstige Filmchen wäre. Dort würden Nutzer Fotos und Videos von Unfällen, zufällig gefilmten Selbstmorden oder Hinrichtungen miteinander teilen und sie kommentieren. Becker wusste, dass es zahlreiche solche Seiten im Internet gab. Er erinnerte sich an Ermittlungen in solchen Umgebungen.

»Das Video wurde am 29. Oktober um 6:37 Uhr von einem Nutzer hochgeladen, der sich Dulac nennt«, schrieb Melamed weiter in seiner Mail. »Nur eine halbe Stunde später wurde das Video von demselben

Nutzer wieder entfernt. Ich konnte glücklicherweise eine Sicherungskopie herstellen. Da die Herren ja kluge Journalisten sind, können sie sich den Rest ja nun selbst zusammenreimen.«

Der 29. Oktober. Becker wusste sofort, was es mit diesem Datum auf sich hatte. Das war der Donnerstag, an dem die Razzia bei Dulac war. Er nahm sich sein Handy und ging die Nachrichten und E-Mails durch, die er gespeichert hatte, um noch einmal alles aufzuschlüsseln.

Schneider kam ziemlich bleich aus seinem Badezimmer. »Ist es ... vorbei?«

»Ja. Ja, es ist vorbei. Du hast nichts Besonderes verpasst«, sagte Becker, noch immer recht nervös und in Gedanken. »Außer den Blutsack, der sah dann doch schon ganz aufsehenerregend aus.«

»Ein ...« Schneider verzog das Gesicht zu einer Grimasse und winkte ab. »Schon okay, erspar mir die Einzelheiten.«

»Hast du etwas zu schreiben für mich?«, fragte Becker, nahm den Zettel und den Stift, den Schneider ihm reichte, und machte sich Notizen.

»29. Oktober«, schrieb er auf das Blatt und unterstrich das Datum. Darunter machte er eine Art Zeitplan:

5:30 Uhr: Razzia bei Dulac. Verhaftung.
6:37 Uhr: Nutzer »Dulac« lädt Video von seiner Tat auf einer halbseidenen Seite hoch.
7:07 Uhr: Nutzer »Dulac« löscht das Video wieder.
Gegen 12 Uhr: Pressemitteilung an alle Medienvertreter.
14:15 Uhr: Pressekonferenz mit Heuzeroth, Brinkmeier und Peterson.

Becker legte das Papier auf den kleinen Wohnzimmertisch und biss sich auf die Lippe. »Melamed hat in einem Punkt nicht ganz unrecht«, sagte er. »Etwas kann hier nicht stimmen. Es ist unmöglich, dass Dulac selber dieses Video hochgeladen hat. Er saß zu diesem Zeitpunkt schon in Polizeigewahrsam.«

»Das hat nichts zu bedeuten«, warf Schneider ein, der noch immer keine Farbe im Gesicht hatte. »Er kann das Video entweder getaktet oder den Upload bereits vor seiner Verhaftung veranlasst haben. Vielleicht hat sich das überschnitten?«

»Nein«, sagte Becker. »Das glaube ich nicht. Denn sonst hätte er das Video nicht eine halbe Stunde später wieder gelöscht.«

»Das macht doch alles keinen Sinn ...«

»Es gibt nur zwei Möglichkeiten«, sagte Becker und streckte seinen Rücken gerade durch. Er war jetzt hellwach und ganz in seinem Element. »Erstens, Dulac hat einen Helfer gehabt.«

»Und zweitens?«

Becker blickte in die Ferne. Dann drehte er seinen Kopf ganz langsam zu Oliver und betrachtete ihn. Es war, als müsste er seine eigenen Gedanken irgendwie greifbar bekommen. »Zweitens, irgendjemand hat bewusst versucht, den Verdacht auf Dulac zu lenken.«

»Nein«, sagte Oliver. »Das macht doch keinen Sinn. Warum hat er das Video dann wieder runtergenommen?«

»Weil er sich durch das Hochladen verraten hätte. Denk doch mal nach. Wir haben da jemanden, der den Verdacht auf Dulac lenken will. Er lädt unter seinem Namen eine Art Bekennervideo hoch. Doch er tut das zu einem Zeitpunkt, wo Dulac schon verhaftet wurde. Er erkennt seinen Fehler und löscht das Video wieder.« Becker hielt kurz inne. »Das ist es, was Melamed meint. Darum spricht er von einer Aktion unter falscher Flagge. Irgendwer hat das Video hochgeladen, um die Aufmerksamkeit auf jemand anderen zu lenken.«

»Okay, okay, Bastian, langsam. Noch einmal ganz von vorn.« Schneider nahm das Blatt Papier, das zwischen ihnen auf dem Wohnzimmertisch lag, und schaute es sich an. »Um 14:15 Uhr gab es eine Pressekonferenz?«

»Genau ...«

»Und zu diesem Zeitpunkt wurde Dulac als Täter erstmals der Öffentlichkeit vorgestellt, richtig?«

»Richtig.«

»Aber wie kann es dann sein, dass jemand schon vorher versucht hat, ihn als Täter zu präsentieren? Das kann dann ja nur jemand gewesen sein …«

Die beiden Männer schauten sich an. »Scheiße«, fluchte Becker. »Es muss jemand von uns sein. Jemand, der über unsere Ermittlungen Bescheid wusste.«

»Wie viele Menschen sind das?«

Becker schüttelte den Kopf. »Ich … weiß es nicht. Das Ministerium war immerhin eingeweiht, und es wurde eine Razzia geplant, das heißt … am Ende könnten es dann doch zu viele Menschen gewusst haben.«

»Was machen wir denn jetzt?«, fragte Schneider.

Becker zuckte nur mit den Schultern. »Wir müssen den Kreis der Verdächtigen weiter eingrenzen.«

Er zog sein Handy aus der Tasche und wählte die Nummer von Janina.

»Bastian?«

»Wir müssen uns sehen …«

»Was ist los?«

»Das sage ich dir persönlich … wann können wir uns treffen?«

»Bist du nicht in Berlin?«

»Nein«, sagte Becker. »Ich bin … wieder hier. Lass uns in einer halben Stunde sagen. Im Park gegenüber von der Polizeistation.«

9

So hatte Becker den alten Professor noch nie gesehen. Frenzel wirkte nervös. Fahrig. Unruhig drehte er seine Runden in der großen Leichenhalle. »Ich kann mir das alles nicht vorstellen«, sagte er. »Das ist doch nicht möglich ...«

Janina lehnte sich an die Wand und betrachtete den runden Mann mit dem bunten Hawaiihemd und dem grauen Vollbart. Versuchte ihn einzuschätzen. Konnte man ihm vertrauen? Konnte man überhaupt noch irgendjemandem vertrauen? Nach allem, was hier vorgefallen war? Sie blieb da skeptisch. Dann schaute sie zu Becker rüber. Wenn es irgendwen gibt, mit dem wir reden können, hatte er ihr gesagt, dann wäre das Frenzel. Er würde die Hand für ihn ins Feuer legen. Er kannte den Frenzel schon viele Jahre.

»Professor«, begann Becker auf seinen alten Mentor einzureden. »Ich weiß, dass das wirklich ziemlich verrückt klingt. Aber ich habe keine andere Erklärung mehr. Ich brauche Ihre Hilfe.«

»Ich mache diesen Job schon einige Jahre, Becker«, brabbelte der Alte vor sich hin und drehte seine Kreise. »Einige Jahre. Wirklich einige Jahre. Aber dass wir auf einmal anfangen müssen, in unseren eigenen Reihen zu ermitteln, das ist mir neu.«

»Ich sage ja nur, dass wir offen sein müssen, Professor. Wir dürfen nichts ausschließen.«

Der Professor blieb vor einem der leeren Untersuchungstische stehen und schaute Becker und seine Partnerin lange an. Ihre Gesichter wirkten fahl im Neondeckenlicht. »Aber«, sagte er leise. »Aber Becker ... wir sind doch die Guten.«

Janina sah, wie Becker die Mundwinkel verzog. Es war eine beinahe rührende Szene, dachte sie. Jetzt verstand sie auch, warum ihr

Partner so große Stücke auf den Professor hielt. Die beiden Männer waren vom selben Schlag. Zwei unbeirrbare Weltverbesserer. Ein Wunder, dass sie in den Haifischbecken so lange durchgehalten haben.

Janina zog eine Akte aus ihrer Handtasche, die sie über ihrer Schulter hängen hatte, und legte sie auf den Tisch. »Bitte schauen Sie sich das an, Professor Frenzel. Vielleicht können Sie damit mehr anfangen als wir?«

Frenzel öffnete sie. Es war die Akte des Ostfriesland-Falls. Ergänzt um ein paar handschriftliche Notizen, die Becker von seinem Freund Jonas Lanweg eingeholt hatte. Lanweg hatte eine Art Gedächtnisprotokoll heruntergeschrieben und alles, woran er sich noch erinnerte, zusammengetragen. Der Professor blätterte die Papiere durch, schaute sich die Fotos an, las die handschriftlichen Notizen.

»Das gibt es ja nicht«, sagte er. »… dieselben Risse.«

»Wie bitte?«, fragte Janina nach.

»Die Hautrisse, die der Kollege beschreibt, rühren daher, dass bei dem Aufschneiden des Körpers eine ganz besondere Klinge verwendet wurde. Eine Obsidianklinge. Diese sind ganz besonders sauber und scharf – bis auf die winzigen Abbruchstellen.«

»Ja«, sagte Becker. »Das war auch unser Verdacht.«

»Ich habe bei unseren Leichen noch mal eine genaue Untersuchung gemacht, wie Sie es von mir wollten, Becker.«

»Und?«

»Ich glaube, wir haben hier eine Übereinstimmung. Ich finde, wir sollten Richter noch mit einbeziehen.«

»Richter?«

»Ja, meinen Assistenten. Erinnern Sie sich nicht? Er war bei den ersten Besprechungen immer mit dabei. Ein unglaublich fähiger Mann.«

»Ja«, sagte Janina, »ich erinnere mich, er hatte diesen Bürstenschnitt, nicht wahr?«

»Genau, genau«, sagte der Professor und kam gleich ins Schwärmen. »Unter uns, es ist eine Schande, dass er mein Assistent ist. Der Junge könnte mein Chef sein. Er ist wirklich ein kluger Kopf. Der klügste, den ich hier jemals beschäftigt habe. Und er arbeitet ungeheuer genau.«

»Man hört Sie nicht sehr oft so schwärmen, Professor«, lächelte Becker.

»Das letzte Mal, Becker, da habe ich von Ihnen geschwärmt, als Sie Ihr Praktikum bei mir gemacht haben.« Er schaute zu Janina rüber. »Aus dem Jungen wäre ein astreiner Fachmann geworden, das sage ich Ihnen. Aber zurück zu Richter. Wir sollten ihn mit einbeziehen. Er ist ein echter Klingen-Liebhaber und kennt sich mit Skalpellen und Messern besser aus als jeder Mensch, den ich kenne. Und außerdem ...« Der Professor hielt für einen kurzen Moment inne. »Dürfte er auch an diesem Fall hier Interesse haben.« Er tippte mit seinem Zeigefinger zwei Mal auf die Ostfriesland-Akte.

»Warum?«, fragte Becker.

»Weil er damals in Norddeutschland gelebt und gerade seine Ausbildung gemacht hatte, wenn ich mich richtig erinnere. Ich glaube, in irgendeinem Kaff. Gar nicht mal so weit vom Tatort entfernt. Er hatte mir oft von dem Fall erzählt und mir immer wieder sein Bedauern ausgedrückt, dass er die Leichen damals nicht selber untersuchen konnte.«

Becker und Janina schauten sich an.

»Ja, ja«, sagte der Professor. »Der Fall hat meinen jungen Kollegen wohl ziemlich stark geprägt. So wie wir doch alle von irgendwelchen Fällen geprägt werden, ist es nicht so?«

»Professor ...«, sagte Becker nun etwas leiser und wirkte dabei beinahe nachdenklich. »Erzählen Sie uns doch ein wenig mehr von diesem Daniel Richter ...«

10

Ein Sturm war aufgezogen. Alina Brinkmeier beschleunigte ihren Gang und zog sich ihren Mantel noch ein Stück fester zu. Mit jedem einzelnen Schritt musste sie sich wieder und wieder gegen die heftigen Windstöße auflehnen. Sie hatte das Gefühl, als würde der Wind ihr den Boden unter den Füßen wegziehen. »Elendiges Mistwetter«, fluchte sie, während der Regen ihre Kleidung komplett durchnässte. Dabei hatte sie sich schon extra ihre wasserbeständigsten Stiefel angezogen. Vergeblich. Sie war vollständig durchnässt.

Alina lehnte sich eng an das alte Backsteingemäuer der großen, leer stehenden Fabrikhalle, um zumindest ein bisschen vor dem Regen geschützt zu sein, und biss die Zähne zusammen. Sie hatte es nicht mehr weit. Nur noch hundert Meter und sie wäre endlich wieder zu Hause. An ihr rauschten die Autos vorbei. Das war ungewöhnlich. Eigentlich war um diese Zeit in diesem Viertel der Stadt kaum noch etwas los. Aber bei einem Wetter wie diesem wollte wahrscheinlich kein normaler Mensch mehr zu Fuß unterwegs sein.

Alina lehnte sich noch einmal gegen den Wind auf. Es war spät geworden. Am Himmel stand schon der riesengroß wirkende Vollmond. Eigentlich hätte sie schon längst zu Hause sein wollen. Aber sie hatte mal wieder Überstunden geschoben. Wie so oft. Was blieb ihr auch anderes übrig? Seit Tagen kam sie nicht weiter. Es schien ihr, als würde sie laufend auf der Stelle treten. Sie verfluchte Becker dafür, dass er ihren Fall so dermaßen durcheinandergebracht hatte. Wegen ihm sah sie ihre Karrierepläne schon in weite Ferne rücken. Heuzeroth hatte sich auch nicht mehr gemeldet. Und das würde er auch nicht mehr, wenn sie nicht langsam Ergebnisse lieferte. Dieser Mistkerl, dachte Alina. Es hätte doch alles so einfach sein können. Sie hatte einen Tatverdächtigen ohne Alibi. Man hätte die Akte schließen müssen. Stattdessen wurde weiter ermittelt. Warum? Es gab keine Toten mehr. Die Menschen fühlten sich sicher. Und der durchgeknallte Kerl, den sie eingebuchtet hatte, leugnete ja nicht einmal die Tat. Er oder sie schien sich in ihrer Rolle zu gefallen, dachte Alina. Sie hatte mehrere Stunden mit Dulac verbracht. Was für eine merkwürdige Figur. Selbstverliebt. Ganz beseelt von dem Gedanken, etwas Besonderes zu sein. Aber das war Dulac nicht. Würde er nicht wie ein Freak aussehen, dachte Alina, dann würde er oder sie niemandem auffallen. Dulac war nicht besonders schlau, er war nicht besonders gerissen und er war nicht besonders geschäftstüchtig. Vielleicht war dieses kleine bisschen Aufmerksamkeit, das nun auf ihm lag, wirklich so eine Art Erfüllung für ihn. Aber mal ehrlich, fragte sich Alina selbst, würde man dafür in den Knast gehen? Für eine Tat, die man selber nicht begangen hat? Nur damit man nach außen hin gefährlich wirkte? Es war ein Satz, den Dulac gesagt hatte und der Brinkmeier tatsächlich etwas nachdenklich machte: »Es geht nur darum, der Nachwelt etwas zu hinterlassen.«

Aber es gab nichts, was Dulac hinterlassen konnte. Er war eine Figur der Nacht, die über seine Szene hinaus völlig unbekannt war. Sollte das seine Hinterlassenschaft sein? Oder war er bereit, ein Erbe anzutreten, das er sich selber gar nicht aufgebaut hatte? Nein, Alina wurde nicht schlau aus diesem Mann. Das musste sie sich eingestehen. Sie hielt kurz inne und wartete, bis das nächste Auto an ihr vorbeigefahren war, dann nahm sie ihre Aktentasche hoch und hielt sie sich über den Kopf. Sie schaute sich einmal um und überquerte dann die große Hauptstraße. Als sie auf ihren Hauseingang zurannte, sah sie die Umrisse eines Mannes, der dort wartete. Sie konnte nicht erkennen, wer das war. Brinkmeier kniff die Augen zusammen. Unter dem orangenen Licht der Straßenlaterne und dem strömenden Regen verblasste alles. Nur ein Umriss war zu erkennen. Wer war der Kerl? Wollte er zu ihr? Brinkmeier verlangsamte ihren Schritt, nahm die Aktentasche herunter und griff mit ihrer linken Hand in ihre Manteltasche, um zu erfühlen, ob sie ihr Pfefferspray dabeihatte, mit dem sie sich wehren könnte, wenn es Ärger gab. Aber da war nichts. Nur ein Feuerzeug. Als sie den Hauseingang erreicht hatte, trat die Gestalt einen Schritt nach vorn, sodass das Eingangslicht ihr Gesicht beleuchtete. Für einen kurzen Moment erschrak Brinkmeier.

»Was wollen Sie denn hier, verdammte Scheiße!«, fluchte sie und war sogar ganz froh, dass sie kein Pfefferspray zur Hand hatte. Vielleicht hätte sie sich hinreißen lassen und ...

»Ich will mit Ihnen reden, Alina.«

Vor ihr stand Bastian Becker, klitschnass und völlig übernächtigt. Er sah noch fertiger aus als sonst, dachte Brinkmeier und blieb mit ihrem Blick kurz bei den tiefschwarzen Augenringen des Privatermittlers hängen. Sie stockte. »Sie sind der letzte Mensch auf dem Planeten, mit dem ich irgendwas zu besprechen hätte, Sie Kollegenschwein!«

So standen sich die beiden für ein paar Sekunden auf dem Gehweg vor Brinkmeiers Hauseingang gegenüber und betrachteten sich, während der Regen sie weiter durchnässte.

»Also gut«, fluchte Alina. »Gottverdammt!« Sie schloss die Tür auf und gab Becker zu verstehen, dass er ihr folgen sollte. Becker sah sich in dem heruntergekommenen Hausflur um. Die Fliesen waren größtenteils gesprungen, der Putz an den Wänden abgebröckelt. Im Eingangsbereich stand ein alter Kinderwagen, der bereits Staub angesetzt hatte. Ihm fehlte ein Rad, und die Schiebevorrichtung war abgebrochen. Im Inneren des Wagens lagen Mülltüten und Spritzen. Becker zog die Augenbrauen hoch. So hatte er sich die Behausung von Brinkmeier ganz bestimmt nicht vorgestellt. »Beachten Sie das nicht weiter«, sagte Alina. »Im Winter verirren sich hier oftmals Menschen in den Hausflur.«

Becker schaute seine Kollegin an. So wie er Brinkmeier einschätzte, war sie die Erste, die diese Menschen vertreiben würde. Scheinbar konnte Alina die Gedanken ihres älteren Kollegen erahnen und erklärte sich gleich selbst dazu. »Das sind arme Teufel, Becker. Solange sie niemandem was tun, sollen sie doch meinetwegen hier vor der Kälte Zuflucht finden.«

Becker nickte und folgte Brinkmeier die Treppen hoch bis in das vierte Stockwerk, wo sie die Wohnungstür aufschloss und Licht machte. »Kommen Sie rein«, sagte Brinkmeier und schmiss die Schlüssel in eine kleine Schale. Die Wohnung war winzig, dachte Becker, aber Alina hatte aus dem Loch hier wirklich etwas gemacht. Alles war ordentlich, beinahe schon perfekt eingerichtet und verstaut, dachte Becker. Sogar das Bett war gemacht.

»Hier«, sagte Alina und reichte ihm ein großes Handtuch, mit dem Becker sich einmal abtrocknete. Dann ging Alina zum Kühlschrank, zog zwei Flaschen Bier heraus und reichte ihm eine. »Und jetzt raus mit der Sprache. Was zum Teufel verschlägt Sie hierher. Was haben Sie mit mir zu besprechen?«

»Es geht um den Fall, Brinkmeier. Dulac ist nicht der Täter.«

Alina trank einen großen Schluck von dem Bier, setzte die Flasche ab und stellte sie betont langsam auf dem Tisch ab. »Das war's? Darum sind Sie gekommen? Um das alles noch einmal zu wiederholen? Hat man Ihnen eigentlich das Gehirn verrührt?«

»Ich weiß, wer der Täter ist«, sagte Becker kühl und blickte seiner Kollegin fest in die Augen. Brinkmeier hielt dem Blick stand. Auch wenn die Ansage sie nun wirklich überraschte. Aber sie nahm sich vor, sich nicht aus der Ruhe bringen zu lassen. »Wenn ich mich richtig erinnere«, sagte Alina, »hat man Sie doch von dem Fall abgezogen?«

»Darum brauche ich auch Ihre Hilfe.«

Alina wusste nicht, wie sie reagieren sollte. Sie spürte, wie Wut in ihr aufstieg. Sie empfand Verachtung für Becker. Auf der anderen Seite hinterließ Becker auch Eindruck bei ihr. Dass er einfach nicht loslassen konnte. Dass er einfach nicht aufgab, obwohl es für ihn hier doch nichts mehr zu gewinnen gab. Was trieb diesen Mann nur an?

»Also gut«, sagte Alina. »Erzählen Sie einfach.«

Während Becker ansetzte, ging sie in ihr Schlafzimmer und zog sich ihre klitschnassen Klamotten vom Körper, die sie mit einem gezielten Wurf in den Wäschekorb beförderte. Sie zog sich einen frischen Stapel Kleidung aus dem Wandschrank und zog sie sich über.

»Sie kennen ja bereits unsere Serienmörder-Theorie«, erzählte Becker. »Wir konnten sie bestätigen. Bei allen drei Fällen wurden die Leichen mit einer ganz besonderen Klinge aufgeschnitten. Einer Obsidianklinge. Auf den ersten Blick nicht erkennbar. Aber unter dem Mikroskop kann man sehen, dass die Hautfasern anders durchtrennt werden. Im ersten Fall wurde sogar ein winziges Klingenstück gefunden.« Becker schielte in das Schlafzimmer und sah die Brandnarben auf Alinas Körper. Sofort schaute er wieder weg und sprach weiter. »Es handelt sich um keine gewöhnliche Klinge. Ein Zufall kann das nicht sein. Darüber hinaus habe ich ein Video entdeckt.«

»Ein Video?«

»Es ist eine Art Bekennervideo.«

Alina kam wieder ins Wohnzimmer und baute sich vor Becker auf. »Wieso weiß ich nichts von diesem Video? Wieso wurde mir das verheimlicht?«

»Ich habe nichts verheimlicht«, sagte Becker und zog einen USB-Stick aus seiner Jeans, den er Alina hinhielt. »Ich habe es selbst erst vor Kurzem zugespielt bekommen.«

Alina blieb vor Becker stehen und blickte ihm herausfordernd in die Augen. Sie biss sich auf die Zähne. »Becker«, presste sie hervor. »Ich verspreche Ihnen, wenn irgendwie herauskommt, dass Sie die Ermittlungen behindert haben, dass Sie Ihr eigenes Süppchen gekocht haben, dann …«

»Ich habe die Ermittlungen nicht behindert, sondern den Täter gefunden«, sagte Becker unbeeindruckt. »Aber ich brauche Sie, um ihn dingfest zu machen.«

»Reden Sie weiter«, zischte Alina.

»Das Video wurde auf einer schmierigen Plattform hochgeladen. Von jemandem, der sich als Dulac ausgegeben hat.«

»Ach? Und woher wissen Sie, dass es nicht der echte Dulac war?«

»Es wurde wenige Stunden hochgeladen, nachdem Dulac bereits verhaftet war. Als der Täter seinen Irrtum bemerkt hatte, da hat er es wieder von der Seite heruntergenommen.«
»Und was schließen Sie daraus?«
»Dass der wahre Täter jemand sein muss, der wusste, dass Dulac verdächtigt wird. Dass der wahre Täter von sich ablenken wollte. Und dass der wahre Täter Informationen von unseren Ermittlungen haben musste.«
»Ich kenne nur einen von uns, der vertrauliche Informationen an die Presse durchgegeben hat.«
»Hören Sie doch auf, Brinkmeier. Das haben Sie auch gemacht. Woher hatte denn das große Boulevardblatt pünktlich zur Pressekonferenz bereits die Bilder von der Razzia?«
»Wollen Sie damit sagen, dass ich …«
»Nein. Will ich nicht. Der Täter ist jemand mit medizinischen Kenntnissen. Und da gibt es nur zwei Männer, die infrage kommen. Es gibt nur zwei Männer, die in unserem Kreis Zugang zu den wichtigsten Informationen hatten.«
»Der Professor …«, schlussfolgerte Alina und legte ihren Kopf in den Nacken.
»Und Daniel Richter.«
Alina ließ sich in ihren Stuhl fallen. »Richter? Unvorstellbar!«, sagte sie. »Ich kenne ihn. Er ist …«
»… kein Mörder?«
Alina schaute Becker an. Sie wusste, wie hohl dieser Satz klang. Natürlich. Das war es, was alle Freunde und Angehörigen über die Mörder sagten, die man überführte. Der? Dem hätte ich das nun wirklich niemals zugetraut. Er war doch immer so nett. Alina wusste es besser. Sie wusste, dass man einem Mörder nicht ansah, dass er ein Mörder ist. Sie griff nach ihrer Bierflasche. »Das sind harte Vorwürfe, Becker. Haben Sie Beweise?« Becker nickte und fing an weiter zu erzählen, während Alina das Bier mit großen Schlücken hinunterstürzte.

Als sie sich alles angehört hatte, nickte sie. »Was soll ich dazu sagen?«, fragte sie und blickte leer in den Raum hinein. Draußen prasselte der Regen gegen das Fenster.

»Ich weiß, dass Sie einen guten Draht zu Richter haben«, sagte Becker. »Uns fehlt noch das letzte Puzzleteil. Der letzte Beweis, um ihn zu überführen. Und dafür brauche ich Ihre Hilfe.«

Alina schaute zu ihrem Kollegen auf.

»Hören Sie, Brinkmeier. Ich weiß, dass wir beide uns nicht unbedingt auf dem besten Fuß begegnet sind. Aber mir geht es nicht darum, dass ich Ihnen schaden will. Ich will einfach nur diesen Fall lösen. Ich will einfach nur die Wahrheit ans Tageslicht bringen. Und dafür brauche ich Sie. Das kann ich nicht allein.«

Alina nickte. Dann legte sie Becker die Hand auf die Schulter. »Ab jetzt«, sagte sie, »ziehen wir zusammen an einem Strick! Wie ist Ihr Plan?«

11

»Bereit?«

»Bereit!«

Alina nickte Janina zu, dann stiegen die beiden aus dem kleinen blauen Lupo, spannten ihre Regenschirme auf und gingen zu dem kleinen Reihenhaus, das ganz am hintersten Ende der langen Einbahnstraße lag.

»Schön hier«, bemerkte Janina.

»Vorstadt. Ich finde es sterbenslangweilig.«

»Stimmt, Bastian hat mir erzählt, dass es in Ihrer Gegend sehr viel ereignisreicher zugeht.«

Alina schnaubte verächtlich aus.

»Okay, Test, Test«, hörte sie die Stimme von Becker nun im Ohr. »Könnt ihr mich hören.«

»Laut und deutlich«, sagte Janina.

»Becker, Sie Tratschtante. Ich bereue es schon jetzt, dass ich Sie in meine Wohnung gelassen habe.«

»Wieso?«, fragte der über Funk nach. »Ich habe Janina nur erzählt, wie gemütlich Sie es haben.«

Der Regen hatte mittlerweile deutlich nachgelassen, es nieselte nur noch ein wenig, und ab und an erschien die Sonne mal wieder hinter den grauen Wolken. Die beiden näherten sich dem Haus. Am Gartenzaun hielten sie inne. »Und wenn er Verdacht schöpft?«, fragte Alina noch einmal unsicher. »Wäre es nicht klüger, wenn wir einfach eine Durchsuchung veranlassen? Ich meine, ganz ehrlich, wir haben doch mehr als genug Verdachtsmomente, um einen solchen Einsatz zu rechtfertigen.«

»Haben wir«, sagte Janina. »Aber Sie wissen auch, was die Folgen wären. Eine Razzia würde für weitere Presseberichte sorgen. Das lässt sich nicht verheimlichen. Und was, wenn nichts gefunden wird? Dann herrschen noch mehr Chaos und Verwirrung.«

»Außerdem«, sagte Becker über Funk, »wissen wir nicht, ob Richter wirklich allein arbeitet. Wenn er einen Informanten bei der Polizei hat, dann würde er vielleicht erst recht alle Beweise vernichten. Es ist der einzige Weg, es so zu machen, wie wir es planen.«

Alina nickte.

»Hey«, sagte Janina. »Die Idee, Sie einzubinden, kam von Bastian. Es ist ein sehr, sehr großer Schritt für ihn, dass er auch etwas ... gemeinschaftssinniger denkt. Machen Sie uns das jetzt ja nicht kaputt.«

Alina lachte auf. »Ja, sehr gemeinschaftssinnig. Einfach eine nicht erlaubte Begehung durchzuziehen.«

»Für ihn ist es ein großer Schritt.«

»Meinetwegen«, lachte Alina und drückte auf den Klingelknopf.

»Ja?«, brummte es aus der Gegensprechanlage.

»Daniel, ich bin es. Alina. Kann ich reinkommen?«

»Wer ist bei dir?«, dröhnte es zurück.

Alina war ein wenig erstaunt darüber, dass Richter sie so unwirsch begrüßte. So kannte sie ihn gar nicht. »Janina. Du erinnerst dich? Ermittlungen im Dulac-Fall.«

Schweigen. Alina sah, wie Richter hinter einem Vorhang nach draußen schaute und die beiden in den Blick nahm. Dann verschwand er wieder im Inneren des Hauses. »Was wollt ihr denn?«, fragte er noch einmal recht ungehalten.

»Ich habe hier ein Beweisstück, das ich dir gerne zeigen möchte. Entschuldige bitte, wir hätten anrufen sollen. Aber wir waren gerade in der Gegend, und ich dachte, wenn wir eh schon um die Ecke sind, aber, hey, vergiss es einfach. Wir kommen wahrscheinlich ungelegen. Kein Ding. Wir sprechen morgen. Entschuldige die Störung.«

»Warte ...«, sagte Richter. »Es ist okay. Kommt rein.«

Dann summte es, und das Türschloss sprang auf. Janina und Alina liefen durch den Garten zu dem Haupthaus, wo Richter sie schon erwartete.

»Daniel«, begann Alina. »Wenn wir ungelegen kommen, wirklich, dann ...«

»Nein, nein«, sagte Richter und fing sich wieder. »Es tut mir leid, dass ich ... unwirsch war.« Er rückte sich seine Brille zurecht, fuhr sich mit der Hand durch den akkurat getrimmten Bürstenschnitt und setzte ein Lächeln auf. »Ich habe einfach nicht mit Besuch gerechnet und war in Gedanken ganz woanders. Es tut mir leid, Janina«, sagte er und gab ihr die Hand. »Ich grüße dich.«

»Hallo, Daniel«, lächelte sie betont freundlich. »Einen schönen Garten hast du.«

Richter lächelte. »Es mag vielleicht etwas spießig klingen, aber Gartenarbeit tut mir gut. Es hat etwas Beruhigendes. Bitte ... kommt doch rein.«

Richter führte seine Gäste durch einen kleinen Flurbereich direkt in das großzügig geschnittene Wohnzimmer. Eine Seitenwand war komplett mit einem großen Bücherregal bedeckt. Janina ging einen Schritt auf die Schrankwand zu und betrachtete die Buchrücken.

»Medizin«, sagte Richter. »Nur Medizin.«

»Wow«, erwiderte Janina. »Das ist ungewöhnlich.«

»Eine Leidenschaft«, sagte Richter und winkte ab. »Wollt ihr etwas trinken?«

»Gerne einen Kaffee ...«, sagte Alina.

»Ja, wenn es keine Umstände macht ... für mich auch.«

»Natürlich nicht. Nehmt Platz«, sagte Richter, zeigte auf das große weiße Stoffsofa und verschwand in der Küche. Janina war noch immer von den Büchern ganz in ihren Bann gezogen. »Wahnsinn«, sagte sie und fuhr mit dem Finger über die Buchrücken. »Das sind uralte Bände zum Aufbau des Körpers, aus den letzten Jahrhunderten. Die sind bestimmt ein Vermögen wert.«

»Ich bleibe bei Sherlock Holmes und Dan Brown«, winkte Alina ab und ließ sich auf das Sofa fallen. »Also«, sagte sie zu Janina, nachdem sie sich neben sie gesetzt hatte, »wer von uns beiden geht?«

»Ich«, sagte Janina. »Du musst ihn ablenken, klar?«

Alina nickte. Dann lehnten sie sich zurück und warteten darauf, dass Richter ihnen den Kaffee brachte und sich zu ihnen setzte.

»Also ihr beiden«, sagte er. »Was für Beweise gibt es denn, die ich mir anschauen soll. Und warum ist das so dringend, dass das nicht bis morgen warten kann?«

Alina legte ihre Hand auf Richters Schulter. »Daniel, du kennst doch diesen Fall. Hier kann gar nichts warten. Wenn es nach dem Ministerium gehen würde, dann hätten wir ihn am besten schon vorgestern gelöst.«

»Ich weiß«, seufzte Richter. »Seid ihr denn auf einem guten Weg?«

»Ich denke schon. Vielleicht«, sagte Alina und zog einen USB-Stick aus ihrer Tasche, »ist das hier das letzte Puzzleteil, das uns fehlt, um zu beweisen, dass Dulac der Mörder ist.«

Janina beobachtete Richter und nahm sofort wahr, wie ihm seine Mundwinkel für einen kurzen Moment entglitten. »Ach?«, fragte er nach. »Also doch!«

»Ich habe nie daran gezweifelt«, sagte Alina mit gespielter Überzeugung. »Und das hier, das könnte nun endgültig dafür sorgen, dass wir die Akte schließen.«

»Was ist das?«, fragte Richter neugierig.

»Ein Video, das im Internet aufgetaucht ist. Es ist eine Art Bekennervideo.«

»Ein Bekennervideo?«

»Ja, ein Nutzer namens Dulac hat es hochgeladen. Leider ist es sofort wieder verschwunden, aber wir konnten eine Sicherungskopie machen.«

»Und … wann wurde das hochgeladen?«, fragte Richter.

»Das können wir nicht mehr herausfinden. Es muss irgendwann vor seiner Verhaftung gewesen sein. Aber es ist uns nicht mehr möglich, den genauen Zeitraum zu erfassen.«

»Wie kann ich euch helfen?«, fragte Richter, der sichtlich beruhigter war als noch vor ein paar Minuten.

»Das Video zeigt die zweite Leiche, die wir gefunden haben. Er hat sie in einer Fabrik aufgeschnitten und ihr dort das Blut abgenommen. Es wäre gut, wenn du dir das Ganze einmal anschauen könntest. Du hast sicherlich einen sehr viel schärferen Blick als wir und siehst vielleicht noch Besonderheiten, die uns so nicht aufgefallen sind.«

Richter nickte, stand auf und holte sich seinen Klapprechner, der auf dem Schreibtischchen lag.

»Entschuldige bitte, Daniel, könnte ich mich irgendwo frisch machen?«, fragte Janina.

»Ähm, ja natürlich«, antwortete er, während er den Laptop hochfuhr und den Stick einsteckte. »Den Gang links und dann die Treppe hoch.«

»Ich danke dir«, lächelte Janina, stand auf und verschwand im Gang. Als sie an der Treppe war, überlegte sie, wo sie nun hingehen sollte. Nun, dachte sie, die Leichen liegen ja meistens im Keller, also versuchen wir es doch dort einmal. Sie drehte sich noch einmal um, nur um sicherzugehen, dass sie nicht beobachtet wurde. Dann stieg sie langsam die Treppen hinunter. Sie spürte, wie ihr Puls sich beschleunigte. Wenn Richter sie jetzt erwischen würde, dann wäre alles umsonst gewesen. Janina atmete zwei Mal tief durch. Komm schon, Janina, sprach sie sich selber gut zu. Nicht ausrasten, du schaffst das. Als sie den Keller erreicht hatte, stand sie vor einer Holztür. Vorsichtig drückte sie die Türklinke runter. Sie quietschte. Janina verzog das Gesicht. Langsam, ganz langsam öffnete sie die Tür, um nicht noch mehr Lärm zu machen, nur einen kleinen Spaltbreit, dann verschwand sie hinter ihr. Es war stockfinster. Mit der Hand tastete sie die Wand ab, um den Lichtschalter zu finden. Nichts. Sie zog ihr Handy aus der Tasche, schaltete die Taschenlampenfunktion an und leuchtete einmal in den Raum hinein. Wo war sie hier gelandet? Ein großer Raum, vollgestellt mit Glasschränken. Sie trat an einen davon näher heran. Darin lagen irgendwelche Dinge. Ausstellungsstücke. Sie kniff die Augen zusammen. Das waren ... in Flüssigkeit eingelegte Organe. Sie konnte nicht erkennen, ob es sich um menschliches Gewebe handelte.

Janina bekam eine Gänsehaut. Einen ganz schön merkwürdigen Hobbykeller hatte sich Richter hier eingerichtet. Sie ging weiter. Zwischen den Vitrinen standen Skelette und ein aufgestellter Puppenrumpf. Sie betrachtete den Rumpf etwas genauer und sah, dass dort Haut aufgenäht war. Janina hielt sich die Hand vor den Mund, um nicht loszuschreien. Damit hatte sie nicht gerechnet. Was war das für ein schattenhafter Ort? Ganz klar, mit Richter hatten sie sicher nicht den falschen Verdächtigen in den Blick genommen. Sie betrachtete einen weiteren Glasschrank. In ihm standen Einmachgläser, in denen sich irgendetwas Undefinierbares befand. Innereien? Finger? Janina konnte es nicht ganz genau erkennen, aber vielleicht wollte sie es auch gar nicht wissen.

»Hey, ist alles in Ordnung?«, hörte sie Beckers Stimme in ihrem Ohr.

»Ja«, flüsterte sie. »Ich bin hier in Richters Keller. Ein romantischer Ort.«

»Was genau siehst du?«, fragte Becker.

»Es ist wirklich sehr speziell. Er hat sich hier einen Raum eingerichtet, den man auch ziemlich gut als Gruselkabinett auf dem Jahrmarkt verwenden könnte. Alles ist voller Ausstellungsstücke. Das Ganze sieht aus wie ein unheimliches Museum.«

»Hast du schon etwas entdeckt, was uns weiterhelfen könnte?«

»Nein«, sagte Janina und ging zu der nächsten Vitrine, die sie mit ihrem Handy beleuchtete. »Aber das hier könnte interessant sein.« Sie legte den Kopf schräg. Die Vitrine war gefüllt mit verschiedenen verwelkten Blumen. Sie sahen aus wie diejenigen, welche die Leichen in der Hand gehalten hatten. Janina nahm ihr Handy und machte ein Foto. »Was siehst du?«, fragte Becker nach. Janina schickte ihm das Bild.

»Bingo! Das ist genau das, was wir gesucht haben. Komm schon, Janina. Das reicht uns.« »Mach, dass du da rauskommst.«

»Nein«, sagte sie. »Ich will mich noch ein wenig umschauen.«

»Sei nicht dumm, er wird Verdacht schöpfen. Geh zurück nach oben, wir haben, was wir brauchen.«

Janina nahm den hautfarbenen Funksender aus ihrem Ohr und schaltete ihn ab. Dann leuchtete sie mit der Taschenlampe noch einmal durch den Raum. In einer Ecke stand ein großer Untersuchungstisch. Sie ging auf ihn zu. Er sah nicht so aus wie die Tische, die sie aus der Rechtsmedizin kannte. Dann fiel es ihr auf. Er war aus Holz statt aus Metall. Sie leuchtete auf die Oberfläche. Tiefe rote Spuren waren im Holz bereits eingesickert. Das musste wohl irgendein geschichtliches Modell sein, dachte sie und ging noch ein paar Schritte um den Tisch herum, als sie plötzlich über etwas stolperte. Tüten. Nein, vielmehr Säcke. Was war das? Vorsichtig ging sie darauf zu, leuchtete hinein und verzog das Gesicht. Nein, dachte sie. Das kann doch nicht wahr sein. In den Säcken waren tote Tiere. Hunde. Katzen. Jetzt roch sie die Verwesung. Janina musste würgen und hielt einen der Leinensäcke ein Stück weit von sich weg. Was war das hier nur für ein Ort? Sie steckte sich den Funksender wieder ins Ohr.

»Ich glaube, wir haben nicht nur unsere Quelle für die Blumen, sondern auch für die Schädel«, sagte sie. In dem Moment begriff sie auch, was es mit diesen Beilagen auf sich hatte. Sie kannte das aus der Kunst. Das waren Symbole, die in Stillleben verwendet wurden. Zeichen, die für die Vergänglichkeit standen. Aber in der Kunst, dachte Janina, da wurde auch das Vergängliche für die Ewigkeit festgehalten. Wahrscheinlich hielt sich Richter wirklich für einen Künstler. Es passte durchaus zu dem Bild, das sie sich von ihm gemacht hatte. »Ich habe immer noch nicht das, was wir suchen.«

»Okay«, antwortete ihr Becker. »Dann vergiss es. Es ist eh schon viel zu spät. Mach, dass du da rauskommst. Es bringt nichts.«

»Nein«, sagte Janina. »Ich brauche nicht mehr lange ...«

»Hör auf, Janina. Wirklich. Geh wieder hoch.«

»Ich brauche noch drei Minuten.«

»Drei Minuten sind eine Ewigkeit. Richter wird Verdacht schöpfen. Damit bringst du euch alle in Gefahr ...«

Aber Janina hörte nicht mehr auf Becker. Sie war davon überzeugt, dass es nur noch eine Frage der Zeit war, bis sie das fehlende Puzzlestück finden würde. Sie wollte die Gelegenheit nutzen und schaute sich noch einmal um. Neben dem Untersuchungstisch stand ein kleiner Schubladentisch. Janina ging in die Knie und öffnete die erste Lade. Volltreffer, dachte sie. Fünf Skalpelle waren dort hinterlegt. Sie legte ihren Kopf schräg und betrachtete sie. Klingen aus Glas. Ja, dachte Janina. Das sind eindeutig fünf Obsidianskalpelle. Alle handgefertigt. Sie zog einen Kugelschreiber aus ihrer Tasche, um keine Fingerabdrücke zu hinterlassen, und schob die einzelnen Skalpelle ein wenig zur Seite, um sie in Gänze erkennen zu können. Offenbar waren sie gereinigt. Keine Spuren von Blut oder anderen Rückständen. Sie machte ein Foto mit ihrem Handy und schloss die Schublade wieder. Das sollte zumindest für eine offiziell angeordnete Durchsuchung reichen, dachte sie. Aber würde man auch wirklich etwas finden, was Richter überführen konnte? Janina war hin- und hergerissen. Weitersuchen? Oder zurückgehen? Nein, sie konnte Alina jetzt nicht allein da oben lassen, dachte sie und stand auf. Als sie sich gerade umdrehte, entdeckte sie plötzlich eine kleine Handkamera, die in einem der Regale stand. Janina biss sich auf die Lippen. Sie hatte keine Zeit mehr. Sie musste wieder rauf. Aber das hier, das könnte der Schlüssel sein. Sie dachte zurück an das Video, das in einem Forum hochgeladen wurde. Das hier war nicht der Ort, an dem es aufgenommen wurde, aber ... Sie konnte nicht anders. Sie ging zu der Kamera, umfasste sie mit einem der Taschentücher, die sie immer dabeihatte, und betrachtete auf dem kleinen Bildschirm die letzten Videoaufnahmen, die gemacht wurden. Schon als Janina zurückklickte, spürte sie, wie die Hitze durch ihren Körper schoss. Ja, dachte sie. Ja, das war es! Sie wählte eine Aufnahme aus und spielte sie ab. Es war ein Teil der Aufnahme, die zusammengesetzt ins Netz hochgeladen worden war. Das war es, dachte Janina! Das war der Beweis, nach dem sie gesucht hatten.

»Bastian«, flüsterte sie in ihr Mikrofon. »Ich habe es, ich gehe jetzt ...« In dem Moment hörte sie, wie sich die Tür zum Keller öffnete. Janina zog die Luft ein und hielt den Atem an. Jetzt bloß keine Aufmerksamkeit auf dich lenken, dachte sie. Jetzt bloß kein Geräusch machen. Ruhig! Ganz, ganz ruhig! Vorsichtig ging sie einen Schritt zurück, um sich hinter der Vitrine zu verbergen.

Das Licht ging an. »Hallo?«, hörte sie die Stimme von Richter. »Janina?«

Verdammt, dachte sie! Verdammte Scheiße, was mache ich jetzt? »Janina? Bist du hier unten?«

Sollte sie ihm entgegenkommen? Sagen, dass sie sich irgendwie verlaufen hatte? Quatsch. Als würde er ihr das abkaufen. Niemals. Niemals verirrt man sich in einem kleinen Haus mit zwei Etagen und einem Keller. Irgendwas musste sie aber tun. Warten, bis er weg ist und dann fliehen? Natürlich hatte Richter Verdacht geschöpft. Es konnte nicht anders sein. Sonst würde er wohl kaum nach ihr suchen. Aber sie kann ja auch nicht einfach aus dem Haus laufen und Alina zurücklassen. Völlig unmöglich. Sie griff nach ihrem Handy und tippte eine schnelle Nachricht ein. »Hol uns sofort hier raus«, schrieb sie an Becker. Dann presste sie sich gegen die Wand und hielt den Atem an. Sie hörte, wie Richter langsam die Treppe herunterkam.

»Janina«, sagte er. »Was soll das? Ich weiß doch, dass du hier unten bist. Du brauchst dich nicht zu verstecken.« Seine Stimme klang ganz ruhig. Unaufgeregt. »Ich weiß, warum ihr beide hier seid. Ich weiß nicht genau, wie ihr es herausgefunden habt, aber scheinbar war ich nicht so klug, wie ich dachte …«

Janina presste sich ihre Hand auf den Mund. Er wusste es! Jetzt war alles zu spät. Was für eine bescheuerte Idee, dachte sie. Was für eine selten dämliche Nummer, dass wir hier auf eigene Faust ermittelten, ohne für Verstärkung zu sorgen. Was hat sie nur bewegt, sich darauf einzulassen. Sie hörte, wie Richter immer näher kam. Er fing an zu pfeifen. Ganz ruhig. Als hätte er alle Zeit der Welt. Und dann schoss Janina noch ein weiterer Gedanke in den Kopf. Wenn er es wusste, was ist dann … Alina!

Sie spürte, wie ihr Herz sich beinahe überschlug. Was war mit ihr? Hatte er ihr etwas angetan? Am liebsten wäre sie sofort losgelaufen und … ja, und was dann? Genau das wollte er ja. Sie verunsichern.

Sie dazu bringen, Fehler zu machen. Wusste er wirklich, dass sie noch hier unten war? Oder war das nur ein Trick. Sie hatte keine Wahl. Sie musste einfach nur durchhalten. So lange, bis Becker kommen würde. Er hatte direkt gegenüber geparkt. Es war nur noch eine Frage von Sekunden. Sie hörte, wie Richter nun eine Schublade aufzog. Dabei pfiff er eine Melodie, die ihr seltsam vertraut vorkam. Aber Janina konnte sie nicht so richtig zuordnen. Die Skalpelle, dachte sie und schloss die Augen. Scheiße, Becker, bitte beeil dich.

Richter kam immer näher. Es half alles nichts. Sie musste reagieren. Sie konnte unmöglich einfach hier stehen bleiben, bis er sie fand. Bis er sie auch umbrachte. Denk nach, Janina ... was kannst du tun? Was kannst du ...? Sie hörte, wie das Pfeifen immer näher kam. Richter stand jetzt genau auf der anderen Seite der Vitrine. Gut, dachte Janina. Jetzt oder nie. Es ist die einzige Chance, die ich habe. Sie ging einen Schritt nach vorn und schmiss sich dann mit ihrem gesamten Körpergewicht gegen den Glasschrank, sodass dieser auf Richter kippte. Sie hörte noch, wie er kurz fluchte und sich gegen den Rahmen lehnte, damit dieser ihn nicht unter sich begrub, während eine der Scheiben herabschlug. Janina nutzte das kurze Zeitfenster und rannte, so schnell sie konnte, die Treppen hoch. Aus den Augenwinkeln sah sie noch, wie Richter den fallenden Schrank abwehrte und ihr dann fluchend hinterherrannte. Herrgott, Bastian, dachte sie, wo bleibst du nur? Janina riss die Kellertür auf, rannte durch den großen Hausflur und wollte gerade die Eingangstür aufreißen, als sie Alina sah. Sie lag auf der Couch. War sie ...?

Janina war hin- und hergerissen. Innerhalb von Sekundenbruchteilen musste sie eine Entscheidung treffen. Fliehen? Oder nach ihrer Kollegin sehen? Sie zögerte nur einen Augenblick, dann lief sie ins Wohnzimmer und stürzte sich neben Alina. Sie konnte sie hier unmöglich allein zurücklassen. Völlig ausgeschlossen. »Alina«, rief sie. »Alina!« Keine Reaktion. Alina lag schlaff vornübergebeugt da. Janina schüttelte sie, doch sie sackte einfach wieder weg. Hektisch legte Janina die Finger auf Alina Hals und überprüfte, ob sie noch Puls hatte. Ja.

Da war noch etwas. Er war schwach, aber vorhanden. Gott sei Dank, dachte Janina. Aber bevor sie sich irgendwie um ihre bewusstlose Kollegin kümmern konnte, stand schon Richter vor ihr. Sein Gesicht war rot angelaufen. In der Hand hielt er ein Skalpell. Er trat noch einen Schritt auf Janina zu und ...

Was war das? Ein lauter Knall! Becker, dachte Janina und sah, wie er seinen Körper gegen die Haustür schmiss, um sie aufzubrechen. Zwei Mal. Drei Mal. Vergeblich. Richter schaute sich nur kurz um. »Zu spät«, sagte er. »Zumindest für euch.«

Er zog das Skalpell hervor und ging noch einen Schritt auf die Ermittlerinnen zu. In diesem Moment gab Becker sein Gepolter auf. Und klingelte. Zwei Mal. Drei Mal. Richter drehte sich verwundert um, und Janina nutzte die Gelegenheit, um einen der dicken Wälzer aus dem Bücherregal zu ziehen und ihn Richter von hinten über den Kopf zu schlagen. Er erschreckte sich und ließ die Klinge fallen. Janina griff sofort nach dem Skalpell und hielt es schützend vor sich. »Ganz ruhig, Daniel«, sagte sie. »Hände hinter den Kopf und drei Schritte zurück ...«

Richter stand mit rotem Gesicht vor ihr. Er überlegte, was er machen sollte. Einen Angriff wagen? Weglaufen? Er ging alle Möglichkeiten einmal im Kopf durch. Es würde nichts bringen. Selbst wenn er sie überwältigen könnte, draußen stand Becker. Und wer weiß, wie viel Verstärkung schon angefordert war? Es war sinnlos. Er legte die Hände hinter den Rücken, ging einige Schritte zurück, stellte sich mit dem Rücken gegen die Wand und starrte Janina an.

12

Peterson blieb noch einen kurzen Moment vor dem Polizeiwagen stehen, zog sich eine Zigarette aus der Tasche ihres Mantels und nahm sie in den Mund. Immer noch eine beschissene Angewohnheit, dachte sie. Aber was soll's. Sterben würde sie eines Tages ja sowieso. Auf ein paar Tage früher oder später kam es jetzt auch nicht mehr an. Sie suchte nach Feuer und steckte sich dann die Kippe an. Sie nahm einen Zug und sah, wie zwei Kollegen ihr entgegenkamen. Sie hatten Daniel Richter Handschellen angelegt und in ihre Mitte genommen. Peterson schüttelte den Kopf. Einer von uns, dachte sie. Ausgerechnet einer von uns. Sie schaute Richter an, der aufrecht an ihr vorbeigezogen wurde. Richter lächelte kühl. Ob er damit gerechnet hatte, dass man ihn früher oder später erwischen würde? Was für eine irre Geschichte, dachte Peterson. Sie öffnete die hintere Tür ihres Wagens und beobachtete, wie die beiden Beamten den Verdächtigen hineindrückten.

»Einen Moment noch«, hörte Peterson eine Stimme, die ihr bekannt vorkam. Es war Alina. Sie gab Peterson ein Zeichen, dass sie noch einen kurzen Augenblick mit Richter sprechen wollte. Peterson nickte den Polizisten zu. Sie ließen die Wagentür offen. Alina sah schlecht aus. Ihre schwarzen Haare waren zerzaust. Sie war noch wackelig auf den Beinen und hatte eine Wunde unter dem rechten Auge. Richter hatte sie mit einem Faustschlag erwischt, der sie für eine gefühlte Ewigkeit schachmatt gesetzt hatte.

Sie stellte sich neben Richter. »Warum, Daniel?«

»Warum?«, fragte er und schaute vom Rücksitz des Polizeiwagens zu ihr hoch. »Ist das eine ernst gemeinte Frage?«

»Natürlich.«

»Du bist doch klüger, Alina. Du weißt doch, dass es darauf niemals die Antworten gibt, die man eigentlich erwartet.«

Alina schaute den Mann an, den sie dachte zu kennen.

»Es gibt keinen Grund«, sagte Daniel. »Ich hatte keine Freude daran, Menschen zu töten. Ich hatte keine Gefühle dabei. Ich hatte keinen Hass. Ich habe einfach nur ...«, er blickte in die Ferne und dachte nach, »... etwas schaffen wollen.«

»Etwas schaffen?«

»Etwas, das bleibt.«

Alina schüttelte den Kopf. »Du bist ein kranker Mann«, sagte sie.

»Sind wir das nicht alle?«, fragte Richter zurück. »Kranke Menschen?«

Alina drehte ihm den Rücken zu und stellte sich zu Peterson. Die Hauptkommissarin zog an ihrer Zigarette und blies den Rauch in die Luft. »Sie haben mich enttäuscht«, sagte sie zu Alina. »So eine Nummer, das hätte ich von Becker erwartet, aber nicht von Ihnen. Sie sollten doch wissen, dass ein Alleingang ...«

»Ich weiß«, sagte Alina. »Ich weiß. Aber in diesem Fall war es richtig.«

»Sie hätten sterben können.«

»Ich hätte aber auch riskieren können, dass andere Menschen sterben, wenn wir nicht gehandelt hätten. Ich war stur, Peterson. Zu stur. Das wird mir nie wieder passieren. Ich musste einfach ...« Sie dachte nach. »Einen Fehler korrigieren.«

In dem Moment sah sie, wie Becker und Janina aus dem Haus kamen.

Peterson schüttelte den Kopf. »Becker, Sie sind ein Idiot. Sie sind ein absoluter Idiot. Und glauben Sie mir, ich werde nie wieder auf Ihre Dienste zurückgreifen. Sie sind gefeuert und bleiben es auch.«

Becker lächelte. Er wirkte müde. Und er war es auch. Er stellte sich zu Peterson und Alina. »Geht es Ihnen gut?«, fragte Alina ihn.

Becker nickte. »Ja«, sagte er. Tatsächlich hatte er das Gefühl, als wäre eine Last von seinen Schultern gefallen. Als hätte er durch diesen

Fall mit etwas abschließen können, was ihm viele Jahre zuvor nicht gelungen war. Vielleicht bildete er sich das aber auch nur ein. Er spürte zugleich eine Leere in sich. Aber er wollte den Gedanken nicht weiter zulassen. »Sie haben hervorragende Arbeit geleistet, Alina«, sagte er lobend. »Ohne Sie wäre das ...«

»Nein«, sagte Alina. »Reden Sie nicht weiter, wir wissen beide, dass das nicht stimmt.«

»Genau«, mischte sich Peterson ein. »Sie haben alle gegen unsere Vorschriften gehandelt. Hören Sie auf, das in irgendeiner Weise schönzureden.«

Becker legte seine Hand auf Petersons Schulter. Er wusste, dass die Kommissarin es nicht allzu ernst meinte. Aber er wusste auch, dass sie einen Punkt hatte. Becker hatte das Gefühl, dass er in den vergangenen Wochen viel gelernt hatte. Nicht über sich. Sondern auch darüber, wie die Dinge miteinander flüsterten und wisperten.

»Wie geht es weiter für Sie?«, fragte Peterson.

»Ich weiß es nicht«, sagte Becker. Er meinte es ernst. Er fühlte sich so leer, dass ihm nicht klar war, ob er noch in der Lage war, jemals wieder Ermittlungen durchzuführen. Auf der anderen Seite kannte er sich aber auch gut genug, um zu wissen, dass er wahrscheinlich noch weniger in der Lage sein würde, die Finger davon zu lassen.

»Ich denke, ich werde ihn erst einmal wieder aufbauen«, sagte Janina. »Und dann sehen wir weiter.«

»Wissen Sie, Becker«, sagte Peterson, schmiss ihre Zigarette auf den Boden und trat sie mit ihren geputzten Schuhen aus. »Das Einzige, was mir in dieser unbeständigen Welt ein wenig Mut macht, ist die Gewissheit, dass wir das Böse zwar niemals besiegen werden können ...«, sie ließ eine kurze Pause, »aber dass wir auch niemals davon ablassen werden, es zumindest zu versuchen.«

NACHWORT

Unser Fall trug sich vor einiger Zeit an einem nicht allzu fernen Ort in einer etwas anderen Welt zu. Die Menschen dort lieben Film-Noir-Serien (denn die gibt es dort), lesen Comics auf Papier und vergessen, wie spät es ist. Manchmal riecht es nach Myrrhe.

Unsere Freundinnen und Freunde erleben bald weitere Überraschungen. Sie interessieren sich dabei mehr für Wendungen als Lehrbücher.

Ich bin gespannt, wie es weitergeht.
Sie auch?

Berlin, Januar 2022
Mark Benecke

Zum Autor

Mark Benecke, geb. 1970, ist Kriminalbiologe und Wirbellosenkundler. Er arbeitet und forscht zu rechtsmedizinisch-kriminalistischen Fragen und der Biologie des Todes. U. a. ist er insektenkundlicher Gutachter in bekannten Kriminalfällen und wissenschaftlicher Berater für Fernsehsender. Seine Bücher stürmen regelmäßig die Bestsellerlisten.